古典詩歌研究彙刊

第十七輯

龔鵬程 主編

第 1 冊

先唐樂器賦研究（上）

林恬慧 著

國家圖書館出版品預行編目資料

先唐樂器賦研究（上）／林恬慧 著 -- 初版 -- 新北市：花木蘭
文化出版社，2015〔民104〕
目 4+192 面：17×24 公分
（古典詩歌研究彙刊 第十七輯；第 1 冊）
ISBN 978-986-404-069-8（精裝）
1. 賦 2. 文學評論 3. 唐代
820.91   103027246

ISBN-978-986-404-069-8

9 789864 040698

古典詩歌研究彙刊
第十七輯 第 一 冊   ISBN：978-986-404-069-8

先唐樂器賦研究（上）

作　　者　林恬慧
主　　編　龔鵬程
總 編 輯　杜潔祥
副總編輯　楊嘉樂
編　　輯　許郁翎
出　　版　花木蘭文化出版社
社　　長　高小娟
聯絡地址　235 新北市中和區中安街七二號十三樓
　　　　　電話：02-2923-1455／傳真：02-2923-1452
網　　址　http://www.huamulan.tw 信箱 hml810518@gmail.com
印　　刷　普羅文化出版廣告事業
初　　版　2015 年 3 月
定　　價　第十七輯 14 冊（精裝）台幣 22,000 元

先唐樂器賦研究(上)

林恬慧 著

作者簡介

　　林恬慧，1975 年生，台中人，彰化師範大學國文研究所博士。曾任國立彰化師範大學國文學系兼任講師，現為國立台中高工專任教師，臺中科技大學通識中心兼任講師。其研究領域為唐代樂器詩、先唐樂器賦、音樂與文學等相關課題。著作有《唐代詩歌之樂器音響研究》（碩士論文）、《先唐樂器賦研究》（博士論文）。期刊論文有〈論覃子豪〈吹簫者〉一詩中的簫聲〉、〈聖嚴法師「人間淨土」說之「治療學」詮釋〉、〈台灣古典詩中的毘盧禪寺之美〉等。

提　　要

　　先唐音樂賦，數量上雖不如唐代以後的賦作，但論其寫作模式、思想內容，實具開創性與代表性。而音樂賦中，又以「樂器賦」數量最多，可見其重要性。由於樂器賦乃是賦家聆賞音樂後所寫下的作品，是音樂與文學的結合，因此應從音樂審美與文學創作的雙重面向作探討。為了確立先唐樂器賦文獻的可信，本文以「樂器」主題作分類，重新搜羅並校勘，編為「先唐樂器賦輯校」。

　　樂器賦形成之緣由，除了音樂文化的高度發展，賦體文學的成熟，更重要的是，與創作者的「文人」階層有關，尤其是兼具文人與音樂素養的「文人音樂家」。文人寫賦，對君王有諷諭歌誦的需求，因此以君王平時娛樂助興的音樂作為「寓諷於樂」之媒介，再加上文人本身對器樂演奏的熟稔，造成漢代樂器賦的形成與興盛。

　　就音樂審美的角度而言，賦家的聆賞體驗為創作的基礎。先唐樂器賦作者的音樂審美類型，大致可歸納為：生理與情緒反應、賦予性格、聯想與想像、以及客觀鑑賞等四種類型。賦家不僅僅是被動聆聽，有時更是積極融入音樂意象的創造，而部分具有專業音樂素養的賦家，能從旋律節奏、音量音色、乃至曲目故事、演奏技法等方面，客觀細膩地鑑賞其音樂表現，此為其他描述音樂的文學作品所罕見的。至於先唐樂器賦的音樂審美觀，主要有：尚悲、尚和、尚清、尚德、尚自然簡易等五種審美傾向。「尚悲」的審美觀雖為主流，但有逐漸淡薄的趨勢；「尚和」的審美觀為儒道兩家所認同，發展出一套：聲和──心和──人和、神和──政和的思維模式；「尚清」的審美觀主要源自道家思想，魏晉以來尤其盛行；「尚德」的審美觀受〈樂記〉樂教思想的影響，以音訓的方式如「琴，禁也」、「笛，滌也」建立樂器、樂音所具有的德行特質；「尚自然簡易」的審美觀亦為儒道兩家所喜愛，符合儒家質樸不喜繁縟，以及道家崇尚自然、大音希聲的簡易美學。在音樂功能方面，主要呈現：娛樂社交、情緒治療、進德修養、移風易俗、以

音觀人、通神感物、諷諭勸諫等七種功能。「娛樂社交」的功能因漢賦礙於諷頌的使命而有所壓抑，魏晉之後才大大凸顯出來；「情緒治療」、「進德修養」、「移風易俗」三種音樂功能是一系列由個人至群體，音樂所產生的淨化人心的作用；「以音觀人」承自〈樂記〉中「音由心生」的看法；「通神感物」的思想可上溯到古代巫師與神靈溝通的傳統，認為音樂可感通神靈與自然萬物；「諷諭勸諫」的功能在樂器賦中隱而不顯，表現為「寓諷於樂」的方式。其他音樂思想如「感物動情」，乃源於〈樂記〉中認為人心感於物而動，進而產生音樂，而「器法天地」的思想源於董仲舒的天人感應。

　　就文學創作的角度而言，賦體形式的運用與音樂詮釋的表現亦有可觀。首先，「鋪陳」為賦顯著的文體特色，超越《詩經》、《楚辭》的直陳其事，先唐樂器賦的鋪陳手法，主要綜合了：虛構誇飾、時空鋪排、譬喻通感、活用典故等四種寫作技巧。其次，就賦之內容與句式安排而言，樂器賦在環境的描寫、製器過程、音樂主體、以及音樂感人之效的呈現，各有不同的句式運用，並能傳達不同情感。最後，就賦體特殊形式部分，「序」多置於全文之首，採用無韻的散體句式，多用來陳述寫作動機，或是介紹樂器的由來；「亂」多置於全文之末，源自《楚辭》，採用「四－三－兮」的騷體句式，其總結性質被保留在賦中，多用來對「樂器」作總評與讚頌；「歌」多置於賦的中段，亦源自《楚辭》，一般採用「三－兮－三」的騷體句式，是全賦情感的小高潮，同樣具有總結性質。

　　就歸納比較的角度而言，詩與賦在文體特徵上各有其特色，因此音樂詮釋的內容與風格亦不相同。比較先唐「琴賦」與「琴詩」，思想內容上，「琴賦」主要以「自我進德修養」為主，「琴詩」主要以「抒發宣洩情感」為主軸；謀篇結構上，「琴賦」有較為固定的寫作順序，「琴詩」似乎避免固定的結構安排；句式節奏上，「琴詩」為五言句，採「二二一頓」「二一二頓」的節奏，通常末字是拉長音，全詩較為整齊一致，皆為實字無虛詞，意義緊湊，「琴賦」句式運用靈活，一篇之中可有詩體句、散體句與騷體句的音節變化，最常使用四六句式，並以句中的虛字為頓，可調節字義密度，加上多以「爾乃」、「若乃」、「於是」等語詞作為內容、押韻的轉換，「兮」字句的抒情性，都是賦體相較於詩歌，來得運用靈活之處；藝術手法與風格上，「琴詩」多將畫面定格於某個時空，表現含蓄內斂的情感，「琴賦」善於鋪排空間之物，展現直白誇飾風格；若就音樂主體的描述，「琴詩」多直述悲淒聲情，「琴賦」喜以譬喻的方式來描繪形象。

目

次

第一章 緒 論

第一節 研究動機與目的

  「賦」起源於戰國時代,盛於兩漢、魏、晉、南北朝,又綿延於隋、唐、宋、元、明、清,源遠流長,並吸收各時代其他文學風潮的特點,以不同風貌展現,〔註1〕可見其適應的彈性與旺盛的生命力。由於賦的功用很廣,進可作爲盡忠和進身的階梯,退可用來娛情適性,而且史書的傳記仿《史記》先例,抄錄其賦作來呈現其人物的遭遇、情志和才學,可達傳世的作用,因此受到古代文人的青睞。〔註2〕但是歷來關於賦的研究,相對於其他文體如詩、詞、曲、小說、戲劇、散文等,顯得冷落許多,近二十年來學界對於此領域的研究雖已日趨繁盛,仍有許多探討空間與研究價值。

  賦作爲一種文體與其他文類不同,最明顯之處在於「文體特性」。劉勰在《文心雕龍·詮賦》中即云:「賦者,鋪也,鋪采摛文,體物寫志也。」〔註3〕其中「鋪采摛文」即「鋪陳」的手法,即爲賦體的一大特色。雖然《詩經》、《楚辭》中,在寫作上已有鋪陳技

〔註1〕 賦體受不同時代風潮而展現不同風貌,如受《楚辭》盛行的影響而有「騷賦」,受科舉的影響而有「律賦」,受古文運動影響而有「文賦」。

〔註2〕 曹明綱《賦學概論》一書中將賦的作用歸納爲娛樂、政治、社交和傳世等幾個方面,每個時代的側重點則有所不同。見曹明綱著:《賦學概論》(上海:上海古籍出版社,1998年),頁268～324。

〔註3〕 見〔梁〕劉勰撰、周振甫注:《文心雕龍注釋》(臺北:里仁書局,1984年),頁115。

巧，但相較之下，賦的「鋪陳」在取材和手法上有更進一步的發展。漢賦名家司馬相如（約前179～前127年）概括其創作經驗說：「合綦組以成文，列錦繡而爲質。一經一緯，一宮一商，此賦之跡也；賦家之心，苞括宇宙，總覽人物，斯乃得之於內，不可得而傳。」〔註4〕可知取材廣泛、鋪陳有序即爲賦的典型特點。除此，「體物寫志」亦爲賦體的另一大特色，此與《詩經》、《楚辭》的偏於抒情有很大的不同，雖皆有「言志」的成分，但是賦的「體物寫志」與詩騷的「抒情言志」畢竟不同。賦的「體物」，就是描述、再現客觀存在的事物，而不依賴於人的主觀感情，與「鋪陳」的手法息息相關，而賦正是通過描寫事物來抒發情志。

從「創作題材」來看，正因爲賦體「鋪陳」與「體物」特性的優勢，其創作題材以「詠物」爲大宗，無論是天象、地理、器物、動植物、技藝等皆可入賦。〔註5〕再加上賦體最初興盛的環境，乃是文學侍從專爲取悅君王之用，所詠之物多具盛大美好、愉悅的特質，而與一般詩歌創作題材不同。

如上所述，詠物賦的書寫，多具備了盛大美好、愉悅的特質，其中屬於「音樂類」的賦，則爲相當重要的題材。〔梁〕蕭統（501～531年）《文選》把「音樂賦」列爲賦中單獨的一類，共收六篇，數量僅次於「京都賦」的八篇、「哀傷賦」的七篇；而宋代所編《文苑英華》與〔清〕陳元龍所編《歷代賦匯》，都將音樂賦單獨列爲一類，皆可見文人對音樂賦的重視。但古人對於「音樂」的概念與今人不同，古人對於「音樂」的觀念涵蓋廣泛，凡聲樂、器樂、舞蹈三者，皆屬「音樂」的範疇。例如《文選》六篇音樂賦中，〈洞簫賦〉、〈長笛賦〉、〈琴賦〉、〈箏賦〉描寫樂器演奏；〈舞賦〉則屬舞蹈；〈嘯賦〉中的「嘯聲」，

〔註4〕 見〔晉〕葛洪撰：《西京雜記》（臺北：臺灣古籍出版社，1997年），卷二，頁73。

〔註5〕 歷代賦集，詠物類佔很大的比重，如《文選》分賦爲十五類，其中詠物佔十二類；宋人編纂的《文苑英華》，賦分四十二類，詠物佔了三十六類；清人編纂《歷代賦匯》分三十八類，詠物的作品佔三十類。

則近於歌唱，可歸爲聲樂，這六篇屬性不盡相同卻被歸爲音樂一類。這三類屬性雖不同，卻都與音樂相關，這正體現了古代詩、樂、舞三位一體觀念。

音樂賦有其獨特性，但歷來對此的探討實有深化的空間。首先，歷來論賦者，皆以漢魏六朝爲賦的全盛時代，而綜觀歷代音樂賦，漢魏六朝時期的賦作，數量上雖不如唐代以後賦作，但論其寫作模式、思想內容方面，實具開創性與代表性，唐代以後的音樂賦大多不出先唐的範疇。

其次，就創作者而言，先唐樂器賦的創作者，多精通音律，如王褒、馬融、蔡邕、嵇康等人，有的能親自製作樂器，有的能創作樂曲，有的工於演奏而名重一時。而其音樂賦的創作，往往是實際聆賞音樂之後的眞切感受，與唐代音樂賦大多是應科舉考試而作大不相同。相較之下，先唐音樂賦是以文學家的才華來描寫音樂家的專業感受，更能深刻傳達出音樂的本質與內涵。依此可見，「先唐時期」的音樂賦的研究實具重要價值。

再次，先唐音樂類賦中，以「樂器」佔最多篇章，約有 44 篇。而歌類賦作很少，僅有兩篇：存目的〔漢〕虞公〈麗人歌賦〉與〔晉〕袁山松的〈歌賦〉殘篇而已。而舞蹈賦亦不多，僅有七篇，其中四篇爲殘篇。〔註6〕相較之下，「樂器賦」是最早被歸爲一類而被劃分出來的音樂賦，如唐《隋書·經籍志》之「集」部有「《賦集》九十二卷，謝靈運撰。」〔註7〕，其注釋曰：「梁又有《賦集》五十卷，宋新渝惠侯撰；《賦集》四十卷，宋明帝撰；《樂器賦》十卷，《伎藝賦》六卷，亡。」〔註8〕可見曾經出現以「樂器」爲題的賦作歸類編輯的賦集，

〔註6〕七篇舞蹈賦分別爲：〔漢〕傅毅〈舞賦〉、〔漢〕張衡〈舞賦〉（殘）、〔晉〕夏侯湛〈鞞舞賦〉（殘）、〔晉〕張載〈鞞舞賦〉（殘）、〔晉〕郝默〈舞賦〉（殘）、〔梁〕蕭綱〈舞賦〉與〔陳〕顧野王〈舞影賦〉。

〔註7〕見〔唐〕魏徵等撰：《隋書》（北京：中華書局，1973 年），卷三十五，頁 1082。

〔註8〕見〔唐〕魏徵等撰：《隋書》，卷三十五，頁 1082。

也顯示出古人對樂器的重視。

具體來說，「樂器賦」是從不同側面對音樂進行闡述，或追溯樂器源流、或介紹演奏技法、或呈現音響、或傳達心境，揭示了音樂的深刻意涵以及豐厚的文化意蘊。先唐賦本身在不斷的變化與發展，此期的樂器賦同樣呈現出作者審美觀與時代思維的轉變。除此，「樂器賦」乃是賦家聆賞樂器演奏之後所寫下的作品，是音樂與文學的結合，討論樂器賦應從「音樂」與「文學」的角度切入，方能顯其本質。

基於上述原因，本論文擬以「先唐樂器賦研究」為題，也就是針對先唐時期以「樂器」題材相關的賦作為研究對象。這些音樂賦，無論質與量，都具有深究的意義性存在。本論文希望透過此次的研究，能對先唐樂器賦，在史料上有其基礎性的整理與校正，在文獻上有深刻的討論，確立「先唐樂器賦」的研究價值與意義，並進一步對賦體文學的發展上，能產生局部補足強化的功能，進而開拓墳補先唐時期音樂與文學領域的研究。

在進行探討的方法上，本論文擬在音樂的視角下，理解賦家豐富音樂審美體驗，並歸納其音樂審美觀、音樂功能等思想，亦窺探先唐時期音樂審美思維的發展與演變；除此，亦在文學的視角下，探討文學書寫抽象音樂時，所運用的寫作技巧及其所呈現的藝術形象，並思考賦體的形式特點與音樂書寫的關係；最後則歸納出先唐樂器賦在形式、內容、風格上的書寫軌跡。此外，「特色」需透由「比較」才能凸顯，本論文將取詩與賦在樂器方面的書寫作比較，希望透過不同文類的音樂詮釋，凸顯樂器賦的特色。

第二節 文獻與研究回顧

一、文獻收錄與輯校

歷代的賦作除了賦集所收之外，散見於文集、史書、類書等古籍

中。而就先唐時期的賦作，散見於史書，如：《史書》、《漢書》、《後漢書》、《魏書》、《晉書》、《宋書》、《南齊書》、《梁書》、《陳書》、《北齊書》、《北周書》等；亦見於文集，如：《文選》、《漢魏六朝一百三家集》、《全上古三代秦漢三國六朝文》、《古文苑》及《文選》李善注等；此外類書如：《藝文類聚》、《初學記》、《北堂書鈔》、《太平御覽》、《文苑英華》等，亦有許多資料。而目前整理較為完整的賦集與校注，有費振綱等所輯校的《全漢賦》〔註9〕與《全漢賦校注》〔註10〕、韓格平輯校《全魏晉賦校注》〔註11〕以及〔清〕陳元龍編的《歷代賦匯》等書。由上可知，關於漢魏六朝的賦作，前人在收錄與輯校方面已有很好的成績，已為賦學研究提供良好的基礎。

二、研究概況

　　歷來關於賦學的研究，可大致分為幾個方向：賦作的編纂與賞析、賦的起源與發展、體裁的研究、題材的研究、賦的藝術形式表現、賦與其他文體的關係等；除此，亦有針對個別賦家的研究以及單篇賦作的研究。而從「題材」的研究來看，先唐時期賦學在題材研究方面主要以詠物、紀事、抒情為三大主軸，「詠物賦」的研究中，目前對於音樂類篇的賦作討論不多，通常僅在眾多詠物類別之下簡要略述其內容。以下將目前學界，對於先唐時期「樂器賦」主題的相關研究作一整理與討論：

（一）「藝術賦」研究

　　對於先唐藝術賦的整體研究，已關注到「音樂賦」的部分，如余江《漢唐藝術賦研究》〔註12〕一書。此書分樂舞賦、書畫賦、雜技賦

〔註9〕 見費振剛、胡雙寶、宗明華等輯校：《全漢賦》（北京：北京大學出版社，1993 年）。
〔註10〕 見費振剛、仇仲謙、劉南平等輯校：《全漢賦校注》（廣州：廣州教育出版社，2005 年）。
〔註11〕 見韓格平輯校：《全魏晉賦校注》（長春：吉林文史出版社，2008 年）。
〔註12〕 見余江著：《漢唐藝術賦研究》（北京：學苑出版社，2005 年）。

三大類。其中「樂舞賦」一章認爲音樂賦濫觴於枚乘〈七發〉，成型於王褒〈洞簫賦〉，則有重要意義。整體而言，此書將漢唐音樂賦中的主題、重要賦作與賦家作一概略介紹，但因討論時代涵蓋漢唐，討論內容包含樂器、舞蹈、樂論、樂曲等課題，只能粗略勾勒，無法作一深入研析。

許結《賦體文學的文化闡釋》〔註13〕一書中，〈論藝術賦的創作及其美學特徵〉一文，則由「俳優說」談藝術賦的起源與衍化，並說明歷代藝術賦的創作，恰是一部形象生動的藝術發展史，呈現出「由器物描寫向技藝描寫」、「由重德向重藝的潛移」、「由形象化向意化的演變」的趨勢。最後是從賦藝術看藝術賦，提出其具備了賦頌特徵、類書意識、語言風格、文化精神等美學特徵。

侯立兵《漢魏六朝賦多維研究》〔註14〕學位論文，則是討論漢魏六朝藝術賦，並以樂舞賦和書法賦爲考察重點。書中分析樂舞賦的文化內蘊，具有承載傳播藝術的價值、揭示音樂的「宇宙品格」與凸顯深厚的「倫理意涵」等三個層面。從歷時性的視角來看，樂舞賦呈現了「從教化到娛樂」、「從道德美到藝術美」的文化嬗變。

（二）賦的「音樂史料」整理考證

對於賦學中音樂史料的整理考證，實有助於對音樂賦的解讀。學界有以結合考古學與文獻學的方式來分析賦作中的音樂資料，如：王士松《漢賦中的音樂世界》〔註15〕一書，則將漢賦中所提到的樂器、歌曲、舞蹈、音樂人物加以考證，試圖復原漢賦中的音樂文明，並探討音樂賦對古楚南音的傳承，對禮樂制度的印證，對大漢氣象的影寫等文化意涵。本文價值在於，提供了諸多漢賦音樂史料的考證深具意

〔註13〕見許結著：《賦體文學的文化闡釋》（北京：中華書局，2005年）。
〔註14〕見侯立兵著：《漢魏六朝賦多維研究》（北京：人民出版社，2007年）。另有單篇論文，侯立兵著：〈漢魏六朝音樂賦的文化考察〉，此文內容爲其書之綱要，收錄於《零陵學院學報》第25卷第4期，2004年7月，頁1～4。
〔註15〕見王士松著：《漢賦中的音樂世界》，鄭州大學碩士論文，2007年。

義，但文中探討「漢音樂賦的影響」則過於簡要與不足。

張芳溢《《全漢賦》音樂史料初步整理與研究》〔註16〕一書，則運用文獻學與考古學，整理研究《全漢賦》的音樂史料，探討漢代樂舞、百戲、樂器演奏等音樂形式，對其藝術種類與演出情況作一分析，並結合史料研究漢賦中音樂所存在的方式、特徵與功能。其書的研究，對於還原音樂賦的眞實樣貌有其意義。

劉貝妮《「笙賦」的音樂學研究》〔註17〕一書，則從音樂學的角度，結合文獻與考古，探討六篇〈笙賦〉中笙的取材、製作、物理發音型態、外形與審美價值取向等問題，並提及樂曲與笙在禮樂文化活動中的重要性，對於笙的研究有深入的認識。

（三）賦的「音樂美學」研究

先唐時期音樂賦的音樂美學研究，大多集中於嵇康〈琴賦〉一文的探討，如楊蔭瀏《中國古代音樂史稿》〔註18〕，修海林、羅小平《音樂美學通論》〔註19〕皆談到「聲無哀樂」以及「平和爲美」的音樂思想。而蔡仲德《中國音樂美學史》〔註20〕一書則注意到音樂賦的文學、藝術、美學價值，並開始討論嵇康〈琴賦〉之外的其他音樂賦。書中分析兩漢時期樂賦中的音樂思想，以王褒〈洞簫賦〉、傅毅〈舞賦〉、馬融〈長笛賦〉爲對象，其中〈洞簫賦〉談發憤作樂的不平之美，與傳統「平和」的音樂觀迴異；〈長笛賦〉談到音樂審美中「聽聲類形」的通感問題，以及音樂表達情感，淨化氣質的功用。而分析魏晉時期樂賦則談到嵇康〈琴賦〉與成公綏〈嘯賦〉，其中詳細探討〈琴賦〉

〔註16〕見張芳溢著：《《全漢賦》音樂史料初步整理與研究》，天津音樂學院音樂學系碩士論文，2007年。
〔註17〕見劉貝妮著：《「笙賦」的音樂學研究》，武漢音樂學院音樂學系，2007年。
〔註18〕見楊蔭瀏著：《中國古代音樂史稿》（臺北：丹青圖書公司，1987年）。
〔註19〕見修海林、羅小平著：《音樂美學通論》（上海：上海人民出版社，1999年）。
〔註20〕見蔡仲德著：《中國音樂美學史》（臺北：藍燈文化事業公司，1993年）。

音樂「平和」的本質、「導養神氣，宣和情志」的功用、以及琴道的境界等道家音樂思想。

魏晉時期音樂賦的「音樂美學」課題尤其受到關注，如郭慧娟《魏晉樂賦的音樂美學觀》〔註21〕一書，探討魏晉樂賦中與主體「人」有關的課題，其研究結論歸結爲：（1）音樂本質的「主情論」與「尚和論」，（2）音樂創作與心物感應的關係，（3）音樂表達有「盡意說」與「表情說」，（4）音樂鑑賞方面提出：「默會感知」的鑑賞方式、鑑賞主體的素養、以及新感性的音樂鑑賞。所謂「新感性」鑑賞是一種理性感性兼具的狀態，其過程經歷直覺、領悟、超越三層次，音樂與人交融，鑑賞中透露主體的審美理想。此書對於鑑賞音樂的心理狀態分析細膩，亦能凸顯魏晉時代的音樂審美特色。

張巍〈漢魏六朝音樂賦中的審美思想〉〔註22〕一文，則認爲六朝音樂賦充分反映漢魏六朝的審美風尚與藝術追求，並歸結出：以悲爲美、感時用情、器法天地、樂以通神等審美思想。

何美諭《魏晉樂論與樂賦音樂審美研究》〔註23〕論文，主要採比較的方式，企圖證明魏晉的音樂審美不僅是一種「境界型態」的審美，亦存在「情感式」的審美，且後者爲主流。此論文主要從音樂審美的體驗與理想兩方面觀察，發現「樂論」與「樂賦」兩者不同的審美情趣在於「樂與悲的歧異」，以及「雅與麗的歧異」。前者以雅樂爲對象，從理性出發；後者以俗樂爲對象，從感性出發，並歸結出思想上「樂論」承自「莊子」，「樂賦」承自「楚辭」。

（四）「音樂賦」的整體研究

近年來已有關注《文選》「音樂賦」爲題的研究，如劉琦〈《文選》

〔註21〕 見郭慧娟著：《魏晉樂賦的音樂美學觀》，輔仁大學中國文學研究所碩士論文，1997 年。
〔註22〕 見張巍著：〈漢魏六朝音樂賦中的審美思想〉，《船中學刊》第 2 期，2007 年，頁 82～85。
〔註23〕 見何美諭著：《魏晉樂論與樂賦音樂審美研究》，國立成功大學中國文學研究所博士論文，2008 年。

音樂六賦三題〉〔註 24〕一文分析《文選》音樂六賦恰好體現古代詩、
樂、舞三位一體的基本思想，並對儒家傳統觀念有所繼承與突破。劉
志偉〈《文選》音樂賦創作程式與美學意蘊發微〉〔註 25〕一文分析各
篇創作模式並歸納兩漢魏晉審美思潮的軌跡。馮建志、吳金寶、馮振
琦等著《兩漢音樂文化研究》〔註 26〕一書則探討了「兩漢音樂賦」的
寫作程式，以及枚乘〈七發〉、王褒〈洞簫賦〉、馬融〈長笛賦〉、蔡
邕〈琴賦〉等賦作的音樂描寫與音樂美學思想。

　　此外，尚有以「漢魏六朝音樂賦」為研究對象的學位論文，如戴
伊澄《文選音樂類賦篇研究》〔註 27〕，探討範圍以《文選》六篇「音
樂賦」為限，涵蓋歌、樂器、舞三類藝術，但分析簡要且未能整合音
樂賦特色或時代印記。

　　楊佩螢《從六朝樂賦再探文學抒情傳統》〔註 28〕論文，則關注
在抒情傳統的問題上，談樂賦對於自我抒情與現實抒情的種種觀點。
由樂賦中的「神瞽精神」、「取譬引類」談感通理論，並討論樂賦中由
個人、國家至天下的情感樣貌。

　　孫鵬《漢魏六朝音樂賦研究》〔註 29〕論文，分章討論樂器賦與

〔註 24〕見劉琦著：〈《文選》音樂六賦三題〉，《長春師院學報（社會科學版）》
　　　　第 4 期，1995 年，頁 33～37。
〔註 25〕見劉志偉著：〈《文選》音樂賦創作程式與美學意蘊發微〉，《西北師
　　　　大學報（社會科學版）》第 33 卷第 5 期，1996 年 9 月，頁 21～25。
〔註 26〕見馮建志、吳金寶、馮振琦等著：《兩漢音樂文化研究》（開封：河
　　　　南大學出版社，2009 年）。
〔註 27〕見戴伊澄著：《文選音樂類賦篇研究》，國立臺灣師範大學國文研究
　　　　所碩士論文，2002 年。
〔註 28〕見楊佩螢著：《從六朝樂賦再探文學抒情傳統》，國立臺灣師範大學
　　　　國文研究所碩士論文，2005 年。
〔註 29〕見孫鵬著：《漢魏六朝音樂賦研究》，南京師大碩士論文，2005 年。
　　　　另有單篇論文，見孫鵬著：〈漢魏六朝音樂賦整理研究史述略〉，《菏
　　　　澤師範專科學校學報》第 26 卷第 3 期，2004 年 8 月，頁 47～50。
　　　　此文內容為其碩論的部分內容，將漢魏六朝音樂賦研究劃分為四個
　　　　時期：漢魏六朝為奠基期、唐宋元為延續期、明清與近代為總結期、
　　　　現當代為鼎盛期。

舞蹈賦，提出樂器賦描寫時「尚古」、「考證」的特色，並探討漢魏六朝音樂賦的創作模式，如鋪陳、比喻的藝術特點，以及歷代對音樂賦的整理研究。此文較爲可貴的是，已注意到音樂賦中的特殊題材，如〈嘯賦〉、〈瞽師賦〉、〈節賦〉等，可惜未能全面討論。整體而論，論述不夠深入。

宋豪飛《漢魏六朝音樂賦研究》〔註30〕論文，探討音樂賦的體制內容、寫作程式，認爲音樂賦的作用主要出於政治功利之用，並與儒家樂教思想聯繫，認爲音樂淪爲思想統治的工具。但這樣的結論過於偏頗，僅能勉強說明漢代音樂賦的意涵，無法涵蓋魏晉賦作的精神。

陳功文《先唐音樂賦研究》〔註31〕論文，將先唐音樂賦的發展，劃分爲兩漢、魏晉、南北朝三階段，其階段特色分別爲：兩漢的初創與穩定發展，魏晉的大膽創新與數量繁盛，以及南北朝的詩化與駢化，爲簡要的「先唐音樂賦史」。書中並討論音樂賦描寫手法以鋪陳、比喻、誇飾、用典等爲其特點，音樂美學以和、清、悲、自然等爲風尚，音樂功用則以教化、娛樂爲傾向。

高萍萍《漢魏六朝賦的音樂描寫與音樂美學思想》〔註32〕論文，將樂器、歌嘯、舞蹈、音樂理論等賦皆納入探討範圍，其音樂描寫的探討關注到體制相承與描寫場景，其音樂美學的探討，則以悲、和的兩大趨勢爲主，並歸納出儒、道兩家的思想源流影響。較可貴的是區分兩漢與魏晉南北賦在音樂描寫上的差異，漢賦著重音樂與政教關係，魏晉賦則增添審美娛樂功能與音樂內部規律的闡發。

黃韻如《漢魏六朝音樂賦研究》〔註33〕論文，從先秦至六朝的

〔註30〕見宋豪飛著：《漢魏六朝音樂賦研究》，國立暨南大學中國語文學研究所碩士論文，2006年。

〔註31〕見陳功文著：《先唐音樂賦研究》，廣西師範大學碩士論文，2008年。

〔註32〕見高萍萍著：《漢魏六朝賦的音樂描寫與音樂美學思想》，暨南大學中國語文學研究所碩士論文，2010年。

〔註33〕見黃韻如著：《漢魏六朝音樂賦研究》，國立中央大學中國文學研究所碩士論文，2011年。

樂舞發展、音樂賦的文學成就、音樂賦的思想內涵等三個層面作探討。本論文優點在於對音樂、舞蹈的起源與發展，賦體的起源與發展，以及音樂的起源與音樂思想背景等外緣資料整理詳細，不足之處在於「音樂賦」本身的研究過於簡化，無法呈現多元樣貌，亦未能超越前人研究成果。

（五）「單篇音樂賦」研究

　　期刊論文的研究大多就單篇樂器賦作探討，且討論的賦篇並不多。其中「琴賦」方面，以嵇康〈琴賦〉與蔡邕〈琴賦〉的討論為主，如汪青〈雅韻琴音——蔡邕〈琴賦〉的文學與音樂解讀〉〔註34〕，提到蔡邕的賦作代表東漢文學向建安文學的轉型，〈琴賦〉的用典與駢偶化是一種自覺審美意識下的產物。又劉偉生〈嵇康〈琴賦序〉的理論內涵與價值〉〔註35〕一文，認為〈琴賦〉之序概括以往音樂題材作品「危苦」、「悲傷」的風格，提出導神養氣、宣和情志的功能觀，以及麗藻與情理兼善的主張，具有豐富的理論意涵。

　　「笛賦」方面，則關注在宋玉與馬融的作品。劉剛〈〈笛賦〉為宋玉所作說〉〔註36〕一文，對於前人懷疑〈笛賦〉非宋玉所作的理由提出反駁，並從賦中所表現的內容、情感，以及對宋玉生年的推測，推論〈笛賦〉為宋玉所作。石崝嶸〈宋玉音樂美學思想鈎沉〉〔註37〕一文，認為〈笛賦〉是第一篇描寫樂器的文學作品，其崇尚雅樂鄙薄俗樂的思想深受北方儒家影響，是戰國晚期南北文化融合的反映。楊允〈〈長笛賦〉藝術特色探索〉〔註38〕一文，認為〈長笛賦〉反映馬

〔註34〕見汪青著：〈雅韻琴音——蔡邕〈琴賦〉的文學與音樂解讀〉，《古典今讀》，2006 年 5 月，頁 18～21。

〔註35〕見劉偉生著：〈嵇康〈琴賦序〉的理論內涵與價值〉，《船山學刊》第 4 期，2008 年，頁 87～89。

〔註36〕見劉剛著：〈〈笛賦〉為宋玉所作說〉，《瀋陽師範學院學報（社會科學版）》第 26 卷第 1 期，2002 年，頁 20～25。

〔註37〕見石崝嶸著：〈宋玉音樂美學思想鈎沉〉，《中國音樂（季刊）》第 4 期，2004 年，頁 195～197。

〔註38〕見楊允著：〈〈長笛賦〉藝術特色探索〉，《渤海大學學報》第 2 期，

融處境的落寞，遠離京師卻又期盼聖主賞識。

「洞簫賦」方面，王欣慧〈王褒〈洞簫賦〉研究〉〔註39〕一文，認為王褒的寫作動機，除了娛悅太子之外，應有印證〈七發〉所謂的「貴遊文學」乃是「要言妙道」的意味，推論出王褒肯定辭賦應具有經世的效果。李丹博〈附聲測貌，泠然可觀──論王褒〈洞簫賦〉的藝術成就〉〔註40〕一文，認為音樂賦受漢賦宮廷化的影響，在音樂美學思想上，〈洞簫賦〉動搖了儒家政治教化的觀點，凸顯了娛樂性，並分析音樂描繪上的魅力。

由上述研究可看出幾個層面的問題。首先，對於先唐「藝術賦」的探討，由於藝術類別涵蓋廣泛，諸如音樂、舞蹈、書畫、雜技等藝術皆屬討論的課題，且因為不同藝術類型各有其專業鑑賞方式，欲合併討論又兼顧藝術專業實屬不易。目前關注先唐藝術賦的整體研究，僅余江《漢唐藝術賦研究》全書分類探討，其餘皆為書中的部分篇章，難以作深度的文本研究。因此，此類研究大多僅能說明各個藝術賦的創作概況、代表作家、重要作品簡介，及其所呈現的整體時代文化意涵與趨勢，無法深入各類賦作全面而詳細的探討。

其次，對於賦作的「音樂史料」整理，主要集中於「漢賦」史料，另有針對「笙賦」作音樂學與文獻考古結合的研究，還原了音樂賦的歷史樣貌，也提供日後研究的基礎。而漢代之後的音樂賦，尚未見到結合考古學、文獻學、音樂學等相關研究。此類音樂史料的整理，其目的在於考證還原音樂文化的真實樣貌，文本的深究本非其重點，因此需要再作文本解讀詮釋以闡發作品的意涵。

再次，關於先唐音樂賦的「音樂美學」研究受到較多的關注，專

2009 年，頁 73～77。

〔註39〕見王欣慧著：〈王褒〈洞簫賦〉研究〉，《中國文化月刊》第 207 期，1997 年 6 月，頁 88～100。

〔註40〕見李丹博著：〈附聲測貌，泠然可觀──論王褒〈洞簫賦〉的藝術成就〉，《山西師大學報（社會科學版）》第 30 卷第 2 期，2003 年 4 月，頁 34～39。

書、學位論文、單篇期刊等皆有相關論述，而以魏晉時期的探討較爲豐富，尤其是嵇康〈琴賦〉最受關注。但兩漢時期的研究相對較少，僅蔡仲德《中國音樂美學史》討論了王褒〈洞簫賦〉、馬融〈長笛賦〉與傅毅〈舞賦〉等賦作的音樂思想。目前雖有相關研究提出音樂賦整體「尚悲」、「尚和」等審美傾向，但多由幾篇賦作歸結，而非由漢至魏晉音樂賦作全盤的觀察，而音樂賦中的音樂美學應是透過多篇作品的綜觀歸納，才能呈現其全貌。又先唐音樂賦蘊含豐富的音樂思想，而音樂美學主要探討人類對音樂的審美意識，僅爲音樂思想的一部分，尚有許多研究空間。

　　最後，關於先唐「音樂賦」的整體研究，已有數篇學位論文關注此課題，且各有偏重，但大多仍屬「文學模式」的探討，如文學表現的研究以創作模式、修辭技巧、抒情手法的探討爲主；如音樂賦史的整理，以數量、內容、形式的特徵爲主；如賦作藝術層面探討，則以音樂、舞蹈的起源發展爲主。也有部分著作關注音樂的審美思想，但多數簡化歸納爲尚悲、尚和、尚自然等審美觀，或是教化、娛樂等音樂功能。整體而言，除了深度與廣度尚有努力空間之外，其文學與音樂的探討各自獨立，極少將文學特徵與音樂詮釋作連結性的探討。

　　從歷來的研究之價值與不足之處可以看出，「音樂賦」是以文學詮釋音樂，除了文學的探討之外，尚須關注「音樂」層面，唯有文學與音樂的雙重視野，才能發掘音樂賦的核心意涵。而且，不同的音樂類型，表現的方式不同，所體驗的感官感受與精神層面的體會亦有差異，因此樂器、舞蹈、歌唱等題材的賦作應區分探討，不宜混爲一談。此外，賦具有獨特的文體形式與書寫特色，使其表現出獨特的「鋪陳」特色並具有「體物」的功能。賦的鋪陳表現於外在文體形式，如較長的篇幅、句式的靈活多變；表現於內在創作技巧，如譬喻、虛構、誇飾、圖畫式鋪排等，皆有助於賦鋪陳所要描繪的主體事物。多數研究音樂賦的論文，未曾關照賦的文體特徵與音樂詮釋的關係。

　　本論文的研究主要奠基於前人的研究基礎上，並以「先唐樂器

賦」為研究範圍，著重於賦家本身的音樂審美體驗，以及賦家音樂書寫表現的探討。即便是文學的探討，亦扣緊文學形式與音樂表現的關係，並透由不同文類的比較來呈現賦體「音樂詮釋」的特殊性，也才能深刻的凸顯「樂器賦」的核心價值。

第三節 研究範圍、方法與內容

一、研究範圍

　　本論文題目為「先唐樂器賦研究」，僅聚焦於「樂器」主題，是因為先唐音樂類賦作中「聲樂」、「舞蹈」等題材的篇章相對較少，如此可使研究主題一致；以「先唐」為時間範圍，乃因先唐樂器賦在歷代音樂賦中所具有的開創性。因此，本論文研究的時代界定以唐代以前為限，包含戰國、兩漢、魏、晉、南北朝、隋等朝代，作品則以「樂器」相關賦作為研究範圍，所謂「樂器賦」，本文主要劃分為三類：「以樂器為題」、「以樂器合奏」、「以樂器音樂之描寫」三種。以「樂器」為賦題的作品，如王褒〈洞簫賦〉與嵇康〈琴賦〉；「以樂器合奏」，如以「曲種」為賦題的作品，如陸機〈鼓吹賦〉與江淹〈橫吹賦〉，此類賦作描寫眾人多樂器合奏之音樂。「以樂器音樂之描寫」，此類雖非以樂器、曲種為賦題，但賦作中涉及樂器音樂之描寫片段，如枚乘〈七發〉中描寫琴音、蔡邕〈瞽師賦〉中描寫吹奏笛音等文字，亦皆為本論文研究範圍。

二、研究資料與校勘

　　先唐樂器賦散見於史書、類書、賦集、文集等文獻，在文獻的搜羅整合上，漢代的賦作有費振剛、仇仲謙、劉南平等輯校的《全漢賦校注》〔註41〕，魏晉的賦作有韓格平輯校《全魏晉賦校注》〔註42〕，

〔註41〕見費振剛、仇仲謙、劉南平等輯校：《全漢賦校注》。

兩書對於先唐賦作的收集與校注有很大貢獻，對賦學研究助益良多。
本論文主要參閱上述兩書，再從其他史書、類書、賦集、文集等文獻
一一搜羅。無論是殘篇、殘句或存目，都加以整理以避免遺漏，並編
輯爲〈先唐樂器賦輯目〉。(參見本論文「附錄一」)

　　〈先唐樂器賦輯目〉中先依樂器分類，每類樂器賦標明賦作時
代、作者、篇名、存佚與出處，使先唐樂器賦的研究資料一目了然，
以便檢索。目前所蒐羅先唐樂器賦共有 45 篇，涵蓋的樂器有笛、洞
簫、笙、簧、笳、角等吹奏樂器；有琴、箏、琵琶、箜篌等彈撥樂器；
有節、金錞等打擊樂器。〔註43〕以下先依時代先後排列，以呈現樂器
賦文章概況，篇目如下：

序　號	時　代	作　　　者	篇　　名	存佚
1	戰國	宋玉	笛賦	存
2	漢	賈誼	簴賦	殘
3	漢	枚乘	笙賦	佚
4	漢	王褒	洞簫賦	存
5	漢	劉向	雅琴賦	殘
6	漢	劉玄	簧賦	佚
7	漢	傅毅	雅琴賦	殘
8	漢	馬融	長笛賦	存
9	漢	馬融	琴賦	殘
10	漢	侯瑾	箏賦	殘
11	漢	蔡邕	琴賦	殘
12	魏	阮瑀	箏賦	殘
13	魏	杜摯	笳賦	殘

〔註42〕見韓格平輯校：《全魏晉賦校注》。

〔註43〕樂器賦所描述的樂器，其中有「節」爲古樂器，用兩竹製成，可以
　　　　拍之成聲以節樂。而「金錞」，據〔梁〕‧蕭綱〈金錞賦〉序：「圓如
　　　　椎頭，大上小下，樂作鳴之，與鼓相和」，應爲節奏類樂器，可與鼓
　　　　相和。另有「簴」，爲古代懸掛鐘、磬的木架，其兩側柱子稱爲「簴」，
　　　　屬於放置樂器的器架，亦有賦作歌詠之。

14	魏	孫該	琵琶賦	殘
15	魏	嵇康	琴賦	存
16	吳	閔鴻	琴賦	殘
17	晉	傅玄	箏賦	殘
18	晉	傅玄	笳賦	佚
19	晉	傅玄	琵琶賦	殘
20	晉	傅玄	琴賦	殘
21	晉	傅玄	節賦	殘
22	晉	夏侯湛	夜聽笳賦	殘
23	晉	孫楚	笳賦	殘
24	晉	顧愷之	箏賦	殘
25	晉	賈彬	箏賦	殘
26	晉	陶融妻陳氏（陳窈）	箏賦	殘
27	晉	成公綏	琵琶賦	殘
28	晉	成公綏	琴賦	殘
29	晉	潘岳	笙賦	存
30	晉	夏侯淳	笙賦	殘
31	晉	王廙	笙賦	殘
32	晉	揚方	箜篌賦	佚
33	晉	曹毗	箜篌賦	殘
34	晉	孫瓊	箜篌賦	殘
35	晉	紐滔母孫氏（古儉）	角賦	殘
36	晉	向秀	感笛賦	佚
37	晉	伏滔	長笛賦	殘
38	宋	劉義慶	箜篌賦	殘
39	梁	蕭綱	箏賦	存
40	梁	蕭綱	金錞賦	存
41	梁	蕭繹	琵琶賦	佚
42	陳	陸瑜	琴賦	殘
43	陳	傅縡	笛賦	殘
44	陳	顧野王	笙賦	殘
45	陳	顧野王	箏賦	殘

其他相關賦作：

序 號	時 代	作 　者	篇 　名	存佚
1	漢	枚乘	七發	存
2	漢	蔡邕	瞽師賦	殘
3	晉	陸機	鼓吹賦	殘
4	梁	江淹	橫吹賦	存

　　篇目確立之後，則是校勘的工作。先唐樂器賦大多殘缺不全，異文甚多，而且輯自類書中的資料多爲殘篇斷句，且各類書所節錄之文互有參差不同，因此校勘的工作繁重，幸有前人卓著的成績可供參閱。本論文首先就研究主題「先唐樂器賦」再次進行校勘，並作成〈先唐樂器賦輯校〉收於本論文「附錄二」。〈先唐樂器賦輯校〉乃依「樂器」作分類，校勘選字的原則，以版本年代較早、紀錄較完整者爲底本，並參校其他版本，將異文列於當頁註腳中，以供參考。而本論文中所引之樂器賦文字，即以此輯校爲主，不另注出處，以免冗贅。

三、研究方法與內容

　　在確立文本並進行校勘的工作之後，即是文本的研究分析。本論文希望能兼顧「音樂」與「文學」的層面，探討「接受」與「創造」的雙重面向，因此在研究方法上，主要採取下列三種研究方法：

（一）接受美學

　　接受美學的核心是從接受者出發，一個作品的完成，須包含接受者的參與，否則只是半成品。「樂器賦」是以樂器聲音爲題材的賦作，內容上以樂器音樂爲對象，書寫音樂之美，亦寫聆賞之感受，而賦家本身即爲審美主體。因此，從音樂審美的角度切入，可貼近賦家審美體驗，理解其豐富的藝術心靈。必須提到的是，賦家聆賞音樂時基本上處於「接受者」的角色，此角色並非全然被動，聆賞

的心理過程亦有參與創作的積極意義,因此,採「接受美學」觀點來詮釋賦家之音樂審美體驗。另外,每個文人都有自己的審美觀,而處於同一時代的賦家,受當時社會的審美潮流所影響,表現的審美觀點往往呈現出時代共性。因此,關於作者、時代音樂審美觀、音樂思想等美學課題,亦屬討論的範圍。

(二)文獻分析法

音樂是一種時間藝術,其動態演出隨時間而進行,也隨時間而消逝,古人缺乏適當的工具來保存。幸有文人以文字來紀錄、詮釋音樂,我們才能推溯其豐富的藝術表現。本文所研究的樂器賦已非音樂原貌,而是賦家詮釋後的,內心裏的音樂,即是「以文記樂」。因此,本文採用文獻分析法,由文獻資料入手,無論是樂器賦文本,抑或是相關的音樂史料,皆是尋求歷史資料與文獻,並客觀地檢視、分析,進而理解深層意涵。透由文獻的分析,企圖理解賦家書寫音樂的藝術構思、創作技巧,及其呈現的音樂形象,並探討音樂思想的源頭與意涵。

(三)歸納比較法

所謂的「特色」應是透由「比較」方能呈現,「樂器賦」的特殊性也需要透過歸納比較。賦家創作的同時,對於文體的形式特徵及其所能擅長表現的題材、內容,應是一種有意識的選擇。為凸顯賦體詮釋樂器音樂之特殊性,應將不同文類中的樂器描述作一對照,並從形式、內容、思想、風格、技巧等方面區分其特點。詩與賦同樣屬韻文,自古關係密切,自漢至齊梁,如「賦者,古詩之流」〔註44〕、「賦也者,受命於詩人,拓宇於楚辭也」〔註45〕等說法都顯示詩與賦的近似。

〔註44〕見班固〈兩都賦〉序曰:「賦者,古詩之流」。見〔梁〕蕭統編、〔唐〕李善注:《文選》(臺北:藝文印書館影印,1991 年,據〔清〕胡克家重雕宋淳熙本),卷一,頁 21。
〔註45〕劉勰《文心雕龍‧詮賦》。見〔梁〕劉勰撰、周振甫注:《文心雕龍注釋》,頁 115。

但在藝術表現上一般認爲「賦」擅長客觀描寫，「詩」擅長主觀抒情；「賦」重才學，「詩」重才情，因此詩與賦對於「樂器音樂」的題材，必有不同的詮釋，透過歸納比較更能彰顯其特色。

透由上述的三種研究法，本論文在章節架構的安排如下：

第一章爲「緒論」，共分三部分。第一節爲「研究動機與目的」，說明以先唐樂器賦爲題的原因與意義，並點出此研究在賦學與中國音樂史上的預期成果。第二節爲「文獻與研究回顧」，說明歷來賦作的收錄與輯校概況，並整理歷來對於先唐時期之樂賦的相關研究，乃藉由賦學之藝術賦、音樂賦等研究，以及中國音樂史之音樂史料、音樂美學等研究，呈現其研究概況。第三節爲「研究範圍、方法與內容」，首先確立本論文研究的時代與主題，其次進行資料搜羅與校勘，最後說明從音樂、文學、比較等三種研究視角切入，並概述論文的章節架構。

第二章爲「先唐音樂賦的形成背景與條件」，屬於歷史的、外緣的理解。作品與作家皆無法脫離時代的影響，理解先唐的音樂文化與賦體發展有其必要性，因此本章第一節爲「先唐音樂發展概況」，由宮廷音樂、民間音樂、音樂交流、樂器發展、樂律理論與音樂思想等層面理解其音樂發展情況。第二節爲「先唐賦體的發展與演變」，由賦的起源入手，並由賦的形式結構、題材內容、藝術手法等三方面探討其文體特徵，同時概述先唐階段賦體發展演變及其特色。第三節爲「音樂與賦的結合」，探討「音樂」與「賦」兩種領域結合的背景條件，音樂賦的濫觴及其主流「樂器賦」的形成，並說明所形成的書寫模式。第四節爲「文人與音樂賦」，作家與作品密不可分，本節就「文人音樂家」的特殊身分探討樂器賦作者的音樂素養，及其樂器賦創作之關係。

第三章爲「先唐樂器賦之審美體驗」，擬從音樂審美體驗的角度作歸納分析，而音樂審美的體驗，因個人的經歷、音樂素養而不同，體現出不同類型。先唐賦家的審美體驗大致呈現出四種類型，本章分

節探討，第一節為「生理與情緒感應」，此類型注重音樂對自身和情緒的影響；第二節為「賦予性格」，此類型習慣賦予音樂各種性格；第三節為「想像聯想」，此類型注重音樂所引起某種情景、人事時地物等聯想；第四節為「客觀鑑賞」，此類型總能將注意力集中於音樂的形式與技巧方面。此四種審美體驗並非獨立出現，往往同時或交錯出現，而不同聽者也各有偏重。又此四種類型雖為一般音樂審美所常見之經驗，但先唐音樂賦之體驗，卻能呈現為先唐文人專屬的生活面向與思想內涵。

　　第四章為「先唐樂器賦之音樂思想」，從上一章「同中有異，異中有同」音樂審美體驗中，企圖窺探漢魏六朝的樂器賦所呈現的相關音樂思想，並分析先唐音樂思想的演變。第一節為「音樂審美觀」，由審美體驗窺探其音樂審美觀，主要呈現出以「悲」、「和」、「清」、「德」、「自然簡易」為風尚之傾向，且各篇各重其器，不獨美特定樂器。第二節為「音樂功能」，由樂器賦中所描述的樂器評價觀察，所呈現出的音樂功能主要為：娛樂社交、情緒治療、進德修養、移風易俗、以音觀人、通神感物、諷諭勸諫等多元樣貌，而不同樂器所具功能略有差異，亦有兼具多種功能而備受推崇者。除此之外，尚有其他音樂思想如感物動情、器法天地等思想，將於第三節「其他音樂思想」中探討。

　　第五章為「先唐樂器賦之音樂書寫」，本章將從文學的角度分析，探討文人以賦體詮釋音樂的藝術構思與藝術表現。第一節為「賦鋪陳技巧及其藝術形象」，賦的鋪陳技巧超越《詩》、《騷》，本節由賦最為特出的「鋪陳」技巧來分析樂器賦的音樂描繪，主要是透過虛構誇飾、時空鋪排、譬喻通感、活用典故等技巧的綜合運用來完成，並能呈現豐富多元的音樂形象。第二節為「賦形式特點及其音樂詮釋」，賦體有其特殊的形式特點，諸如散體、騷體等句式的多樣化，用韻的靈活，以及「序」、「亂」、「歌」等特殊形式，這些賦的特殊文體形式，對於書寫音樂各有不同的運用時機與表現效果，也表現出賦結合吸收其他

文體特點，從而形成專屬於賦體本身的獨特書寫方式。

　　第六章為「詩與賦之音樂詮釋比較——以琴為例」，詩與賦自古關係密切，透過詩與賦在音樂書寫方面的比較評析，能呈現彼此在內容、技巧、風格上的差異。因此，本論文擬比較先唐時期「樂器詩」與「樂器賦」的差異，而樂器的選擇則以先唐樂器詩、賦作品中數量最多的「琴」題材為例。本章之第一節為「詩賦關係及其文體審美特徵」，從賦的產生過程談詩賦的緊密關係，以及兩種文體的美感型態。第二節為「先唐琴詩概況」，界定先唐琴詩範圍並呈現其創作概況。第三節為「從比較的觀點評析詩、賦的音樂詮釋——以琴為例」，以「琴」的描寫為例，比較先唐「琴賦」與「琴詩」在思想內容、謀篇結構、句式節奏、藝術手法與藝術風格等各方面的差異，進而理解文人創作時，對於詩、賦兩種體裁的選擇需求。

　　第七章則為「結論」，將歸納本論文之研究成果，以及對未來的展望。並將所編之「先唐音樂賦輯目」與「先唐音樂賦輯校」，以及「樂器參考圖片」等資料，置於論文之末作為附錄。

第二章　先唐音樂賦的形成背景與條件

　　「音樂賦」是以賦的文體書寫音樂的一種文類，它的產生，有待於兩個條件：在形式上，賦已經具有相當的文體特色，與其他文體也有了較明顯的區隔，作者可以較有意識的以此文體寫作；在內容上，音樂的發展達到一定高度，可以書寫的內容更加豐富，也累積了更多的歷史故實，使之更適合用賦的體裁創作。首先，一種文類的出現絕非偶然，必須在特定的時空背景下，多方面條件成熟，方能產生。「樂器賦」屬於「音樂賦」的一類，跨越了音樂與賦體文學的雙重領域，若要了解音樂賦的產生，須從「音樂」與「賦」兩者的發展入手，一方面藉由先唐音樂的環境，了解其樂器與器樂的發展；另一方面亦須透過先唐賦體文學的發展，了解賦體的形式、內容與文體特徵。器樂的成熟提供了「樂器賦」的創作題材，賦體的高度發展提供了「樂器賦」的創作形式，雙方面互為條件，為「樂器賦」的產生提供了良好基礎。因此本章將從「先唐音樂發展」與「先唐賦體的發展與演變」，作一外緣背景的了解。

　　其次，在音樂與賦體發展的條件成熟之時，亦須等待那個加以結合觸發的創作者。音樂賦的創作者為「文人」，文人在什麼樣的時機與緣由之下，選擇以賦體表現音樂？其對後來的音樂賦具有何

種影響？又文人本身的音樂素養，以及文人階層對音樂的審美傾向，在在都影響音樂賦的題材內容與審美思想，故本章將從「文人與音樂賦」切入，探討文人對音樂題材的選擇，以及樂器賦因讀者群的轉變所反映的文人心態。

第一節　先唐音樂發展概況

　　要了解先唐樂器賦的形成，有必要對先唐整體的音樂發展作一回顧。音樂自遠古開始，經夏、商、西周、春秋戰國、秦漢至魏晉南北朝間的文化累積，無論在樂器、舞蹈、音樂理論與思想等各方面都有高度發展。其間，透由境內各族的文化融合，以及與外國的文化交流，使中原音樂融入四方異族的元素，從而展現出豐富多元的樣貌。而先唐的繁盛的音樂文化，充實著人們的生活，也為文人的創作提供極佳的題材。由於音樂的範圍所涉廣泛，以下僅從宮廷音樂、民間音樂、音樂交流、樂器發展、樂律理論與音樂思想等六個方面，呈現先唐的音樂發展概況，為本論文的撰述提供討論基礎。

一、宮廷音樂

　　中國原始的音樂與舞蹈密不可分，商代社會的特點是尊鬼事神，巫術活動頻繁，其祭祀活動皆伴有隆重的樂舞。商代樂舞，見於古代文獻的有〈桑林〉〔註1〕與〈濩〉〔註2〕。西周開始制禮作樂，是為了維護宗法階級制度，就音樂而言，階級的內容包含對樂舞的

〔註1〕「桑林」，商代樂舞。《春秋左傳正義‧襄公十年》：「宋公享晉侯于楚丘，請以桑林。」孔穎達疏曰：「宋是殷後得用殷樂，知桑林是殷天子之樂名也。」見《春秋左傳正義》，阮刻《十三經注疏》本（臺北：藝文印書館，1997年），卷三十一，頁539。

〔註2〕「濩」，商代樂舞，《呂氏春秋》作「大濩」。《呂氏春秋》〈仲夏紀‧古樂〉：「湯於是率六州以討桀罪，功名大成，黔首安寧。湯乃命伊尹作為〈大濩〉，歌〈晨露〉，修〈九招〉、〈六列〉，以見其善。」見〔戰國〕呂不韋等撰、陳奇猷校釋：《呂氏春秋新校釋》（上海：上海古籍出版社，2002年），卷第五，頁289。

名目、樂器品種與數量、樂工人數等的限制，這套禮樂制度對後世影響深遠。周代宮廷音樂主要包括六代之樂、頌樂、雅樂、房中樂和四夷之樂等內容，其中以六代之樂、頌樂、雅樂最爲重要。「六代之樂」，指黃帝以來所流傳下來的六部樂舞，包括黃帝時的〈雲門〉〈大卷〉、堯時的〈咸池〉、舜時的〈大韶〉、禹時的〈大夏〉、商湯時〈大濩〉以及周初的〈大武〉，大都表現出中庸平和的風格。《周禮注疏・春官宗伯第三》：

> 大司樂：掌成均之灋，以治建國之學政，而合國之子弟焉。……以樂舞教國子舞〈雲門〉、〈大卷〉、〈大咸〉、〈大韶〉、〈大夏〉、〈大濩〉、〈大武〉。……乃奏黃鍾，歌大呂，舞〈雲門〉，以祀天神。乃奏大蔟，歌應鍾，舞〈咸池〉，以祭地示。乃奏姑洗，歌南呂，舞〈大韶〉，以祀四望。乃奏蕤賓，歌函鍾，舞〈大夏〉，以祭山川。乃奏夷則，歌小呂，舞〈大濩〉，以享先妣。乃奏無射，歌夾鍾，舞〈大武〉，以享先祖。〔註3〕

由《周禮注疏》的描述可知，六代之樂多用於祭祀。「頌樂」與「雅樂」，指《詩經》中的「頌」、「雅」等樂歌，「頌」是用於天子祭祖、大射、視學以及兩君相見等重要典禮；「雅」分大雅、小雅，「大雅」的內容、運用場合與「頌」相似，「小雅」則較接近於民歌，用於諸侯大射、燕禮以及士大夫鄉飲酒禮等儀式。關於「房中樂」，據《儀禮注疏・燕禮》鄭玄注：「周南召南，國風篇也。王后國君夫人，房中之樂也。〈關雎〉言后妃之德。」〔註4〕可知房中樂是后妃們在內宮侍宴時唱的，歌唱時不用鐘、磬，只用琴瑟伴奏。「四夷之樂」〔註5〕，主要是指秦、楚、吳、越等地，包括漢族與其他民

〔註3〕　見《周禮注疏》，阮刻《十三經注疏》本（臺北：藝文印書館，1997年），卷二十二，頁336～341。

〔註4〕　見《儀禮注疏》，阮刻《十三經注疏》本（臺北：藝文印書館，1997年），卷第十五，頁173。

〔註5〕　《周禮注疏・春官》：「鞮鞻氏：掌四夷之樂與其聲歌。祭祀，則龡而歌之；燕，亦如之。」見《周禮注疏》，阮刻《十三經注疏》本，

族的音樂，主要用於祭祀與宴樂，大都以吹管樂器伴奏歌舞。〔註6〕

春秋戰國時期，宗法制度逐漸瓦解，開始出現禮樂崩壞的局面，各地的音樂逐漸復興，甚至取代雅樂用於禮儀。各地的音樂在社會上稱為「新樂」，其中著名的有鄭、衛、宋、齊等地區的音樂，風格多樣，清新活潑又優美感人，深得貴族的喜愛。

自戰國而至秦代，秦代在宮廷音樂上大體承襲周制，而將「房中樂」改稱「壽人樂」，〈大武〉改名為〈五行舞〉。始皇與二世皆愛民間俗樂，曾把各國的「鄭衛」、「桑間」等民間音樂收集至咸陽宮中。秦滅之後，漢初的宮廷音樂，雖大體因襲舊制，但古樂大多失傳，由《漢書·禮樂志》：「漢興，樂家有制氏，以雅樂聲律，世世在大樂官，但能紀其鏗鎗鼓舞，而不能言其義。」〔註7〕可見古樂徒具形式而已。漢高祖劉邦生於楚國，喜愛故鄉的楚歌楚舞，因而當時的宮廷音樂多用楚聲，如唐山夫人的〈房中祠樂〉，其音調是楚聲。〔註8〕至漢武帝劉徹，充實了「樂府」機構，派人收集「趙、代、秦、楚之謳」等民間音樂，兼收西域等邊地民族音樂，因此漢代的宮廷音樂，幾乎全為民間歌曲與外來音樂所取代。〔註9〕

魏晉南北朝是中國民族融合的時期，音樂文化交流繁盛，是一個「雅樂」式微，「俗樂」蓬勃發展的時代。就宮廷雅樂而言，北方的統治者所運用的雅樂，吸收了一些漢族與少數民族的音樂。而在南

卷二十四，頁 368～369

〔註6〕 相關資料參見夏野著：《中國古代音樂史簡編》（上海：上海音樂出版社，1989 年），頁 14～18；楊蔭瀏著：《中國古代音樂史稿》，頁 32～37；金文達著：《中國古代音樂史》（北京：人民音樂出版社，1994 年），頁 3～17、52～56。

〔註7〕 見〔漢〕班固等撰、〔唐〕顏師古注：《漢書》（臺北：宏業書局，1972 年），卷二十二，頁 268。

〔註8〕 《漢書·禮樂志》曰：「高祖樂楚聲，故房中樂楚聲也。」見〔漢〕班固等撰、〔唐〕顏師古注：《漢書》，卷二十二，頁 268。

〔註9〕 相關資料參見夏野著：《中國古代音樂史簡編》，頁 38～41；楊蔭瀏著：《中國古代音樂史稿》，頁 126～128；金文達著：《中國古代音樂史》，頁 132～139。

方，尤其是梁朝的統治者，十分重視雅樂，製作許多雅樂樂器，如編鍾、編磬等，其用意不外乎炫燿其地位，但實際上很少使用。整體而言，宮廷雅樂自春秋戰國起，逐漸走向衰微，宮廷所運用的雅樂多參雜民間俗樂與外來音樂。〔註10〕

二、民間音樂

　　周代民間音樂在歌曲、歌舞及器樂方面已有很大的發展。歌曲方面，主要收在《詩經・國風》之中。當時黃河流域一帶的鄭、衛、宋、齊等地的民歌，頗具特色，流傳廣泛，常以「鄭衛之音」稱之，為北方民歌的代表，而南方長江中下游一帶的民歌則稱為「南音」。《詩經》十五國風之中，絕大多數屬於黃河流域一帶的北方風格歌曲，屬於南音只有周南、召南，範圍限於楚國北部。春秋戰國時期的楚與越國，民間音樂十分發達，只是未被列入「采風」的範圍之內，因而不像《詩經・國風》那樣被保留下來。雖然此區域被保存的作品不多，我們還是可從中看出當時的音樂水準，如〈越人歌〉〔註11〕據說是楚康王之弟鄂君子晳在河上泛舟，其水手所唱的越人土歌，後翻譯為漢文歌詞。又如〈孺子歌〉〔註12〕，是孔子在楚國聽到的民間歌曲。而《楚辭》中的許多作品，如屈原的〈離騷〉、〈九章〉等作品，也與民間歌曲有關。此外，民間流行的巫舞〈九歌〉為大型的祭典歌舞曲，以及荀子的長篇敘事歌曲〈成相〉，〔註13〕

〔註10〕見楊蔭瀏著：《中國古代音樂史稿》，頁160～161。

〔註11〕《說苑・善說》〈越人歌〉曰：「今夕何夕兮，搴舟中流。今日何日兮，得與王子同舟。蒙羞被好兮，不訾詬恥。心幾煩而不絕兮，得知王子。山有木兮木有枝，心悅君兮君不知。」見〔漢〕劉向撰、向宗魯校證：《說苑校證》（北京：新華書店，1987年），卷十一，頁278～279。

〔註12〕〈孺子歌〉又名〈滄浪歌〉。《孟子集注・離婁》曰：「不仁者可與言哉？安其危而利其菑，樂其所以亡者。不仁而可與言，則何亡國敗家之有？有孺子歌曰：『滄浪之水清兮，可以濯我纓；滄浪之水濁兮，可以濯我足。』」見〔宋〕朱熹撰：《四書章句集注》（北京：中華書局，1983年），卷七，頁280。

〔註13〕《荀子・成相篇》：「請成相，世之殃，愚闇愚闇墮賢良！人主無

模仿民間歌曲形式，可說是後來說唱音樂的遠祖，皆可反映民間音樂的一個面向。〔註14〕

　　秦漢時期的民間音樂，主要是樂府民歌與相和歌。「樂府」官署的設立始於秦代，西安秦始皇陵曾出土一件銅鐘，上鑄「樂府」二字，可證明秦時確實有此官署。武帝時擴大了樂府機構及職能，廣泛收集各地民歌，並進行加工改編，以提供祭祀、宴樂之用。據《漢書・藝文志》載：「自孝武立樂府而采歌謠，於是有代、趙之謳，秦、楚之風，皆感於哀樂，緣事而發。亦可以觀風俗，知薄厚云。」〔註15〕後人稱樂府所用的詩歌爲「樂府詩」。原始民歌一般不用伴奏，而加幫腔形式，也就是「一人唱，三人和」，稱爲「但歌」。〔註16〕民歌經樂府整理，加上管弦樂器伴奏，就是所謂「相和歌」。《宋書・樂志》；「凡樂章古詞，今之存者，並漢世街陌謠謳。」〔註17〕又說：「相和，漢舊歌也。絲竹更相和，執節者歌。」〔註18〕可見相和歌的名稱，取義於「絲竹更相和」之意，其表現形式是有絲竹

賢，如瞽無相，何倀倀！請布基，慎聽之，愚而自專事不治。主忌苟勝，群臣莫諫，必逢災。」楊倞注：「相乃樂器，所謂舂牘。」、盧文弨：「相乃樂器，所謂舂牘。又古者瞽必有相，審此篇音節，即後世彈詞之祖。篇首即稱『如瞽無相何倀倀』，義已明矣。首句『請成相』，言『請奏此曲』。見〔戰國〕荀子撰、王先謙集解：《荀子集解》（臺北：藝文印書館，1912年），第十八卷，頁733。

〔註14〕相關資料參見金文達著：《中國古代音樂史》，頁18～42；蕭興華著：《中國音樂史》（臺北：文津出版社，1985年），頁43～55；臧一冰著：《中國音樂史》（武漢：武漢測繪科技出版社，1999年），頁19～33。

〔註15〕見〔漢〕班固等撰、〔唐〕顏師古注：《漢書》，卷三十，頁1756。

〔註16〕《晉書・樂志下》：「但歌，四曲，出自漢世。無絃節，作伎最先唱，一人唱，三人和。魏武帝尤好之。時有宋容華者，清徹好聲，善唱此曲，當時之特妙。自晉以來不復傳，遂絕。」見〔唐〕房玄齡等撰：《晉書》（北京：中華書局，1998年），卷二十三，頁716。

〔註17〕見〔梁〕沈約撰：《宋書》（北京：中華書局，1997年），卷十九，頁549。

〔註18〕見〔梁〕沈約撰：《宋書》，卷二十一，頁603。

類樂器伴奏，歌唱者擊節統一節奏。相和歌的結構形式多樣，可以一曲到底不分段，也可以分兩個以上段落，每個段落稱為一「解」，結構較大的，後來稱為「大曲」。〔註19〕相和歌的樂曲有明確的調名，而五個基本調名為：平調、清調、瑟調、楚調、側調，其中前三調在晉以後為清商樂所用，又稱「清商三調」。〔註20〕

魏晉時代，相和歌的藝術性不斷提高，至東晉和南北朝期間，戰亂頻繁造成民族大遷徙，而經濟文化藝術的發展，也隨著政治中心轉移而南移。而音樂南移之後，其音樂風格、曲式結構、使用的樂器等，也因地區而有所變異，名稱上由「相和歌」變為「清商樂」了。《樂府詩集》卷四十四，清商曲辭小序：「清商樂，一曰清樂。清樂者，九代之遺聲。其始即相和三調是也，並漢魏已來舊曲，其辭皆古調及魏三祖所作。」〔註21〕《舊唐書·音樂二》也記載：

> 清樂者，南朝舊樂也。永嘉之亂，五都淪覆，遺聲舊制，
> 散落江左。宋、梁之間，南朝文物，號為最盛。人謠國俗，
> 亦世有新聲。後魏孝文、宣武用師淮、漢，收其所獲南音，
> 謂之清商樂。〔註22〕

「清商樂」乃東晉南北間承襲漢魏相和諸曲，並吸收當時的間音樂發展而成，總稱為「清商曲」。清商樂主要由西曲、吳歌組成，內容多為男女戀情。「吳歌」〔註23〕原是建康（南京）一帶的民間徒歌，

〔註19〕《樂府詩集·相和歌辭一》：「又諸調曲皆有辭、有聲，而大曲又有艷，有趨、有亂。辭者其歌詩也，聲者若羊吾夷伊那何之類也，艷在曲之前，趨與亂在曲之後，亦猶吳聲西曲前有和，後有送也。又大曲十五曲，沈約並列於瑟調。」見〔宋〕郭茂倩編：《樂府詩集》（北京：中華書局，1979年），第二十六卷，頁377。

〔註20〕相關資料參見夏野著：《中國古代音樂史簡編》，頁41～47；吳釗、劉東升著：《中國音樂史略》（北京：人民音樂出版社，1990年），頁36～47；蕭興華著：《中國音樂史》，頁67～77。

〔註21〕見〔宋〕郭茂倩編：《樂府詩集》，第四十四卷，頁638。

〔註22〕見〔後晉〕劉昫等撰：《舊唐書》（北京：中華書局，1975年），卷二十九，頁1062。

〔註23〕《樂府詩集·清商曲辭一》：「《晉書·樂志》曰：吳歌雜曲，並出江

東晉南朝時頗盛，內容多江南農村兒女戀情。「西曲」〔註24〕則是以湖北江陵一帶爲中心的民間徒歌〔註25〕，較吳歌略晚，多反映水邊賈客商婦離情，在南朝宋、齊、梁時期，其表演形式有舞曲和倚歌。〔註26〕

三、音樂交流

　　春秋戰國時期，各國的音樂各有其特點，彼此也相互交流，例如楚國音樂有自己風格，但是從屈原〈離騷〉中的「奏〈九歌〉與舞〈韶〉兮」〔註27〕、宋玉〈招魂〉中的「二八齊容，起鄭舞些」、「吳歈蔡謳」等〔註28〕句子了解可能有所交流，又如秦國也曾吸收過〈韶〉、〈武〉和鄭、衛等國的民間音樂。當時各國的民間藝人，在本國或他國的都市，靠音樂而謀生，如韓國女歌手韓娥，曾在齊國城門附近歌唱，亦是一種音樂的交流。而知識份子和專業樂師也對音樂交流有所貢獻，如孔子周遊列國後整理民歌，衛國的師涓曾將衛國的琴曲介紹給晉國國君，鄭國的師文曾向魯國的師襄學習琴藝等。而民族之間的音樂交流，如西元前 623 年，秦繆公曾將女樂二十六人贈給戎族的君王，造成華夏與戎族之間的音樂交流。〔註29〕

南。東晉已來，稍有增廣。其始皆徒歌，既而被之管弦。蓋自永嘉渡江之後，下及梁、陳，咸都建業，吳聲歌曲起於此也。《古今樂錄》曰：吳聲歌舊器有箎、箜篌、琵琶，令有笙、箏。」見〔宋〕郭茂倩編：《樂府詩集》，第四十四卷，頁 639～640。

〔註24〕《樂府詩集・清商曲辭四》：「按西曲歌出於荊、郢、樊、鄧之間，而其聲節送和與吳歌亦異，故□其方俗謂之西曲云。」見〔宋〕郭茂倩編：《樂府詩集》，第四十七卷，頁 689。

〔註25〕「徒歌」指唱歌時沒有伴奏，即清唱；後文「倚歌」指演唱時只用管樂器、鈴和鼓作伴奏的民歌形式。

〔註26〕相關資料參見金文達著：《中國古代音樂史》，頁 112～114；吳劍、劉東升著：《中國音樂史略》，頁 54～62；夏野著：《中國古代音樂史簡編》，頁 63～68。

〔註27〕見〔東漢〕王逸撰：《楚辭章句》（臺北：藝文印書館，1974 年），卷第一，頁 67。

〔註28〕見〔東漢〕王逸撰：《楚辭章句》，卷第九，頁 286～287。

〔註29〕關於春秋戰國時期音樂文化交流情況，見楊蔭瀏著：《中國古代音樂

　　秦漢時期的音樂文化交流，對外主要是與東方、南方，以及西域的音樂交流。與東方的音樂交流方面，中國與東方朝鮮的文化交流約起於西周初年，從戰國末期起，有許多移民由中原流向朝鮮半島，至漢代有數萬口之多，可想見音樂交流的豐富。崔豹《古今注》記載的〈公無渡河〉〔註30〕有人認爲是一位朝鮮女子的創作，原本應是以朝鮮語來歌唱，後來記載爲漢文歌詞，其伴奏樂器爲臥箜篌，此樂器是由南方傳入中原，而這首歌的歌詞或許可視爲中國與朝鮮音樂交流的例證。〔註31〕至於中國與日本的文化交流方面，日本人民在中國典籍中被稱爲「倭人」，在漢朝，倭人已經定期向漢朝在（朝鮮）樂浪郡的官員來貢獻。日本天智天皇七年（668 年）在京都附近首次出土銅鐸，可能是受到中國的青銅鐘一類樂器禮器的影響，因而創造出獨具特色的銅鐸，可證明秦漢時期中日之間音樂交流。〔註32〕與南方的音樂交流方面，銅鼓的故鄉是中國的雲南中西部地區，約在戰國晚期到西漢，銅鼓的製作逐漸向東發展，還影響到當時的交趾郡，即今越南中部北部一帶，因此形成這一帶出土銅鼓數量極多，說明了中國與越南的音樂文化交流。〔註33〕

〔註30〕　史稿》，頁 76～78；見金文達著：《中國古代音樂史》，頁 65～67。
〔註30〕　〈公無渡河〉又名〈箜篌引〉屬於漢代的「相和歌」，是以「引」爲名的「六引」之一，列在「相和六引」的篇首。崔豹《古今註·音樂第三》曰：「〈箜篌引〉，朝鮮津卒霍里子高妻麗玉所作也。高晨起刺船，而濯有一白首狂夫，被髮提壺，亂和流而渡，其妻隨而止之，不及，遂墮河死。於是援箜篌而鼓之，作〈公無渡河〉之曲，聲甚悽愴，曲終自投河而死。霍里子高還，以其聲語其妻麗玉，麗玉傷之。乃引箜篌而寫其聲，聞者莫不墮淚飲泣焉！麗玉以其曲傳鄰女麗容，名之曰《箜篌引》。」見〔晉〕崔豹撰：《古今註》（臺北：臺灣商務印書館，1976 年，《四部叢刊初編》），卷中，頁 2。
〔註31〕　見馮文慈著：《中外音樂交流史》（長沙：湖南教育出版社，1998 年），頁 13～20。
〔註32〕　見馮文慈著：《中外音樂交流史》，頁 20～23。
〔註33〕　見馮文慈著：《中外音樂交流史》，頁 23～29。

　　至於與西域的音樂交流方面，漢武帝時，張騫兩次出使西域，打通了西域通道，也開闢了文化交流之路。至於音樂文化交流，崔豹《古今註・音樂第三》曰：「橫吹，胡樂也。博望侯張騫入西域，傳其法於西京，唯得〈摩訶兜勒〉一曲，李延年因胡曲更造新聲二十八解，乘輿以爲武樂。後漢以給邊將軍，和帝時萬人將軍得用之。」〔註34〕所謂「胡樂」，泛指國內北方、西北方的少數民族音樂或西域傳入的外來音樂。武帝時期，西域的新鮮事物頗能吸引宮廷皇族，到東漢末靈帝時期前後，來自西域的胡風盛極一時，胡服、胡舞、胡樂器、胡曲等深受喜愛。除了西域音樂的傳入，漢代尚有北狄樂的傳入，兩者促進我國鼓吹樂的發展。「北狄」主要指北方邊地的遊牧民族，常於馬上吹奏笳、角等樂器，以鐃、鼓、排簫等伴奏歌唱，稱爲「鐃歌」。「北狄樂」在漢代已爲牧民所用〔註35〕，而守邊戰士與當地牧民相處，以此爲娛樂，後傳入朝廷，經整理改編後，用於軍隊、出行、宴樂、宗廟祭祀等場合。因爲這種音樂以打擊樂器（鼓）和吹奏樂器（笳、角）爲主，所以總稱爲「鼓吹」。北狄樂傳入中原之後，與其他音樂相融合，逐漸形成各種不同風格的鼓吹樂。〔註36〕

　　魏晉南北朝時期，在音樂文化方面是上承秦漢下起隋唐的重要階段，從地域的角度來看，也是東西、南北、內地與外族文化大融合的時代。由於這個時期社會動盪，導致民族的遷徙，音樂文化也表現出融合、開放、多元的格局。漢代的相和歌傳入南方，演變爲清商樂，中原音樂與北狄音樂的保存與輸入，形成隋唐七部樂、九部樂的雛型。而在東晉時期，北方出現十幾個封建政權，許多中亞、西亞和印

〔註34〕見〔晉〕崔豹撰：《古今註》，卷中，頁5。

〔註35〕據說漢初有位「以牧起家」的班壹，出入打獵時，常用「鳴笳以和簫聲」的北狄樂來壯聲威。《樂府詩集》曰：「劉瓛定軍禮云：『鼓吹未知其始也，漢班壹雄朔野而有之矣。鳴笳以和簫聲。非八音也。』」見〔宋〕郭茂倩編：《樂府詩集》，第十六卷，頁223。

〔註36〕關於鼓吹樂的資料，參見吳釗、劉東升著：《中國音樂史略》，頁63～65；蕭興華著：《中國音樂史》，頁71～73；金文達著：《中國古代音樂史》，頁131。

度人，其中包括樂舞藝人陸續進入中國。前涼時，「天竺樂」傳到涼洲。前秦呂光西征，將「龜茲樂」帶到涼洲，與當地的中原音樂融合之後，形成了「西涼樂」。魏太武帝曾派人出使西域，帶回疏勒和安國的樂伎。西元 586 年，周北武帝與突厥聯姻，西域都曾派藝人組成樂隊到長安，樂隊中還有著名的龜茲音樂家蘇祇婆。蘇祇婆善彈琵琶知音律，曾向長安的音樂家鄭譯轉述龜茲音樂的調式與音階。〔註37〕另外，佛教自東漢傳入，到南北朝以十分盛行，僧人爲宣傳教義常舉行歌舞雜技表演，一些從西域傳入的佛曲得到流傳，尤其是中國僧人將梵音佛曲譯成漢文用中國的歌調演唱，形成一種融合的宗教音樂。〔註38〕

四、樂器發展

由出土文物與甲骨文獻可知，中國自新石器時代開始，即出現陶塤、骨笛古老的樂器。〔註39〕至商代，樂器發展已十分豐富，由出土文物與甲骨文中所提到的樂器名稱來看，吹奏樂器有陶塤、骨哨、骨笛、簴、龠等，打擊樂器有鳴球、土鼓、陶鐘、陶鈴、石磬、編鐘、編磬、鐃等，而影響後世最深遠的當屬「鐘」與「磬」。當時青銅器的冶鍊與鑄造技術已達很高的水準，所鑄造的鐘，銅與錫的比例講究，其「合瓦形」結構，提供了同一個鐘的不同部位（正鼓部與側鼓部）可敲擊出兩個不同音的基礎。且商鐘很少單獨使

〔註37〕關於魏晉南北朝的文化交流，參見蕭興華著：《中國音樂史》，頁95～97；馮文慈著：《中外音樂交流史》，頁 44～47；臧一冰：《中國音樂史》（武漢：武漢測繪科技出版社，1999 年），頁 65～67；金文達著：《中國古代音樂史》，頁 140～143。

〔註38〕關於佛教東傳，參見蕭興華著：《中國音樂史》，頁 89～93；馮文慈著：《中外音樂交流史》，頁 84～94。

〔註39〕商代以前，也就是信史以前稱爲「史前時期」，先秦古籍記載了一些音樂文物，但皆屬遠古傳說。此時期音樂考古的重大成就，有河南舞陽賈湖遺址史前骨笛的出土，以及陝西臨潼姜寨 358 號墓的兩件陶塤出土，相關資料見王子初著：《中國音樂考古學》（福州：福建教育出版社，2002 年），頁 45～99。

用，大多三個一組，有的已具備五聲音階。〔註40〕磬是由石塊打製而成，1950 年安陽武官村殷代大墓出土虎紋大石磬，製作精美。商代樂器的高度發展，為周代打下深厚的基礎。〔註41〕

　　周代樂器已增加到數十種，製作技術已十分進步，在打擊樂器、吹奏樂器與弦樂器方面都有顯著的發展。打擊樂器有鐘、鼓、鼗、磬、柷、敔等，吹奏樂器有笙、簫、篪、管、龠等，還有琴、箏、瑟等絃樂器。絃樂器中有柱的如瑟、箏，無柱的如琴，皆屬撥弦樂器，適於演奏旋律，又有形如箏，以竹尺擊弦發音的筑。吹奏樂器從編管和單管兩方面發展，前者如簫（排簫）、笙，後者如笛、篪。鍾、磬等打擊樂器繼續朝編鐘、編磬發展，形成較完美的旋律樂器，值得注意的是隋縣曾侯乙墓出土的一套六十四枚的戰國編鐘。〔註42〕周代因樂器形制多樣按照樂器材料，將樂器分為八類，即：金、石、土、革、絲、木、匏、竹，稱為「八音」〔註43〕。

　　秦漢時期，中原地區與西北各民族往來頻繁。特別是西漢時期，多次對匈奴的戰爭，打通了中原和西域之間的「絲綢之路」，促進中國與中亞、西亞各國的音樂文化交流。此時期除了排簫、笛之外，常見的西來樂器有胡笳、號角、羌笛、箜篌，尤其是琵琶、五弦之類。其中「箜篌」，魏晉以來有三種形制：臥箜篌、豎箜篌和鳳首箜篌。「臥箜篌」平放橫彈似瑟，「豎箜篌」乃豎抱懷中，而

〔註40〕「合瓦形」是指鐘的橫截面不是圓形或橢圓形，而是橄欖形（但兩端要更尖些），構成它主體的兩弧形板片形狀有點像中國的瓦，因而稱之為「合瓦形」。相關資料見喬建中主編：《中國音樂》（北京：文化藝術出版社，1998 年），頁 7～9。

〔註41〕關於商代的樂器發展，見楊蔭瀏著：《中國古代音樂史稿》，頁 22～25；見王子初著：《中國音樂考古學》，頁 103～139。

〔註42〕關於曾侯乙墓出土音樂文物的資料，見王子初著：《音樂考古》（北京：文物出版社，2006 年），頁 44～68。

〔註43〕《周禮注疏‧春官》：「……皆播之以八音：金、石、土、革、絲、木、匏、竹。」見《周禮注疏》，阮刻《十三經注疏》本，卷二十三，頁 354。

兩手齊奏，是漢代時由西域傳入中原的，而「鳳首箜篌」，是豎箜篌的一種，因曲項頂端有鳳鳥裝飾而得名。「琵琶」形制亦分兩類，一類是直頸，共鳴箱呈圓形，流傳於秦漢時期，也稱爲秦琵琶、漢琵琶、秦漢子，阮咸善彈此器，後遂稱作「阮咸」；一類爲曲項，共鳴箱與頸連接呈梨形，由西域傳入，稱「曲項琵琶」。秦漢時期，關於秦漢時期重大的音樂考古發現，首推山東章丘洛莊漢墓樂器群的發現，該墓出土樂器數量達一四九件之多。〔註44〕在實際樂器使用上，漢代樂府中的「相和歌」採「絲竹更相和」的形式，其絲竹類樂器有琴、瑟、箏、琵琶、笛、笙、箎等，而由歌唱者擊節統一節奏。

魏晉南北朝時期，是中國歷史上的大動盪時代，也是漢民族和西方少數民族在音樂文化上頻繁交流融合的時期，大量西亞、中亞、南亞的音樂和樂器傳入中國。重要的樂器有：曲項琵琶、五弦琵琶、篳篥、方響、鑼、鈸、星、達卜與其他鼓類樂器。在器樂演奏方面，器樂獨奏及小型合奏有很大的發展。特別是琴、琵琶、箏、笛等樂器在上層社會十分流行，出現了不少演奏家。古琴方面，幾乎文人學士人手一琴，如魏晉間的嵇康、阮籍、戴安道等，都是著名的琴家。琵琶在魏晉間也很流行，著名的琵琶家如阮咸，彈奏一種圓盤柄直的琵琶，後即以「阮咸」命名，以別於傳自龜茲的曲項琵琶。南北朝時龜茲琵琶開始盛行，有許多來自西域各國的琵琶高手，如曹氏一家的曹婆羅門、曹僧奴、曹妙達，以及蘇祇婆等人。

由上述可知，樂器發展至魏晉南北朝，除了本土中原樂器，更有外來的胡樂器，種類繁多，樂器效能不斷進步，而演奏技術也隨之精進，有助於器樂的發展。〔註45〕

〔註44〕相關資料見王子初著：《中國音樂考古學》，頁305～314。
〔註45〕關於先唐樂器的參考圖片，請參見「附錄三」。由於樂器種類繁多，無法全部收錄，僅區分爲打擊樂器、彈撥樂器、吹奏樂器等三類，各附相關圖片，而主要以先唐樂器賦所歌詠之樂器爲主。

五、樂律理論

　　從殷商到西周，已逐步確立「五聲音階」的觀念，而大約在春秋戰國之際，就正式確立了用數學方法來計算五聲音階中各音的絃長比例的科學理論，史稱「三分損益法」。除了五聲音階之外，在歌唱中也有加用「變徵」、「變宮」而形成六聲或七聲音階的，至遲在春秋戰國之際已形成「七聲音階」。〔註46〕

　　上述的音階理論，不含有固定音高的意義，為了合樂和旋宮的需要，於是又有「十二律」〔註47〕的發明。有了五聲、七聲音階並確立了音階中有一個主要的音及宮音的觀念，加上十二律理論，就為「旋宮」理論奠定基礎。《禮記正義‧禮運篇》：「五聲、六律、十二管，還相為宮也。」〔註48〕所謂「旋相為宮」或「旋宮」，意指可以在五、六、七聲音階和十二律的每一個音上輪流建成一個以該音為主音（宮音）的某種音階。〔註49〕戰國的時候，調式的應用已相當豐富，如唱歌時「為變徵之聲」，琴上彈「清商」、「清徵」、「清角」〔註50〕等調式的變化，是為了滿足音樂內容表現的需要而引起的。

　　漢代律學家、易學家京房（西元前77～前37），提出六十律的理論，他在三分損益法的基礎上，利用第一律與第十二律之間存在的音差繼續推算，將一個八度分成六十律，為了配合六十干支，但

〔註46〕所謂「五聲音階」為：宮、商、角、徵、羽，而「七聲音階」為：宮、商、角、變徵、徵、羽、變宮，其西洋唱名為：do、re、mi、fa#、sol、la、si。

〔註47〕律，本來是用來定音的竹管，中國古人用十二個不同長度的律管，吹出十二個高度不同的標準音，以確定樂音的高低，故這十二個標準音也就叫做十二律。「十二律」的名稱，由低至高依序為：黃鐘、大呂、太簇、夾鐘、姑洗、仲呂、蕤賓、林鐘、夷則、南呂、無射、應鐘。

〔註48〕見《禮記正義》，阮刻《十三經注疏》本（臺北：藝文印書館，1997年），卷二十二，頁432。

〔註49〕舉例而言，五聲音階以宮為主音時，構成宮調式；以徵為主音時，構成徵調式。

〔註50〕清，高音，相對於濁而言。「清角」，就是比角音高半個音。

是實際實踐上，沒有被真正使用。另外，京房指出「用管定律」和「用弦定律」性質的不同，說明管定律的缺點，採用弦律，創造了十三弦律準。而實際調式應用，漢代在相和歌發展的過程中，曾出現過「相和三調」，《唐書‧樂志》曰：「平調、清調、瑟調，皆周房中曲之遺聲，漢世謂之三調。又有楚調、側調。楚調者，漢房中樂也，高帝樂楚聲，故房中樂皆楚聲也。側調者，生於楚調，與前三調總謂之相和調。」〔註51〕可見平、清、瑟、楚、側構成了相和歌和清商樂的宮調關係。

魏晉南北朝的樂律方面，繼京房之後，貢獻較大的有荀勗（？～289 年）、何承天（370～447 年）兩人。荀勗曾製成十二支不同調的直笛，在製笛過程中發明和運用了「管口校正」的方法。所謂「管口校正」意即，除計算管內氣柱長度之外，補充溢出管口外的氣柱長度，以校正誤差。何承天提出了「十二等差律」的理論，所提出的新律已十分接近十二平均律，是世界樂律史上的重要成就。此外，另有錢樂之，在漢代京房六十律的基礎上，繼續用三分損益法往下推算，直到三百六十律。中國的音律學發展至魏晉南北朝，已有精密的計算，對於樂器的改良亦有幫助，在世界樂律史上有十分重要的成就。〔註52〕

六、音樂思想

春秋戰國時期的音樂思想，主要是諸子的音樂思想與〈樂記〉。春秋戰國時期，周王室衰落，諸侯國爭作霸主，百家爭鳴。諸子各家針對周王疲弊的問題提出解決之道，其對音樂的看法亦扣緊時代問題。儒家方面有孔子、孟子、荀子及《周易》、《尚書》、《周禮》、《儀禮》等；墨家的墨子，道家的老子、莊子，法家的商鞅、韓非，雜家

〔註51〕見〔宋〕郭茂倩編：《樂府詩集》，第二十六卷，頁376。

〔註52〕關於樂律資料，主要見王光祈著：《中國音樂史》（桂林：廣西師範大學出版社，2005 年），頁 3～63；見陳萬鼐著：《中國古代音樂研究》（臺北：文史哲出版社，2000 年），頁 101～134；見楊蔭瀏著：《中國古代音樂史稿》，頁 39～41、83～86、133～134、170～177。

的《管子》、《呂氏春秋》，以及陰陽家，都有關於音樂思想的論述。其中，儒、道兩家思想對後世影響最爲深遠。

儒家孔子認爲音樂需具有「仁」的精神，而說「人而不仁，如禮何？人而不仁，如樂何？」〔註53〕，把音樂的審美標準提到「盡善盡美」〔註54〕的境界，強調音樂的道德功能且音樂具有教育的作用，而說「興於詩，立於禮，成於樂」〔註55〕。道家的老子曰：「五色令人目盲，五音令人耳聾。」〔註56〕，認爲沉溺於無止境的感官享樂使人感知麻木，倡導自然的原則，又說「大音希聲」〔註57〕，最完美的音樂是聽不見的。莊子認爲最好的音樂是「天籟」、「天樂」。莊子〈齊物論〉中把聲音之美分爲三類：人籟、地籟、天籟。〔註58〕人籟是人爲的音樂；地籟是風吹動自然界的孔竅而發出的自然之聲；而天籟則

〔註53〕《論語集注・八佾》。見〔宋〕朱熹撰：《四書章句集注》，卷二，頁61。

〔註54〕《論語集注・八佾》：「子謂〈韶〉：『盡美矣，又盡善也！』謂〈武〉：『盡美矣，未盡善也！』」見〔宋〕朱熹撰：《四書章句集注》，卷二，頁67。

〔註55〕《論語集注・泰伯》。見〔宋〕朱熹撰：《四書章句集注》，卷四，頁104～105。

〔註56〕見〔晉〕王弼撰：《老子注》（臺北：金楓出版有限公司，1987年），頁40。

〔註57〕見〔晉〕王弼撰：《老子注》，頁142。

〔註58〕《莊子・齊物論》：「南郭子綦隱机而坐，仰天而噓，荅焉似喪其耦。顏成子游立侍乎前，曰：『何居乎？形固可使如槁木，而心固可使如死灰乎？今之隱机者，非昔之隱机者也。』子綦曰：『偃，不亦善乎而問之也！今者吾喪我，汝知之乎？汝聞人籟而未聞地籟，汝聞地籟而未聞天籟夫！』子游曰：『敢問其方。』子綦曰：『夫大塊噫氣，其名爲風。是唯无作，作則萬竅怒呺。而獨不聞之翏翏乎？山林之畏佳，大木百圍之竅穴，似鼻，似口，似耳，似枅，似圈，似臼，似洼者，似污者；激者，謞者，叱者，吸者，叫者，譹者，宎者，咬者，前者唱于而隨者唱喁。泠風則小和，飄風則大和，厲風濟則眾竅爲虛。而獨不見之調調、之刁刁乎？』子游曰：『地籟則眾竅是已，人籟則比竹是已。敢問天籟。』子綦曰：『夫吹萬不同，而使其自己也，咸其自取，怒者其誰邪！……。』」見〔戰國〕莊周撰、〔清〕王先謙撰、劉武撰：《莊子集解・莊子集解內篇補正》（北京：中華書局，2006年），卷一，頁9～10。

是不受任何依靠，自然天成的聲音，是造物者的聲音，也最爲優美。而由天籟構成，與「道」相和的樂，就稱爲「天樂」。這種天樂的特徵，是「聽之不聞其聲，視之不見其形，充滿天地，苞裏六極。女欲聽之而无接焉，而故惑也」郭象注道：「此乃無樂之樂，樂之至也。」〔註59〕這種無樂之樂，即是莊子心中最美的音樂。道家把整個宇宙自然看成是最完美和諧的無聲樂曲，音樂的規律與宇宙自然的規律之間是相通的。

漢代初期採用道、法結合的黃老之學，無爲而治，與民休息。到漢武帝時改爲罷黜百家，獨尊儒術，以董仲舒爲代表的儒家，是兼採道、法兩家的新儒家。無論是黃老之學或是董仲舒學說，以及兩漢之際的緯書，都帶有陰陽五行思想的色彩，此爲漢代社會文化思想的特點。漢代的音樂思想亦受當時文化思潮的影響，漢初有黃老之學的音樂思想，以《淮南子》爲代表；漢武帝之後，陰陽五行化的音樂思想逐漸成熟，以董仲舒、〈樂記〉爲代表；兩漢之際，讖緯神學的音樂思想影響廣泛，以《白虎通》爲代表；東漢後期出現對讖緯音樂思想的批判，以王充《論衡》爲代表。其中以《淮南子》、〈樂記〉最爲重要，尤其是〈樂記〉，影響後世深遠。

《淮南子》的音樂思想主要以道家思想爲基礎，並融合儒家與陰陽思想爲主。首先，他認爲有聲之「樂」出於無聲之「道」，如《淮南子・原道訓》：「無音者，聲之大宗也。」〔註60〕即以道家音樂思想作爲本體。除此，亦採儒家樂教的思想。如《淮南子・泰族訓》：「有喜樂之性，故有鍾鼓筦絃之音，有悲哀之性，故有衰絰哭踊之節。故先王之制法也，因民之所好而爲之節文。」〔註61〕以哀樂之情性與音樂的表現、禮儀作聯結，其目的仍在〈樂記〉音樂思想所凸顯的「節

〔註59〕《莊子・天運篇》，見〔戰國〕莊周撰、〔晉〕郭象注：《郭象注莊》（臺北：金楓出版有限公司，1987年），第十四，頁273～275。

〔註60〕見〔漢〕劉安撰、張雙棣校釋：《淮南子校釋》（北京：北京大學出版社，1997年），卷第一，頁86。

〔註61〕見〔漢〕劉安撰，張雙棣校釋：《淮南子校釋》，卷第二十，頁2052。

制」等教化治國的作用。第三、在肯定有聲之樂外,亦凸顯音律與天道之間的聯繫,他認為:「律曆之數,天地之道也」〔註62〕,這顯明即為陰陽思想的影響。由此可見《淮南子》其雜合各家音樂思想的發展。

〈樂記〉闡述了「感於物而動」〔註63〕,即音樂本源的問題;說明了「樂者,心之動也。聲音,心之象也」〔註64〕、「樂者,德之華也」〔註65〕、「樂者,天地之和也」〔註66〕等音樂特徵;論及關於「聲」、「音」、「樂」的論述,「審聲以知音,審音以知樂」〔註67〕的音樂審美心理感受的不同層次,以及審美意識特點,其他如天人合一的音樂美學思想,以及音樂的社會功能等,皆有重要論述。

魏晉之際,時代的動亂動搖了儒學的地位,使得思想活躍,導致人的覺醒,而各種文學藝術也隨之繁榮。音樂思想方面,逐漸擺脫經學束縛,開始探索音樂本身的特殊性與規律,如嵇康〈聲無哀樂論〉。這個時期是儒、道兩家音樂思想既衝突又融合的時期,其兩家思想之衝突主要表現於〈聲無哀樂論〉,而融合者以阮籍〈樂論〉為代表。

嵇康,其〈聲無哀樂論〉的主要觀點認為,人的情感先已存於心中,音聲本身的形式不包含也不表現情感,人的哀傷情感只是受了音聲的感召,才被導引出來。〔註68〕在本質中,以「自然之和」的形式美作為音樂美的本質特徵。〔註69〕嵇康強調音樂藝術的獨立

〔註62〕《淮南子・天文訓》,見〔漢〕劉安撰,張雙棣校釋:《淮南子校釋》,卷第三,頁342。

〔註63〕見《禮記正義》,阮刻《十三經注疏》本,卷第三十七,頁662。

〔註64〕見《禮記正義》,阮刻《十三經注疏》本,卷第三十八,頁683。

〔註65〕見《禮記正義》,阮刻《十三經注疏》本,卷第三十八,頁682。

〔註66〕見《禮記正義》,阮刻《十三經注疏》本,卷第三十八,頁669。

〔註67〕見《禮記正義》,阮刻《十三經注疏》本,卷第三十七,頁665。

〔註68〕〈聲無哀樂論〉曰:「夫哀心藏於苦心內,遇和聲而後發;聲無和聲無象,而哀心有主。夫以有主之哀心,因乎無象之和聲,其所覺悟,唯哀而已。」見〔魏〕嵇康撰、戴明揚校注:《嵇康集校注》(臺北:河洛圖書出版社,1978年),第五卷,頁199。

〔註69〕〈聲無哀樂論〉曰:「由是言之:聲音以平和為體,而感物無常;

性，否定音樂與社會政治的關係，其思想符合魏晉時期藝術自覺的時代潮流。阮籍，其〈樂論〉提出音樂美學理論，他認為音樂是萬物的本體、萬物的本性，而音樂諧和，就能使萬物和諧一致，因此主張以「和」為美。〔註70〕其美學思想揉合儒道，調和自然與名教，一方面以「和」作為音樂順乎自然的本質屬性，要求以諧和陰陽的音樂律呂去調適萬物之情氣，一方面仍繼承儒家樂教思想，視當時音樂生活中所謂「鄭衛之音」為淫放之樂，要求建立平和之聲，強調音樂的教化作用。〔註71〕魏晉時期除了嵇康、阮籍的音樂思想外，尚有佛教否定世俗音樂享受的美學思想出現，以及音樂詩賦的篇幅增加，其中都蘊含豐富的音樂思想。

　　從上述六個面向觀察，先唐時期音樂在各方面已有顯著的發展，尤其是在音樂交流、樂器發展與音樂思想三個方面，對於「音樂賦」有重要的影響。音樂文化的交流，使得境內南北之間、境外各族之間，在樂曲、樂器、音樂人才等方面有了流動、融合與激盪的可能，進而豐富、加速音樂的新變；樂器種類的增加、效能的不斷改良、演奏技法也隨之翻陳出新，有助於器樂的發展；先秦儒、道兩家的音樂思想

　　　　心志以所俟為主，應感而發。然則聲之與心，殊塗異軌，不相經
　　　　緯，焉得染太和於歡感，綴虛名於哀樂哉？」見〔魏〕嵇康撰、
　　　　戴明揚校注：《嵇康集校注》，第五卷，頁 199。
〔註70〕〈樂論〉：「夫樂者，天地之體，萬物之性也。合其體，得其性，則
　　　　和；離其體，失其性，則乖。昔者聖人之作樂也，將以順天地之體，
　　　　成萬物之性也。故定天地八方之音，以迎陰陽八風之聲，均黃鐘中
　　　　和之律，開羣生萬物之情。故律呂協則陰陽和，音聲適而萬物類，
　　　　男女不易其所，君臣不犯其位，四海同其觀，九州一其節，奏之圜
　　　　丘而天神下，奏之方丘而地祇上，天地合其德則萬物合其生，刑賞
　　　　不用而民自安矣。」見〔魏〕阮籍撰、陳伯君校注：《阮籍集校注》
　　　　（北京：中華書局，1987 年），卷上，頁 78～79。
〔註71〕〈樂論〉：「其後聖人不作，道德荒壞，政法不立，化廢欲行，各有
　　　　風俗。故造始之教謂之風，習而行之謂之俗。楚越之風好勇，故其
　　　　俗輕死，鄭衛之風好淫，故其俗輕蕩。輕死，故有蹈火赴水之歌。
　　　　輕蕩，故有桑間、濮上之曲。各歌其所好，各詠其所為。歌之者流
　　　　涕，聞之者歎息，背而去之，無不慷慨。」見〔魏〕阮籍撰、陳伯
　　　　君校注：《阮籍集校注》，卷上，頁 82。

已奠定後來音樂美學的基礎，東漢末至魏晉的藝術自覺，更著重音樂本身藝術美感，讓音樂脫離政教而有獨立的生命。先唐音樂不斷地豐富與成熟，尤其是「器樂」發展，更直接成爲音樂賦的主流題材，爲音樂賦的出現提供了基礎。

第二節　先唐賦體的發展與演變

　　欲了解先唐樂器賦的形成，必須先了解先唐賦體的發展與演變。關於賦的起源，各家說法不一，但都指出賦的某種文體特色，也有助理解「賦」在形成過程中所受到多元影響。因此，本節先由「賦」字的意涵入手，理解各種「賦起源」的說法，並且由賦體的形式、內容、藝術手法等方面探討其文體特徵，最後概述先唐賦體發展及其特色。

一、「賦」字意涵與賦的起源

　　「賦」字的意涵在春秋時有「頒布」之義，《毛詩正義》〈大雅・烝民〉：「出納王命，王之喉舌。賦政于外，四方爰發」箋云：「出王命者，王口所自，言承而施之也；納王命者，時之所宜，復於王也。其行之也，皆奉順其意，如王口喉舌親所言也。以布政于畿外，天下諸侯於是莫不發應。」〔註72〕可見春秋時「賦政」之賦，含有爲王喉舌，出而宣誦王命、入而陳述下情之義。至戰國，「賦」字明顯有「宣誦」之義，如《春秋左傳正義》隱公元年：「公入而賦：『大隧之中，其樂也融融。』姜出而賦：『大隧之外，其樂也洩洩。』」〔註73〕又如《國語・周語上》「師箴，瞍賦，矇誦」〔註74〕。春秋戰國時期，「賦」字尚未成爲文體的名稱，直到戰國末期，才以文體名

〔註72〕見《毛詩正義》，阮刻《十三經注疏》本（臺北：藝文印書館，1997年），卷第十八，頁675。
〔註73〕見《春秋左傳正義》，阮刻《十三經注疏》本，卷二，頁37。
〔註74〕見〔周〕左丘明撰、〔三國吳〕韋昭注：《國語》（臺北：里仁書局，1981年），卷一，頁10。

稱正式出現，如《史記・屈原賈生列傳》：「屈原既死之後，楚有宋玉、唐勒、景差之徒者，皆好辭而以賦見稱。」〔註75〕此「賦」即代表一種文體名稱。

　　關於賦的起源，眾說紛云，主要有六種說法：（1）源於詩、（2）源於楚辭、（3）源於詩、騷，出入戰國諸子、（4）源於縱橫家、（5）源於俳詞、（6）源於不歌而誦的韻語。概述如下：

（一）源於詩

　　漢代班固最早提出此說，且最具權威。班固〈兩都賦序〉：「賦者古詩之流也。……或以抒下情而通諷諭，或以宣上德而盡忠孝，雍容揄揚，著於後嗣，抑亦雅頌之亞也。」〔註76〕漢宣帝也認爲「辭賦大者與古詩同義，小者辯麗可喜。」〔註77〕此就創作思想與功能方面，皆比附詩來論賦，認爲賦在政治上的作用，是《詩經》中雅、頌的社會功能的延續，兩者都有寄寓諷諫之意。此與漢代重視《詩經》，並奉之爲儒家經典有關。

　　就創作藝術手法上，體物寫志的賦，需要鋪寫外在的客觀事物，與詩六義「賦，鋪也」相符。摯虞《文章流別論》：「賦者，敷陳之稱也。……。古詩之流也。古之作詩者，發乎情，止乎禮義。情之發，因辭以形之；禮義之指，須事以明之。故有賦焉，所以假象盡辭，敷陳其志。」〔註78〕此段文字說明了賦的「假象盡辭，敷陳其志」的特色，是由詩的敷陳技巧發展而來。而劉勰《文心雕龍・詮賦》：「詩有六義，其二曰賦。賦者，鋪也；鋪采摛文，體物寫志也。」〔註79〕也

〔註75〕見〔漢〕司馬遷撰、楊家駱主編：《新校本史記三家注并附編二種》（臺北：鼎文書局，1980年），卷八十四，頁2491。

〔註76〕見〔梁〕蕭統編、〔唐〕李善注：《文選》，卷一，頁21。

〔註77〕《漢書・王襃傳》。見〔漢〕班固等撰、〔唐〕顏師古注：《漢書》，卷六十四，頁2829。

〔註78〕見〔唐〕歐陽詢等編：《藝文類聚》（臺北：文光出版社，1974年），卷五十六，頁1018。

〔註79〕劉勰《文心雕龍・詮賦》。見〔梁〕劉勰撰、周振甫注：《文心雕龍注釋》，頁115。

認為賦的鋪陳來自於詩六義中的「賦」。

（二）源於楚辭

漢代辭賦不分，或以賦稱辭，或以辭稱賦，或辭賦連稱。〔註80〕
班固在《漢書・藝文志》的「詩賦略」中把屈原的作品歸於賦類，
稱為「屈原賦二十五篇」反映漢人辭賦不分的現象的同時，也反映
出辭與賦在形式、藝術手法上有著很大的相似性。班固曾說〈離
騷〉：「然其文弘博麗雅，為辭賦宗。後世莫不斟酌其英華，則象其
從容。」〔註81〕認為楚辭作品對賦的重大影響。

至劉勰開始全面探討辭與賦的淵源，其《文心雕龍・辨騷》云：
「固知《楚辭》者，體憲于三代，而風雜于戰國，乃〈雅〉、〈頌〉
之博徒，而詞賦之英傑也。」〔註82〕認為屈原的賦是辭賦的傑出開
創者。至於《楚辭》對後世的影響則說：「故其敘情怨，則鬱伊而
易感；述離居，則愴怏而難懷；論山水，則循聲而得貌；言節候，
則披文而見時。是以枚賈追風以入麗，馬揚沿波而得奇，其衣被詞
人，非一代也。」〔註83〕認為漢代的辭賦大家如枚乘、賈誼、司馬
相如、揚雄等人在寫作上皆受到楚辭的啟發。而《文心雕龍・詮賦》
談到：「及靈均唱《騷》，始廣聲貌。然則賦也者，受命於詩人，而
拓宇於《楚辭》也。……討其源流，信興楚而盛漢矣。」〔註84〕認

〔註80〕漢人對於文體的劃分，並不十分明確，有以賦稱辭者，如《史記・
屈原賈生列傳》：「乃作〈懷沙〉之賦。」見〔漢〕司馬遷撰、楊家
駱主編：《新校本史記三家注并附編二種》，卷八十四，頁2486。；
有以辭稱賦者，如王逸《楚辭章句》收賈誼的〈弔屈原賦〉；有辭賦
連稱者，如《史記・司馬相如列傳》：「會景帝不好辭賦」見〔漢〕
司馬遷撰、楊家駱主編：《新校本史記三家注并附編二種》，卷一百
一十七，頁2999。
〔註81〕見〔宋〕洪興祖撰：《楚辭補注》（臺北：長安出版發行，1991
年）離騷經章句第一，頁50。
〔註82〕見〔梁〕劉勰撰、周振甫注：《文心雕龍注釋》，頁50。
〔註83〕《文心雕龍・辨騷》。見〔梁〕劉勰撰、周振甫注：《文心雕龍注釋》，
頁50。
〔註84〕見〔梁〕劉勰撰、周振甫注：《文心雕龍注釋》，頁115。

為賦廣其「聲貌」的特質來自於「靈均唱《騷》」，因此淵源於楚辭。

（三）源於詩、騷，出入戰國諸子

清代學者章學誠提出一種綜合的說法，他在《校讎通義・漢志詩賦略》有多元化的觀察，他說：「古之賦家者流，原本詩騷，出入戰國諸子。假設問對，《莊》《列》寓言之遺也；恢廓聲勢，蘇張縱橫之體也；排比諧隱，《韓非子・儲說》之屬也；徵材聚事，《呂覽》類輯之義也。」〔註85〕重點在指出賦的多種藝術形式特點，是取先秦諸子散文而用之。

（四）源於縱橫家

上文所舉章學誠之「恢廓聲勢，蘇張縱橫之體也」已有賦源於縱橫家之意，清姚鼐《古文辭類纂》將《戰國策》中的〈楚人以弋說頃襄王〉、〈莊辛說襄王〉等收入「辭賦類」，亦是此意。近人章太炎、劉師培主張此說，章太炎《國故論衡・辨詩》：「縱橫者，賦之本。古者誦《詩》三百，足以專對。七國之際，行人胥附，折衝於尊俎間，其說恢張譎宇，紬繹無窮，解散賦體，易人心志。魚豢稱魯連、鄒陽之徒，援譬引類，以解締結，誠文辯之雋也。武帝以後，宗室削弱，藩臣無邦交之禮。縱橫既黜，然後退為賦家，時有解散。」〔註86〕認為縱橫家的語言具有「恢張譎宇，紬繹無窮」和「援譬引類」的特點多為賦家創作時所運用，而古代縱橫家在漢武帝時期，已失去遊說的環境需求，退而成為賦家。而劉師培《論文雜記》中論述十分詳細，主要是說詩賦與行人關係密切，最初賦家多兼行人之職，善於應對，因此說「欲考詩賦之流別者，蓋溯源於縱橫家哉」〔註87〕。

〔註85〕見章學誠撰：《文史通義附校讎通義》（臺北：華世出版社，1980年），頁604。

〔註86〕見章太炎撰：《國故論衡》（臺北：廣文書局，1973年）中卷，頁131～132。

〔註87〕見王水照編：《歷代文話》（上海：復旦大學出版社，2007年），第十冊，頁9505。

（五）源於俳詞

關於賦源於俳詞（即優語）的說法，最早見於《漢書·揚雄傳》：「雄以爲賦者，將以風也。……又頗似俳優淳于髡、優孟之徒，非法度所存。」〔註88〕認爲賦家類倡，賦乃俳詞。任半塘明確提出賦起於俳詞的觀點，而曹明綱認爲這個觀點的依據十分充分，其原因有二：一，賦家與優倡，賦與俳詞，在漢代常被連在一起；二，俳詞在諷諭、娛樂、隱語、體物等方面，與賦非常類似，而且以問答構篇，韻散配合，與賦體基本要素一致。〔註89〕

（六）源於不歌而誦的韻語

簡宗梧先生《賦與駢文》中認爲：「賦可以溯源到不歌而誦的韻語，一種接近民歌、結合講說合唱誦的民間文藝。他早先用之於諧辭隱語，用之於意在言外的諷誦，荀子已多所措意，而有〈賦篇〉與〈成相〉之作」〔註90〕認爲先秦時期，民間已存在一種結合講唱和唱誦的民間文藝，是一種可誦不可歌的韻語，接近民歌。書中舉了《左傳》的記載爲證，認爲在先秦當有賦某某的諧辭隱語，〔註91〕所以《荀子》才結合〈禮〉、〈智〉、〈雲〉、〈蠶〉、〈箴〉稱爲〈賦篇〉，原爲動詞的「賦」就轉爲名詞了。對於產生諸多起源說的現象，書中解釋其原因：

> 在楚襄王時代，由於楚王的愛好和宋玉、景差、唐勒的經營，已成爲楚宮的貴遊文學，而與楚辭有所結合，有具有縱橫的詭俗。

> 入漢之後，宮廷的言語侍從，原本就不乏擅長諧辭隱語類似俳倡的滑稽之士，再由於失去舞台的縱橫家，致力於角

〔註88〕〔漢〕班固等撰、〔唐〕顏師古注：《漢書》，卷八十七，頁3575。

〔註89〕見曹明綱著：《賦學概論》（上海：上海古籍出版社，1998年），頁37～43。

〔註90〕見簡宗梧著：《賦與駢文》（臺北：臺灣書店，1998年），頁20。

〔註91〕如《春秋左傳正義》隱公元年鄭莊公賦「大隧之中，其樂也融融」，武姜賦「大隧之外，其樂也洩洩。」見阮刻《十三經注疏》本，卷二，頁37。

色轉化，非五經博士體系的學者熱心投入，使它有了新的
風貌。他們「朝夕論思，日月獻納」，致力於語言藝術的講
求……但大多以新詩人自許，秉承《詩》的傳統使命，多
方吸取營養，從事「或以抒下情而通諷諭，或以宣上德而
盡忠孝」的工作，在他們心目中，賦是古詩之流，亦雅頌
之亞，所以賦當然也就要溯源於詩了。〔註92〕

這段文字說明賦的初期發展過程，同時解釋了諸多「起源說」如源於
楚辭、源於縱橫家、源於俳辭、源於詩等說法產生的背後原因。

　　綜觀上述各家的起源說，會產生如此意見分歧的情況，乃因為對
於「賦」的定義沒有統一的共識，無法確定其範疇，當然也就出現眾
說紛紜的現象。而且，賦體的產生，其過程與其他文體交互影響而不
斷演化，每個階段有其特色差異，也造成「何時才算賦」的認知差異。
雖然如此，各家說法或多或少解釋了「賦」文體的起源，即便無法真
正提出充分的賦體產生的原因，但是說明了賦體文學的各項形式特
點。本論文無意探討賦的起源，乃藉助各家起源說來理解賦體的創作
手法與藝術特徵，有助於對樂器賦的鑑賞。

二、賦的文體特徵

　　關於賦的文體特徵，可由形式結構、題材內容、藝術手法等三
方面觀察。若依賦體裁的差異作區分，學者對賦體分類方式不一，
也難以完善，例如：〔明〕徐師曾《文體明辨序說》依形式特點將
賦分為四體：古賦、俳賦、文賦、律賦。其「古賦」一類似乎是以
時間的概念，與後三種分類標準不一。又如：馬積高《賦史》從賦
在不同時期內受到詩文的不同影響所形成的差異，將賦分為：騷
體、文體、詩體等三大類，然後又在「文體賦」中劃分：逞辭大賦、
駢賦、律賦、新文賦等四種，其「逞辭大賦」似乎是指藝術手法的
特點。本論文為了討論之便，將範圍限定於先唐時期的賦體形式特
點，大致區分為：文體賦、騷體賦、詩體賦、駢體賦等四類。

〔註92〕見簡宗梧著：《賦與駢文》，頁20。

（一）形式結構的特徵

賦是介於詩與文之間的特殊文體，在形式結構的特徵，可分為謀篇結構、句式與押韻三方面來探討。

1. 謀篇結構

首先，謀篇結構方面，賦大致可區分為開頭、正文、結尾三個部分，開頭部分多用散句，陳述作賦緣由；正文部分以大段韻文組成，對要表現的事物作全面的描寫，為賦的主體；結尾又用散句歸結，總結全文並說明作者的真正用意。劉勰《文心雕龍·詮賦》談到：「既履端於倡序，亦歸餘於總亂。序以建言，首引情本，亂以理篇，寫送文勢。」〔註93〕其中「序」的作用是「首引情本」，作為文章的源起；「總亂」由《楚辭》而來，用來總結文章並加強文章的氣勢。有的賦有「序」無「亂」，有的有「亂」無「序」，或兩者皆無，可見「序」與「亂」只是賦體以外的一種附加文字，並非固定形式。另外，劉勰《文心雕龍·詮賦》提到賦的起源：

> 然則賦也者，受命於詩人，而拓宇於《楚辭》也。於是荀況〈禮〉〈智〉，宋玉〈風〉〈釣〉，爰賜名號，與詩畫境，……遂客主以首引，極聲貌以窮文，斯蓋別詩之原始，命賦之厥初也。〔註94〕

劉勰認為賦是由《詩經》、《楚辭》發展而來的。曹明綱認為荀子與宋玉的賦作，可以作為考察賦的形體要素的依據，歸納荀、宋二賦在形體上的共同點有二，一是以設辭問答的方式展開內容、安排素材。無論是荀子〈賦篇〉或宋玉的〈風賦〉、〈高唐賦〉、〈神女賦〉、〈登徒子好色賦〉等皆有王與臣的設辭問答，引出所欲描述的內容。二是以韻散相間的句式各司其職，配合使用。散句多用於敘事議論，在作品中有引發、轉折和歸結等作用，構成聯繫各部分的框架；而韻語則主要用於描寫形容，是體現賦鋪陳特色的主體。〔註95〕文體

〔註93〕見〔梁〕劉勰撰、周振甫注：《文心雕龍注釋》，頁116。
〔註94〕見〔梁〕劉勰撰、周振甫注：《文心雕龍注釋》，頁115。
〔註95〕見曹明綱著：《賦學概論》，頁8～14。

賦一般以「散－韻－散」作為基本結構，騷體賦則是棄散用整，通篇用韻。大體而言，「設辭問答」與「韻散相間」可視為賦最初的結構特色。

2. 句式使用

其次，句式使用方面，若除去無韻的散句，賦體韻文部分的句型大致可分為：非騷體的散體句式、騷體「兮」字句式，以及五、七言的詩體句與俳體句。實際運用上，無論是文體賦或是騷體賦，其句式都非通篇單一句式，而是散體與騷體的錯雜運用。以下依賦體韻文部分的非騷體句式、騷體句式、詩體句式與俳體句式，分項討論其句式及其在賦中的功能。

（1）非騷體的散體句式

文體賦韻文部分，除了所夾雜的騷體「兮」字句式之外，通常採用的幾種非騷體的基本句式有：三、四、五、六、七、八字句及八字以上的句子。而其中以四言句使用的頻率最高，此與《詩經》等韻文主要以四言為體有關。六言句在文體賦中的使用亦很頻繁，因為文體賦的韻文中部，多半是取楚辭的基本句式略加變化，而六言句正是楚辭常用的句式，而使用上多棄騷體句式中的「兮」字不用，改以如：而、以、之等其他虛詞。

三言句、六言句與七言句，根據郭建勛的分析，源自於《九歌》的句型。《九歌》的基本句型「○○○兮○○○」中的「兮」字，在後來語言發展中有兩極演進，一是弱化以至完全省略，一是由其他虛詞所代替，以至漸次強化為實詞。前者變成「○○○，○○○」的三言句式，後者變成「○○○○○○○」的七言句式。另外，屈原作品中的另兩類句式「○○○○○兮，○○○○○」與「○○○○，○○○兮」，由於「兮」字僅具表聲功能，後來弱化乃至消失，前者演變為六言句，後者則衍生出七言句。因而歸納出三言、六言、七言這些古代韻文的重要句式均由「兮」字句衍化而成。郭建勛還強調，上述這種「兮」字脫落的六言句，為後世提供的是一種非詩體的六言韻文句式，主要

用於文體賦、駢文、連珠等韻文中。〔註96〕

五言句與七言句在賦中並不多見，即見之，也多以加連詞的方式使用，如：五言句「甘露潤其末，涼風扇其枝」（蔡邕〈琴賦〉）、七言句「(使)琴摯斫斬以爲琴，野繭之絲以爲絃」（枚乘〈七發〉）等，大多用於轉換、補足語氣或調節節奏等場合。而八字及八字以上的長句在賦中不多見，其句式不拘一格。

（2）騷體「兮」字句式

以「兮」字句作爲基本的句型，是界定「騷體賦」〔註97〕的基本特色，不僅如此，文體賦也常雜以「兮」字句，作爲語言節奏的調節。「兮」字句能產生如此大的影響，乃在於「兮」字的特殊作用，郭建勛在〈楚辭的「兮」字句〉一文中認爲：

> 「兮」字作爲一個在楚辭體作品中使用頻率最高的虛詞，其表音無義的泛音性質，表示停頓「少駐」、「語助餘聲」、「斷句之助」的作用已爲前人所認識。值得意的是段玉裁所言「氣分而揚」四字，揭示了「兮」字發聲的基本特徵。「揚」即伸展蔓延；「揚」又通「颺」，意爲「風所飛揚」。當表示實義的語句終止之時，情感仍未得到充分的表達，不可遏止的「氣」順勢而出，並因其所附實義語言的不同感情色彩，或迂徐婉轉，或纏綿悱惻；或高亢如疾風飆起，或低回如曲水潺湲。〔註98〕

也就是說，誦讀時「兮」字時，因爲語音的持續，情感得以延展起伏，具有強烈的詠嘆色彩與表情效果。聞一多在〈怎樣讀九歌〉中，認爲「兮」字兼有音樂與文法的雙重功能。〔註99〕就音樂角度而言，

〔註96〕見郭建勛著：《先唐辭賦研究》（北京：人民出版社，2004 年 5 月），頁 3～14。

〔註97〕所謂「騷體賦」，郭建勛認爲必須具備兩個條件：其一是採用楚騷的文體形式，也就是以「兮」字句爲其基本的句型；其二是明確用「賦」作爲作品的名稱。見郭建勛著：《先唐辭賦研究》，頁 20。

〔註98〕見郭建勛著：《先唐辭賦研究》，頁 4。

〔註99〕見聞一多著：《聞一多全集》（上海：開明書店，1948 年），頁 279。

「兮」字是個表音符號，在早期楚歌中有調節韻律、配合曲調的作用，後來書面化爲文字。就文法而言，「兮」字可還原爲其、之、而、以、夫、然、與，乃至一切虛詞。〔註100〕

除了上述功能，「兮」字句還具有衍化派生其他句式的造句功能，郭建勛對此有清楚的分析，楚辭體的「兮」字句主要有三種句型，各有不同的用途與特點，整理如下：〔註101〕

第一種爲「○○○○，○○○兮」四－三－兮型（「兮」字或爲「些」字）。這種句型非《楚辭》所獨有，《詩經》中便已存在，應是《楚辭》受《詩經》四言的影響。大體來說，這種句型的句子變化不多，容量不大，「兮」、「些」等虛詞的功能相對單純，語言風格因四言的影響而趨於規整。屈原以後，它的功能主要是充當作品中的「亂詞」或其他部分。但這種句型「三字尾」的特點，對後來七言詩的演進有重要作用。

第二種爲「○○○兮○○○」三－兮－三型。它是南方荊楚民歌的嫡傳，與《詩經》「兮」字句的結構、風格有很大的差別。由於這種句型「兮」字具有節奏上的樞紐作用和較強的穩定性，給其前後部份很大的自由變化空間，作者可以根據表達的需要調整字數，避免板滯，而不至於產生節奏上的混亂。因此，此依基本句型有衍生出兩種結構相同而字數不一的句式：A式「○○○兮○○」與B式「○○兮○○」。這種句型在屈原作品中主要用於《九歌》，其規則與變化的有機配合，使這種句型極富錯落搖曳之美，形成流麗飄逸的寓言風格，在後來的發展中表現出強大的生命力。

第三種爲「○○○○○兮，○○○○○」六－兮－六型。「○○○○兮，○○○○」可視爲其變體，即基本句型「兮」字前後部分的對等縮短。此句型主要用在〈離騷〉、《九章》各篇和〈遠遊〉中，是屈原

〔註100〕 見聞一多著：《聞一多全集》，頁282～303。
〔註101〕 以下關於楚辭體的「兮」字句主要有三種句型，整理自郭建勛著：《先唐辭賦研究》，頁3～14。

在楚民歌尤其是《九歌》句式基礎上的創造，它不僅是楚辭體的主要句型之一，而且是最成熟完備的。它的基本結構是「兮」字在兩句之間，看似與第二種句型相似，但是其成熟的關鍵在於「兮」字前後兩部份字數的增加。雖然前後只增加了三個字，卻帶來一系列的變化。這種變化表現在三方面：（1）句子容量的大增。（2）虛詞的大量出現及其位置的相對固定。舉〈離騷〉句子爲例：

> 不撫壯而棄穢兮，何不改乎此度？
>
> 乘騏驥以馳騁兮，來吾道夫先路！〔註102〕

上述第二種三－兮－三句型，「兮」前後極少虛詞，而第三種句型因長度增大，不得不在「句腰」安排一個虛詞或意義較虛的詞，以保持句子的平衡與節奏的穩定，也因「兮」字前後增加了兩個對稱節拍，語音上更富抑揚頓挫。而「兮」字脫落後形成的六言句式，主要用於文體賦、駢文、連珠等韻文中。（3）押韻、換韻以四句一節爲基本語言單位的用韻格局也更爲固定化。

（3）詩體句與駢體句

賦體中所謂「詩體賦」，指歷代那些以詩的整齊的基本句式寫成的賦。這裡的「詩」，指的是以四言句式爲主的《詩經》，也指以五言、七言句式爲主的古詩。賦篇有通篇以四言詩句寫成者，一般認爲四言賦源自揚雄〈逐貧賦〉，而後歷代多有四言賦作。以五言、七言詩句作賦，梁代以後開始多見，一般五、七言混用，亦有純用五言或以七言爲主者。

賦體發展過程有所謂「詩賦合流」，形式上應建立在賦體中所夾雜的五言句與七言句，句中不含有虛詞，如之、些、乎、兮……等詞，而純粹爲五言句與七言句。詩與賦的合流，在東漢的賦中已見端倪，但從賦中零星的句子來看，應屬偶然。魏晉之後，詩賦合流的情況逐漸增加，應與建安以來興起的五言詩和南朝開始流行的古體詩有關。到了南朝宋、齊、梁、陳，賦中的五言句、七言句大

〔註102〕 見〔東漢〕王逸撰：《楚辭章句》，卷一，頁25

量增加，詩句與俳句錯雜組合的現象。

　　賦體中所謂「俳體賦」，指魏晉以後與四六駢文相互影響而產生的體裁。俳賦的文體特徵與駢文相似，歷代駢文的共同點可歸納爲：（1）詞句講求對偶（2）四六句式居多（3）音韻協調（4）用典使事（5）雕飾藻采。這五點也是俳賦的特徵，兩者不同處在於，俳賦的用韻方式與其他韻文一樣，是通常會押韻，與駢文僅注重句內的聲調有別。

3. 押韻規律

　　最後，押韻規律方面，文體賦韻文部分的用韻方式以「兩句一韻」最爲常見，但是也有句句用韻、隔句爲韻、三句一韻等情況，這些方式在一篇作品中往往交替使用，較爲隨意。騷體賦的用韻情況較爲規律，其規律表現在多「兩句一韻」，一般不論「兮」字在奇句還是在偶句的句末，都在偶句句末押腳韻。此外，賦在行文時常運用「爾乃」、「若乃」、「若夫」、「於是」等發語詞作爲段落的起始，不但內容轉換，通常也會換韻。

（二）題材內容的特徵

　　《文心雕龍・詮賦》說：「賦者，鋪也；鋪採摛文，體物寫志也。」〔註103〕其中「體物寫志」指賦的內容，又陸機〈文賦〉：「詩緣情而綺靡，賦體物而瀏亮。」〔註104〕可見，賦以「體物」爲主，擅於摹寫事物。若就賦的體裁區分，文體賦多詠物，騷體賦多抒情。騷體賦的抒情特色與繼承屈原〈離騷〉的傳統有關。賦的創作題材，所呈現的是包羅萬象景象，賦的題材類型在《文選》中有十五種，至《文苑英華》增至四十二種，其內容上至天文，下至地理，皆可入賦。其中最爲突出的即是「詠物類」，其內容大至天地、山川自然、京邑宮怨，小至日常器具、果木花草、禽獸蟲魚等皆可爲題材；

〔註103〕見〔梁〕劉勰撰、周振甫注：《文心雕龍注釋》，頁115。
〔註104〕見〔梁〕蕭統編、〔唐〕李善注：《文選》，卷第十七，頁246。

而「紀事類」賦，指紀行與遊覽，以紀事爲主；「抒情類」賦，主要表現懷才不遇、安貧樂道以及宮怨。

而賦在取材方面，則內容廣泛，無所不包，〔漢〕司馬相如曾說：「合綦組以成文，列錦繡而爲質。一經一緯，一宮一商，此賦之跡也；賦家之心，苞括宇宙，總覽人物。」〔註105〕即反映了取材廣泛的特點。〔清〕劉熙載《藝概‧賦概》：「賦家之心，其小無內，其大無垠，故能隨其所值，賦像班形」〔註106〕是說賦家的藝術想像，可以微小細膩，也可無限寬廣。

（三）藝術手法的特徵

賦最明顯的藝術手法爲「鋪陳」，《文心雕龍‧詮賦》「賦者，鋪也，鋪采摛文，體物寫志也。」也點出賦「鋪陳」的特點。劉熙載《藝概‧賦概》總結歷代賦的創作經驗：「賦兼敘列二法：列者，一左一右，橫義也；敘者，一先一後，豎義也。」〔註107〕其中「列者」指空間，「敘者」指時間，賦的「鋪陳」無論是空間或時間，都表現爲一種有順序的描寫。

其實，最早提到賦的文體特徵的應是宋玉，〈小言賦〉序：「楚襄王既登陽雲之臺，令諸大夫景差、唐勒、宋玉等並造〈大言賦〉，賦畢而宋玉受賞。王曰：『此賦之迂誕，則極巨偉矣。抑未備也。』」〔註108〕所評〈大言賦〉的「迂誕」、「巨偉」是指賦文體所寫的意象，往往具有非理性、虛構、誇張、巨大等特徵，這正是戰國時期騷體賦所體現的南方文學風貌。漢初，枚乘〈七發〉也涉及賦的文

〔註105〕 見〔東晉〕葛洪撰：《西京雜記》（臺北：臺灣古籍出版社，1997年），卷二，頁73。

〔註106〕 見《藝概》，〔清〕劉熙載撰、薛正興點校：《劉熙載文集》（南京：江蘇古籍出版社，2000年）卷三，頁132。

〔註107〕 見《藝概》，〔清〕劉熙載撰、薛正興點校：《劉熙載文集》，卷三，頁131。

〔註108〕 見〔宋〕章樵注：《古文苑》（臺北：鼎文書局，1973年），卷二，頁42～43。

體特徵，賦中說：

> 既登景夷之臺，南望荊山，北望汝海，左江右湖，其樂無
> 有。於是使博辯之士，原本山川，極命草木，比物屬事，
> 離辭連類。

歸結其內容，可知枚乘認爲賦體以寫物爲主，而寫作手法上的特點
是「比物屬事，離辭連類」，多用比喻，且在同類事物放在一起寫。
到揚雄，對賦體文學語言的美進行價值判斷與取捨，其《法言・吾
子》「詩人之賦麗以則，辭人之賦麗以淫。」〔註109〕將賦的語言之
美依《詩經》傳統與辭人傳統分爲兩種，認爲依《詩經》傳統所創
作的語言是合乎法度的；依辭人說詞習氣所創作的語言是沒有節制
的。必須注意到的是賦語言的「麗」已是被意識到的特徵。綜合以
上所言，賦體擅於寫物，喜用華麗、誇飾、迂誕的語言，手法上多
聚集同類事物，並常用比喻表達。

三、先唐賦體發展及其特色

　　一般人常將漢賦、唐詩、宋詞、元曲相提並論，是以時代的文學
主流作區分，而「賦」被視爲兩漢的文學主流。其實「賦」自漢盛行
以後，因時代變遷而有不同的發展，明代徐師曾《文體明辨序說》曾
說賦有古賦（即漢賦）、俳賦、律賦、文賦四體，其變化是由漢賦經：
「三國、兩晉以及六朝，再變而爲俳，唐人又再變而爲律，宋人又再
變而爲文。」〔註110〕明、清的賦體沒有特別的變化，徐師曾所言大
致符合賦體發展的情形。若就唐以前的賦體發展，經歷了第一次重大
的變化，即由兩漢的散體賦演變成魏晉六朝的俳賦，或稱駢賦。上述
分法乃依「時代」作區分，若就「體裁」區分，先唐賦體已出現騷體
賦、文體賦、詩體賦與駢賦等四類。

〔註109〕見〔漢〕揚雄撰：《法言》（臺北：臺灣中華書局，1966 年），卷二，
　　　　頁 11。
〔註110〕見〔明〕徐師曾：《文體明辨序說》（臺北：長安出版社，1978 年），
　　　　頁 101。

　　賦在形成的過程中受到《詩經》、《楚騷》的影響，而脫離詩、騷而成爲獨立的文體，劉勰認爲是始於宋玉、荀況的賦作。宋玉之〈風賦〉、〈高唐〉、〈神女〉、〈登徒子好色賦〉等賦，有四言句又有「兮」字句，其語言句式兼具詩騷風格，又有自己特色，影響後來的漢大賦。荀子的〈禮〉、〈智〉、〈雲〉、〈蠶〉、〈箴〉等五賦，影響後世四言賦。而漢代的賦體發展，劉勰《文心雕龍‧詮賦》勾勒了漢賦發展的輪廓及其代表之作家：

> 秦世不文，頗有雜賦。漢初詞人，順流而作。陸賈扣其端，
> 賈誼振其緒，枚、馬播其風，王、揚騁其勢，皋、朔已下，
> 品物畢圖。繁積於宣時，校閱於成世，進御之賦，千有餘
> 首，討其源流，信興楚而盛漢矣。……觀夫荀結隱語，事
> 數自環，宋發夸談，實始淫麗。枚乘〈菟園〉，舉要以會新；
> 相如〈上林〉，繁類以成艷。賈誼〈鵩鳥〉，致辨於情理；
> 子淵〈洞簫〉，窮變于聲貌。孟堅〈兩都〉，明絢以雅贍；
> 張衡〈二京〉，迅拔以宏富。子雲〈甘泉〉，構深瑋之風；
> 延壽〈靈光〉，含飛動之勢。凡此十家，並辭賦之英杰也。

〔註111〕

據劉勰陳述，漢代初年，不少作家繼前代而起。陸賈開了端，賈誼予以發展，枚乘和司馬相如繼承這個風氣，王褒和揚雄擴大這個趨勢。枚皋、東方朔以後，作者便把一切事物都寫在賦裏。漢宣帝時作品便已很多，成帝時曾加以整理，獻到宮廷里來的賦有一千多首。探討賦的起源和演變，可以看出它的確是興起於楚國而繁盛於漢代。至於重要作家，劉勰分析，荀卿的《賦篇》，大都用隱語的方式，敘述事物常常自問自答；宋玉的賦發出巧妙的言談，確是過分華麗的開始；枚乘的〈梁王菟園賦〉，描寫扼要而又結合新意；司馬相如的〈上林賦〉，內容繁多，文辭豔麗；賈誼的〈鵩鳥賦〉，善於闡明情理；王褒的〈洞簫賦〉，能把簫的狀貌和聲音都形容盡致；班固的〈兩都賦〉，寫得辭

〔註111〕 見〔梁〕劉勰撰、周振甫注：《文心雕龍注釋》，頁115～116。

句明暢絢爛而內容雅正充實；張衡的〈二京賦〉，筆力剛健而含義豐
富；揚雄的〈甘泉賦〉，包含深刻而美好的教訓；王延壽的〈魯靈光
殿賦〉，具有飛颺生動的氣勢。以上十家都是辭賦中的傑出作品。

　　根據《文心雕龍‧詮賦》，漢初第一位順應秦世賦發展而作賦
的作家是陸賈。陸賈是楚人，其賦作今已亡佚，有學者推測，陸賈
賦當較接近楚辭。〔註112〕而繼陸賈之後的賈誼，其賦皆為騷體賦。
騷體賦由楚騷演變而來，繼承了楚騷便於抒發個人情感，特別是悲
哀情感的特點。漢初至武帝時期的騷體賦，或抒發賢人失志之悲，
如賈誼〈弔屈原賦〉與〈鵩鳥賦〉，董仲舒〈士不遇賦〉，司馬遷〈悲
士不遇賦〉，或抒發宮廷女子失寵之怨，如司馬相如〈陳皇后長門
賦〉。

　　漢武帝喜愛辭賦，久聞枚乘之名，欲迎他進京，《漢書》記載
「武帝自為太子聞乘名，及即位，乘年老，乃以安車蒲輪徵乘，道
死。」〔註113〕武帝周圍有許多辭賦家，如枚皋、嚴助、朱買臣、
主父偃等，而成就最大的屬司馬相如，司馬相如遊梁時所作的〈子
虛賦〉得到武帝讚賞，遂得進用。賦體發展至漢初，主要的形式有
宋玉的散體賦，荀況以四言為主的四言賦，賈誼的騷體賦。其中宋
玉諸賦，都是假借作者與楚王的問答，內容離不開宮廷帝王生活。
因此，基於適應宮廷生活所需，宋玉的散體賦發展成為宮廷化的大
賦，是漢賦的代表體裁。枚乘〈七發〉標誌漢大賦體制的成立，而
司馬相如〈子虛賦〉、〈上林賦〉是大賦成熟的代表作，其後作者大
多模仿其手法稍家變化，如揚雄〈甘泉〉、〈河東〉、〈羽獵〉、〈長楊〉
四大賦。繼司馬相如、揚雄之後，大賦仍不斷出現，如東漢班固的
〈兩都賦〉和張衡的〈兩京賦〉，班固〈兩都賦〉由宮廷擴大到京
都，張衡〈二京賦〉則又由京都的上層生活轉而關注市井文化生活

〔註112〕　見曹道衡著：《漢魏六朝辭賦》（臺北：萬卷樓圖書公司，1992 年），
　　　　　頁 33～34。
〔註113〕　見〔漢〕班固等撰、〔唐〕顏師古注：《漢書》，卷五十一，頁 2364。

層面。兩賦雖未脫離宮殿題材，但已經比較接近社會生活，體現出與西漢大賦不同的風貌。

漢代除了苑獵京都大賦之外，尚有詠物賦與寫志賦。「詠物賦」方面，荀子的〈雲〉、〈蠶〉、〈箴〉三賦爲歷代詠物賦的先聲，這幾篇賦帶有隱語性質，目的在宣揚道德思想，而漢代較早的詠物賦如：枚乘〈柳賦〉、公孫乘〈月賦〉等已無明顯的道德說教，至王褒〈洞簫賦〉的問世，代表漢代體物賦的成熟。〈洞簫賦〉對後世描寫音樂與樂器的賦作有很大的影響，繼而有〔東漢〕馬融〈長笛賦〉、〔魏〕嵇康〈琴賦〉、〔晉〕潘岳〈笙賦〉和顧愷之〈箏賦〉，另有傅毅〈舞賦〉。詠物題材除了「音樂」之外，描寫動植物的賦作也不少，如漢末禰衡的〈鸚鵡賦〉，此類賦到南朝時仍很興盛，如謝惠連〈雪賦〉、謝莊〈月賦〉、鮑照〈舞鶴賦〉等，其中謝莊、鮑照之作，感情色彩濃厚，漸與抒情小賦結合。

漢代「寫志賦」方面，尚可分「設論言志」、「述行寫志」、「抒情顯志」三個類別。〔註 114〕首先，「設論」即「對問」，〔戰國〕宋玉〈對楚王問〉爲設論體賦的起始，之後東方朔〈答客難〉、揚雄〈解嘲〉、班固〈答賓戲〉等皆爲此類，多有伸言作者志向的用意。劉勰《文心雕龍‧雜文》曾就東方朔等人的作品加以評論：「原夫茲文之設，乃發憤以表志。身挫憑乎道勝，時屯寄于情泰，莫不淵岳其心，麟鳳其采，此立體之大要也。」〔註 115〕說他們或身遭挫折，或遭逢時難，都藉這種文體「發憤以表志」。其次，「述行賦」最初是西漢末年劉歆〈遂初賦〉，其序云：「是時朝政已多失矣，歆以論議見排擯，志意不得。之官，經歷故晉之域，感念思古，遂作斯賦，以歎征事而寄己意。」〔註 116〕明顯是寫志之作，賦中寫作者沿途所見的種種風景，多藉某地故實來表達自己憂慮。後有班彪有〈北征賦〉

〔註 114〕 此分類參見陳慶元著：《賦：時代投影與體制演變》（桂林：廣西師範大學出版社，2000 年），頁 182。
〔註 115〕 見〔梁〕劉勰撰、周振甫注：《文心雕龍注釋》，頁 213～214。
〔註 116〕 見費振剛、仇仲謙、劉南平等輯校：《全漢賦校注》，頁 317。

常結合故實直接抒發情感，班昭〈東征賦〉則模仿〈北征賦〉而作，至於蔡邕〈述行賦〉可說是述行寫志的代表，載述沿途各地有關故實，並包含鮮明的愛憎傾向。再次，「抒情賦」方面，此類賦作繼承屈原的傳統，如漢代賈誼〈弔屈原賦〉與〈賦鳥賦〉，漢初賢人失志之悲的賦都是騷體賦，繼之如馮衍〈顯志賦〉、班固〈幽通賦〉、張衡〈思玄賦〉等賦。但並非所有抒情顯志賦皆為騷體，如張衡〈歸田賦〉、陸機〈遂志賦〉和潘岳〈閑居賦〉皆非騷體。〈歸田賦〉以散體寫抒情言志之賦，篇幅也較短，對魏晉南北朝抒情言志短賦有重要影響。

關於漢代賦體的發展演變，簡宗梧先生於《賦與駢文》中分析，言語侍從的起落造成西漢東漢賦體變化，並歸納出幾項特質。西漢賦之特質為：1. 呈現口誦的特質 2. 刻意於語文加工 3. 肆其內容的誇張 4. 寓諷於頌的講求 5.披加儒家的外衣。東漢賦之特質為：1. 漸呈用典的傾向 2. 題材擴大篇幅縮小 3. 漸趨情感化個性化 4. 浮現道家出世思想 5. 出現更駢儷化的傾向。〔註117〕上述歸納已呈現漢賦的主要特徵與發展趨勢。

建安曹魏時期，由於政治黑暗，名士少有全者，作家大多苦悶徬徨，仍有一些有志之士，藉賦抒發憤世嫉俗的情志，多有情感化的傾向。有的是託物抒情，如：禰衡〈鸚鵡賦〉是自我寫照、阮籍〈獼猴賦〉則諷刺朝廷習性暴躁，人面獸心；有的借景抒情，如王粲〈登樓賦〉寫憂感時事，去國懷鄉之情；有的寫征戰校獵的豪情，如陳琳〈神武賦〉讚頌曹操東征烏桓的勳績，王粲〈羽獵賦〉寫曹操舉行大規模射獵；有的寫神女、寡婦和出婦，如曹植〈洛神賦〉寫人神相戀，曹丕有〈寡婦賦〉和〈出婦賦〉寫遭逢不幸的女子；有的寫憂生憤世之情，如曹植〈秋思賦〉。

兩晉時期，出現不少抒情短賦，而大賦又發展起來，形式上除了常見的騷體、散體，有的賦明顯駢偶傾向，甚至詩歌化，而題材涉及

〔註117〕見簡宗梧著：《賦與駢文》（臺北：臺灣書店，1998 年），頁 86～100。

廣泛，整體呈現多樣化的風貌。其多樣化表現於：用賦談文論藝，始於晉人，如陸機〈文賦〉用賦來論文學，嵇康〈琴賦〉來論琴樂；用賦嘆逝哀悼，如潘岳〈秋興賦〉寫時間流逝與生命流逝，陸機〈嘆逝賦〉悲嘆凋落的親故；京都大賦再起，如左思〈三都賦〉，庾闡〈揚都賦〉；用賦寫江海山岳，如木華〈海賦〉、郭璞〈江賦〉與孫綽〈游天台山賦〉，兩晉山水賦已達成熟，對宋齊山水詩的發展影響遠；用賦寫閑居閑情，如潘岳〈閑居賦〉、張華〈歸田賦〉、陶淵明〈歸去來辭〉與〈閑情賦〉。

南朝以後，由於駢文日趨成熟，辭賦也講究字句的整齊和對仗的工整，因而被稱為「駢賦」或「俳賦」，其中蕭綱、蕭繹、徐陵、庾信之作，為駢賦的典型。在聲律論出現之後，賦家創作時有意識地注意聲律美。這時期雖有像謝靈運〈山居賦〉，沈約〈郊居賦〉等大賦出現，但是抒情短賦才是南朝賦的代表，如江淹〈恨賦〉、〈別賦〉。題材上繼承魏晉，且出現較多女子情態與器物的描寫，亦有關心時事的作品。風格上受時代風氣的影響，多有纖巧雕琢的傾向，但其佳作則清新句麗，有詩的韻致。

第三節　音樂與賦的結合

當音樂文化達到高度的發展，以及賦體趨向成熟興盛之時，正是音樂賦產生的適當時機。本節將要探討「音樂」與「賦」結合的時空背景，進而歸結到「樂器賦」的產生。透過介紹第一篇音樂賦的產生與音樂賦正式定型之作品，說明其書寫模式對後世的影響。

一、音樂賦的濫觴與發展

自古音樂與文學就存在著緊密的關係，即使至漢代，音樂與文學依舊以各種方式結合。「音樂」在漢代社會文化生活中保持著重要地位，而「賦」又是漢代文學主流，自然而然地，「音樂」就成為賦創作時所關注的題材之一，進而結合為「音樂賦」。

　　由本章第一節所述之音樂發展可知，漢代有樂府機構採集民歌；有「絲竹更相和，執節者歌」的相和歌；有音樂文化交流所帶來的異族樂器、樂曲與舞蹈；以及從先秦以來逐漸豐富的音樂理論與音樂思想，可想見漢代的音樂已達到高度的發展，為「音樂賦」的出現奠定基礎。此外，春秋時期王室與諸侯國統治者皆有享樂的需求，出現許多宮廷音樂家，如：師曠、師涓、師襄等人，至西漢帝王如高祖、武帝等人同樣喜愛音樂，尤其是新興的民間音樂與胡樂特別受到喜愛，尚有著名宮廷音樂家李延年負責編曲，繁盛的音樂活動充實著宮廷與貴族。而民間音樂活動同樣熱絡，戰國時期即出現許多著名的民間音樂家，如善歌的秦青、韓娥，善彈琴的伯牙，善鼓瑟的瓠巴，善擊筑的高漸離等人，加上漢代民歌、相和歌不斷發展，音樂已然成為當時生活中不可或缺的娛樂與藝術，為文人的創作提供豐富的題材。

　　至於「賦」的文體特點如鋪陳、體物等特徵，使賦對於客觀生活的反映更加廣泛，幾乎無所不包。而且，「賦」本身很重視文學體裁在形式、聲韻等方面的藝術美感，對於具有藝術性的題材更是十分重視，因此余江說：

> 在我國古典文學作品中，最多和最集中地反映其他藝術門類的，自然也就非賦作莫屬了，差不多從賦文體一產生，有關其他藝術的內容就存在於賦作之中了。〔註118〕

重視藝術題材的「賦」，自然不會錯過「音樂」這門藝術，音樂與賦的結合也就成為一種自然而然的結果。音樂在賦所關注的藝術類別中有其重要地位，音樂可單獨成篇，不像某些藝術題材如：建築、雕塑等只能片段存在於宮殿賦、游覽賦等大賦之中，而且「音樂」在歷代賦集中被單獨列為一類賦作，是少數被歸類的藝術類別之一。

　　除了音樂本身的高度發展，以及賦體的文體特徵之外，文人創作意識也是音樂與賦結合的重要因素。漢代賦家創作的對象為君王，賦家以古代詩人的傳統使命自許，希望藉賦作寄託諷諭之意，但如何勸

〔註118〕　見余江著：《漢唐藝術賦研究》，頁3。

諫而不激怒君王，是賦家所在意的課題。「音樂」本是帝王貴族平時
所喜愛的娛樂，文人藉君王喜愛的事物來賦誦，這種「寓諷於樂」的
方式，一方面滿足帝王優越感，一方面寓勸諫於音樂之中，既委婉而
不致激怒君王，又可達到「言者無罪，聞者知戒」的效果，這也是文
人選擇「音樂」作賦的用心。如枚乘創作〈七發〉之用意，不論是勸
諫君王或倡導厚招游學，其內容以帝王喜愛「音樂」為其中所選素材
之一，又如王褒創作〈洞簫賦〉，亦是為喜愛洞簫的宣帝太子所量身
訂作，皆是賦家「寓諷於樂」的創作意識。

　　至於最早的一篇音樂賦的創作，當屬戰國末期宋玉〈笛賦〉，因
有真偽的問題，部分學者不以為證，而以漢代枚乘〈七發〉中所描寫
音樂的文字，作為音樂賦的濫觴。至西漢末，王褒〈洞簫賦〉的出現，
標誌著音樂賦的正式成型。〔註119〕無論是宋玉〈笛賦〉，枚乘〈七發〉
中所描寫的琴音，或是王褒〈洞簫賦〉，以及綜觀漢魏六朝的音樂賦，
皆可發現，「樂器賦」是音樂賦創作中的主流。蔡仲德在《中國音樂
美學史》談到兩漢樂賦的音樂美學思想時，曾說：

> 隨著器樂獨奏藝術的發展，器樂的表現力與可知性問題、
> 器樂審美感受的特殊性問題、每一樂器的特性問題等等日
> 益引起人們的思考。其結果，一方面直接表現為《韓詩外
> 傳》、《說苑・善說》，尤其是《淮南子・齊俗訓》等著作的
> 理論探討，一方面則間接表現為西漢王褒〈洞簫賦〉……
> 等樂賦的成批出現。〔註120〕

由上文敘述可知，音樂賦的出現與當時「器樂」的發展有關，樂器的
性能與演奏技術日益進步，聽者亦思索審美感受的問題，反映在文學
方面則表現為音樂理論的探討與音樂賦的出現。既然，「器樂」發展
為音樂賦的關鍵，而音樂賦題材自然以描述「樂器」或「器樂」為其
主流。

〔註119〕　見余江著：《漢唐藝術賦研究》，頁 7～31。
〔註120〕　見蔡仲德著：《中國音樂美學史》，頁 466。

　　在音樂賦發展上，隨時代不同而有思想內容上的轉變。魏晉南北朝，隨著境內南北遷徙，漢族與少數民族、中國與外國的文化交流，器樂演奏方面得到巨大的發展。此期音樂環境的改變，表現為樂器的數量增多，外來的樂器、樂曲與著名樂師數量龐大，以及音樂思想的轉變。反映於音樂賦所呈現的，是魏晉音樂賦在數量大大超越漢代，篇幅縮小，所賦之內容不僅有歌有舞，尚有各種樂器，思想內容由教化轉為抒情，且逐漸重視音樂主體本身的探討。

　　其中值得注意的是，由於政治環境的改變，作者與讀者之間主客關係改變，影響著賦作的內容。西漢賦家身分屬言語侍從性質，其創作對象是帝王，但是言語侍從至東漢已沒落，賦家的創作對象由帝王轉變為文人同好。賦在此時雖不能事君得寵，仍有自娛娛人的功能，因此賦家的創作態度改變，亦影響賦作的形式內容的轉變。西漢賦作對象為帝王，具貴遊性質，題材多宮殿、畋獵、遊覽，體制篇幅自然較大，否則無法展現其氣勢，思想上以歌功頌德與諷諫為主，此時期樂器賦如：王褒〈洞簫賦〉、馬融〈長笛賦〉為代表。

　　東漢以來，貴遊風氣衰退，賦作的對象為文人同好，題材內賦的內容上由「歌頌諷諭教化」轉為多「抒情感懷」之作，篇幅也由長變短，樂器賦亦有此傾向如：蔡邕〈琴賦〉。至魏晉時期，政治動亂，儒學動搖，思想解放，在藝術上屬於自覺的時代，反映於樂器賦則表現為，由漢代的儒家思想主流，轉變為以道家思想為主流，且重視音樂本身美感，如嵇康〈琴賦〉、潘岳〈笙賦〉。而至南朝，部分賦家本身是帝王身分，所寫出的樂器賦反映宮廷生活，如蕭綱〈箏賦〉即為其代表。

二、音樂賦的書寫模式

　　歷來學者多以〔漢〕枚乘〈七發〉中描寫音樂的一段為音樂賦的濫觴，對後來音樂賦的形成與發展有深遠的影響。余江認為其中描寫音樂的文字，幾乎成為後世眾多音樂的創作範例。此段文字以

描寫「琴」為主，首先，寫製琴之材——龍門之桐，歷經無數風霜雨雪的侵蝕摧殘，以及孤禽走獸的哀鳴，所強調的是生長環境的危苦；其次，寫製琴，由名匠選材製作，其琴絃、飾品皆經過精選，由此形成了製琴莫不巧匠、配件飾物莫不珍異之物的寫作模式；第三，寫操琴，並以歌相和，其淵源可追溯至《楚辭·漁父》；最後，對音樂效果的渲染，透過描繪鳥獸蟲蟻的反應，其淵源可追溯至《韓非子·十過》中寫玄鶴二八聞〈清徵〉之曲而起舞的情形。〔註121〕上述的幾各方面成為音樂賦的雛型，後來王褒〈洞簫賦〉無論在內容的順序，或是具體寫法，基本上都以〈七發〉為效仿對象，不同的是王褒的描寫更加繁複細膩，篇幅更長。

至於戰國宋玉〈笛賦〉，因疑古思潮的影響而被視為偽作，但亦有學者認為此賦即有可能是宋玉的作品。此處保留宋玉創作〈笛賦〉的可能性，若真如此，宋玉〈笛賦〉就是中國文學史上第一篇描寫樂器的文學作品，有必要理解其作品內容與創作手法。〈笛賦〉首先寫產地的環境，地處崇山絕壑之旁，有皓日、涼風、湧泉，雖有霜雪霧露，但不強調危苦；其次，有名師高曠選材，名匠公輸般製笛；第三，寫吹笛並以歌相和，運用典故傳達聲情；最後，則以「亂曰」抒發心志。若與枚乘〈七發〉、王褒〈洞簫〉相較，宋玉〈笛賦〉的創作時代更早，且已初具雛型，除了音樂效果的渲染上有所差異，其餘在寫作順序與內容上，實有開創的意義。

總歸而言，音樂發展的成熟與賦體本身的文體特徵，已提供兩者結合的基礎，漢代賦家因其文學侍從的身分，使其有意識地選擇「音樂」入賦，期望「寓諷於樂」，尤其是以當時的極受歡迎的「器樂」作為創作題材。此外，由第一篇音樂賦宋玉〈笛賦〉的出現，以及標誌音樂賦成型的王褒〈洞簫賦〉，都說明了音樂賦一開始皆以「樂器」為主要描寫對象，可見「樂器賦」的重要地位。而「樂器

〔註121〕 見余江著：《漢唐藝術賦研究》，頁 7～31。

賦」所衍生出的寫作模式，被其他如：歌賦、舞賦、樂種賦等音樂
類賦所承襲模仿，亦有可見其深遠的影響力。

第四節　文人與音樂賦

　　賦注重藝術性，與藝術本身的特性相通，自然能吸引著藝術家
的關注，歷代著名的賦家中不乏多才多藝的藝術家。而音樂賦（包
含樂器賦），屬於文人階層的創作，而非民間俗賦，這些音樂賦的
作者中，有不少本身即是精通音樂者。先唐音樂賦中，以「樂器賦」
為主流，究其原因，除了與樂器、器樂的高度發展，應與作者的「文
人」身分有關。古代音樂涉及的範圍廣泛，無論是器樂、歌唱或舞
蹈，在漢人眼裡皆屬音樂的範疇，而音樂賦的作者中不乏樂器演奏
者或作曲家，但是鮮少是歌唱家或舞蹈家，因而樂器成為主流題
材。而宮廷或民間的專業音樂家，雖具有器樂、作曲、歌唱或舞蹈
等專長，因不懂文學，也無法寫出音樂賦的作品。因此音樂賦（或
者說樂器賦）的產生，這種兼具文學與音樂專長的「文人音樂家」
的特殊身分為其重要關鍵，而樂器的主流題材，亦與文人音樂家多
擅長樂器有關。

　　文人本身是器樂演奏家，以自己最為熟悉，平時即浸沉賞玩其中
的樂器入賦，最能得心應手。以漢代而言，漢代賦家兼音樂家者如：
王褒工於歌詩與辭賦。宣帝提倡歌詩音律，王褒當時受益州刺史王襄
推薦，被召入朝。而他的〈洞簫賦〉即與宣帝太子（即元帝）喜歡洞
簫有關，《文選・三都賦》劉楠林注：「漢元帝能吹洞簫」〔註122〕。

　　此外如賦家馬融亦精通音律，其〈長笛賦〉序中自敘：「又性好
音，能鼓琴吹笛」，可知其擅長彈琴吹笛，並留下〈長笛賦〉、〈琴賦〉
兩篇樂器賦。又如賦家蔡邕，擅長古琴與作曲，能從木頭燃燒的香氣
與聲音，判斷是製琴的良材，而製為「焦尾琴」，可見其深厚的音樂

〔註122〕 見〔梁〕蕭統編、〔唐〕李善注：《文選》，卷第四，頁82。

素養，並著有〈琴賦〉、《琴操》，創作琴曲五首，分別爲〈遊春〉、〈淥水〉、〈幽居〉、〈坐愁〉、〈秋思〉等，合稱「蔡氏五弄」。〔註123〕

至魏晉時期，政治黑暗、社會動盪，恰是這樣的特殊環境，使得宦途失意的文人寄情於音樂，產生許多文人音樂家，如蔡邕、蔡琰父女，阮瑀、阮籍父子，阮咸、阮瞻父子，嵇康、嵇紹父子等人。劉再生提到所謂「文人音樂家」就是兼具文人與音樂家的身分，並歸納其特點：

> 一、有很高的音樂天賦，但不以音樂爲職業；二、多數擅長於彈琴；三、有的兼及音樂創作和理論著述；四、往往是音樂世家，有家學淵源；五、具有憂國憂民的思想情操。
> 〔註124〕

其實，漢代也有「文人音樂家」，只是數量不及魏晉時期，但是大致具備上述幾個特點。至於魏晉時期的文人音樂家，如文壇「建安七子」的阮瑀，曾在曹操舉辦的宴會上彈琴作歌，深得曹操重用，並寫下〈箏賦〉。其音樂修養影響其子孫，如兒子阮籍，孫子阮咸，皆擅長音樂。阮籍則善彈琴，有琴曲〈酒狂〉表達心境，以及《樂論》闡述音樂思想。而阮籍的侄兒阮咸，乃精於琵琶，所用琵琶與後來從龜茲傳來的「曲項琵琶」不同，人們爲了區分而簡稱爲「阮咸」。阮咸除了演奏琵琶之外，也精於作曲，如〈三峽流泉〉一曲，《樂府詩集》引《琴集》說是「晉阮咸所作也。」〔註125〕，而李季蘭在〈三峽流泉〉一詩中，生動地描繪了它的音樂表現，並有：「憶昔阮公爲此曲，能使仲容聽不足。」〔註126〕的詩句。此外如嵇康，是著名的音樂演奏家、評論家以及琴曲創作者，善於彈奏琴曲〈廣陵散〉，而其〈琴賦〉、〈聲

〔註123〕 蔡氏五曲，《文選》李善注：「俗傳蔡氏五曲，〈遊春〉、〈淥水〉、〈坐愁〉、〈秋思〉、〈幽居〉也。」見〔梁〕蕭統編、〔唐〕李善注：《文選》，卷十八，頁264。

〔註124〕 見劉再生著：《中國古代音樂史簡述》（北京：人民音樂出版社，1989年），頁159。

〔註125〕 見〔宋〕郭茂倩編：《樂府詩集》，卷六十，頁876。

〔註126〕 見〔宋〕郭茂倩編：《樂府詩集》，卷六十，頁876。

無哀樂論〉中亦有音樂評論的相關論述，所創作的琴曲代表作爲「嵇氏四弄」〔註127〕，此曲並與蔡邕五弄合稱「九弄」〔註128〕。

　　再就「樂器賦」的樂器種類來看，魏以前樂器賦依「樂器」分類有：琴賦四篇、箏賦一篇、洞簫賦一篇、笛賦二篇、笙賦一篇、簧賦一篇、籈賦一篇。其中除了「箏」屬俗樂器，其餘皆爲雅樂器，且以「琴」數量最多，可見其在文人心中的份量，琴自古爲文人修養身心之用，亦反映於文學中。魏晉樂器賦依「樂器」分類有：琴五篇、箏七篇、琵琶四篇、箜篌四篇、笛三篇、笙四篇、笳四篇、節一篇、角一篇。其中描寫「箏」的數量已超過「琴」，表示此時文人對箏樂的喜愛不亞於琴樂，而且出現許多外來樂器入賦，如琵琶、箜篌、笳、角等樂器，其豐富的音樂表現，也受到文人的青睞。這也表示此時期的文人並不單單侷限雅樂器的文化意涵，也能注意到俗樂器與胡樂器的音樂美感，具有藝術自覺的意義。

　　由上可知，文人兼具音樂家的身分，是樂器賦產生的重要因素，也由於他們對音樂的專業素養，才能深刻詮釋出音樂的美感與價值。而透過漢至魏晉的樂器賦，恰好反映文人創作心態的演變歷程，看待音樂的不同態度，以及各種樂器在文人心中價值的比重。

〔註127〕　〈琴操〉云：「漢末太師五曲，魏初中散四弄，其間聲含清側文質殊流。」見〔宋〕陳暘撰：《樂書》（臺北：臺灣商務印書館，1979年，《四庫全書珍本九集》），卷一百二十，頁8。

〔註128〕　《樂府詩集》：「《琴議》曰：隋煬帝以嵇氏四弄、蔡氏五弄，通謂之九弄。」見〔宋〕郭茂倩編：《樂府詩集》，第五十九卷，頁856。

第三章　先唐樂器賦之審美體驗

　　樂器賦的創作，是賦家音樂聆賞體驗後所產生的作品，其對於音樂藝術形象的詮釋、對演奏者的描述、對審美環境的紀錄、以及對心理感受的傳達等內容，皆離不開「審美體驗」，先有審美體驗，再將體驗轉化為文字。因此在創作之前，賦家的角色是「接受者」，由接受者的角度理解賦家所感受的事物，是深入文本的重要工作。

　　關於音樂審美感受，有其生理基礎。音樂的欣賞乃透過聽覺器官（即耳朵）來感知。聲波由外耳傳入，經鼓膜的震動，接著在中耳就有砧骨、鎚骨和鐙骨隨著而震動，於是聲音的強弱受到調節。之後傳至內耳，內耳的耳蝸內有基底膜，上面佈滿了神經纖維，如鋼琴的鍵盤般，按頻律的高低排列著。當不同頻率的聲波刺激基底膜時，代表這個聲音頻譜的神經纖維就產生「神經脈衝」向大腦反射，於是人就感覺到聲音。高頻就產生高音的感覺，如尖銳、明亮、緊張；低頻就產生低音的感覺，如低沉、寬厚、鬆弛。對於聲音信號的分析，包括辨別音高、音強、音色、音長以及音源方向等功能，除了耳蝸外，還有賴於中樞的參與。值得注意的是，在人耳可感覺的範圍內，有相當的個人差異和變化的可能性，這造成每個人在音樂感知上略有不同。〔註1〕

─────────────

〔註1〕　相關資料參見羅小平、黃虹著：《音樂心理學》（廣州：三環出版社，

　　隨著聽覺的產生，欣賞音樂的同時，一系列心理活動也相繼展開，如知覺、記憶、聯想，乃至於情緒活動的激發。事實上，音樂會對人的生理與心理都會產生影響，這主要因為人體外來的刺激經感覺器官收知後，一方面經由中樞神經系統傳導至大腦皮層影響人的心理情緒，另一方面經周圍神經系統影響人的肌肉運動及內臟各器官。〔註2〕因此，音樂對人體的刺激所引起的心理感應和生理感應是相互影響的，互為因果的。這說明了當我們在音樂審美時，除了心理上的變化，有時會隨著樂音而搖擺起舞。而英國學者瓦倫汀在《實驗審美心理學──音樂・詩歌篇》中也談到音樂對於呼吸與心率的影響，證明了音樂對人的生理影響。〔註3〕

　　音樂審美心理是極為複雜的，西方學者對於這方面的論述較多，美國作曲家柯普蘭（Aaron Copland）認為聆聽音樂可分為：音樂的感覺面、音樂的情感面，音樂的理智面等三個層面，而聆賞時，此三層面的連續性多於同時性。〔註4〕就實際的音樂聆賞體驗來說，每個人的審美感受皆不相同，英國劍橋大學教授邁耶爾曾對音樂聽眾的心理反應作紀錄與歸納，大致可分為四種類型：

　　1.「主觀類」，即生理類。注重音樂對自身和情緒的影響。

　　2.「聯想類」。注重音樂所引起的某種情景、事物的聯想。

　　3.「客觀類」。注意力集中在音樂的形式和技巧方面。

　　4.「性格類」。將音樂分為快樂的、悲傷的、神秘的等各種

　　　　性格。〔註5〕

此四種類型的劃分是以聽者對音樂的感知、接受與鑑別能力為依

　　　1989年），頁2～7；畢盛鎮、劉暢著：《藝術鑒賞心理學》（長春：吉林文史出版社，1990年），頁24～33；郭美女著：《聲音與音樂教育》（台北：五南書局，2000年），頁166～168。

〔註2〕見張春興著：《心理學》（臺北：東華書局，1992年），頁580～600。

〔註3〕見〔英〕瓦倫汀著、潘智彪譯：《實驗審美心理學（下）──音樂・詩歌篇》（臺北：商鼎文化出版社，1991年），頁50～53。

〔註4〕見柯普蘭（Aaron Copland）著、劉燕富譯：《怎麼聆賞音樂》（新北：音樂與音響雜誌社，1993年），頁5。

〔註5〕見羅小平、黃虹著：《音樂心理學》，頁170。

據。而造成音樂審美體驗差異的因素很多，一方面是因為音樂本身的不確定性、多義性，造成聽者理解上的彈性；一方面則是聽者的現實處境、專業素養、性格、聆賞時的環境等諸多因素的影響。另外，不同的民族有不同的審美觀，〔註 6〕而不同的朝代則因社會風氣的差異，亦呈現喜好的差異。但是音樂對於人的情感作用，還是具有廣泛性與普遍性，這是由於音樂雖無法表達精準明確的內容，但其情感內涵是人類情感的概括與深化，不同時代、民族、身分與地域的人均可產生相應的感應與體驗。

　　本章由音樂審美的體驗入手，觀察先唐樂器賦的相關描述，從中可以得知賦家的審美過程有著類似體驗，包含注意自身生理上、情緒上的變化（主觀類），將樂器聲音性格化（性格類），由音樂引發想像、聯想（聯想類），以及客觀地分析鑑賞音樂（客觀類）等等關注於賦家與音樂之間種種關係的審美經驗。此外，尚能從音樂審美的境界中，體悟出許多美學的、倫理的的意義與價值。因此，擬從「生理與情緒感應」、「賦予性格」、「聯想與想像」、「客觀鑑賞」等四個方向，探討先唐樂器賦中的音樂審美體驗。而美學、倫理方面的思想上體悟則留待下一章探討。

第一節　生理與情緒感應

　　人們聆聽音樂的過程有著豐富的體驗，最初階段的體驗通常是對「自身」產生的種種變化。前文所提到，英國劍橋大學教授邁耶爾根認為音樂聽眾的心理反應有四種類型，其中有所謂的「主觀類」，「即生理類，注重音樂對自身和情緒的影響」〔註 7〕，即屬於這種最初階段的感受。方銘健則將此類審美經驗歸屬於「直覺性階

〔註 6〕於賢德在《民族審美心理學》一書中，針對民族審美心理結構、形成與發展進行分析，並探討不同民族的審美心理要素。見於賢德著：《民族審美心理學》（廣州：三環出版社，1989 年），頁 38～41。

〔註 7〕見羅小平、黃虹著：《音樂心理學》，頁 170。

段」，認為此階段的特徵是：

> 各種不同的音樂刺激，能喚起從最深處到最表面的情緒感
> 應，主要是無意識或半意識的。其注意力不在音樂本身，
> 而在於指涉的或音樂範圍外的意義，所以所得的瞬間快樂
> 或享受就成為最初階段的主體。……且是在一獨特的、非
> 語言的、絕對的意識中。可以直覺去感受，不必要分析每
> 一和弦之名稱或進行就可以獲得之音樂經驗。〔註8〕

也就是說，無須接受過專業的音樂訓練，一般人在音響審美時，大多
能直覺地感受到自身生理或情緒上的變化。因此，本節所要討論的「生
理與情緒感應」，指的是對音樂感覺層面的反應，即聽者在聆聽音響
時，依據音響的表面特質而作感應，較少注意音響的內在組織結構，
而注重音響對自身生理和情緒的影響。

　　先唐音樂賦中所描寫的音樂審美體驗，自然地記錄了聽者心理
（指情緒）與生理（指行為）方面的直接反應。本節探討時，不以
「主觀類」為標題，乃因所有的審美類型皆帶有主觀的成分，因此
改以「生理與情緒感應」為標題更為明確。

一、情緒變化

　　賦家聆聽音樂的初階段，最先能察覺自我生理、心理的變化。
前文已述，音樂的節奏、旋律等因素皆能影響人的生理與心理，這
種自我的的變化是顯而易見的，即使未受過專業音樂素養的聽眾，
同樣能察覺這種變化。先看先唐樂器賦中關於絲弦類音樂的聆賞，
賦中紀錄了自身情緒的變化，如：

> 葳蕤心而自愿兮，伏雅操之循則。（〔漢〕劉向〈雅琴賦〉）
>
> 盡聲變之奧妙，抒心志之鬱滯。（〔漢〕傅毅〈琴賦〉）
>
> 微風漂裔，冷氣輕浮，感悲音而增歎，愴噸悴而懷愁。（〔漢〕
> 侯瑾〈箏賦〉）

〔註8〕見方銘健：《藝術、音樂情感與意義》（臺北：全音樂譜出版社，1997
　　　年），頁99～102。

> 清飆因其流聲兮，游絃發其逸響。心怡懌而踊躍兮，神感
> 宕而惚悦。（〔晉〕成公綏〈琴賦〉）

劉向描述自己紛亂的思緒漸漸平息下來，隨著對幽雅樂曲的體悟中慢慢產生變化。傅毅聆賞完琴樂後，鬱滯的心志得到抒發。侯瑾聽到樂音似微風遠遠逝去，又似冷氣輕輕漂浮，受悲哀的樂音的觸動而感嘆，深重的憂傷久久縈繞在心頭。而成公綏在聆賞流動的、奔放的琴音時，感到心情愉悅而雀躍不已，精神因感動激盪而神智不清。這裡所描寫的不同情緒變化，應是音樂情調不同所致，前二則例子紀錄了舒緩的音樂使情緒和緩，第三則例子則寫淒涼的音樂使心情憂傷，最後一例紀錄奔放的音樂使心情激昂。再看關於吹奏類音樂聆賞的描述，如：

> 悲愴悦以惻恜感兮，時恬淡以綏肆。（〔漢〕王褒〈洞簫賦〉）
>
> 然後少息蹔怠，雜弄間奏。易聽駭耳，有所搖演。（〔漢〕馬
> 融〈長笛賦〉）
>
> 相和兮諧慘，激暢兮清哀。奏烽燧之初驚，展從繇之歎乖。
> （〔晉〕夏侯湛〈夜聽笳賦〉）

王褒的賦作中亦談到不同情調的樂曲產生不同的心理變化，聽到悲聲就引起一陣悲愴和傷感，恬淡的樂聲又使人心情十分舒坦。馬融則是描寫聽完一段笛樂後，稍作休息而待再次吹奏，中間插進一些風格不同的小曲，改換了一點情調，頓時使人耳邊一新，心神也隨著盪漾。夏侯湛形容笳聲協和節拍，唱歌相應和，笳音與歌聲合於「慘」的情緒，聲音激動流暢傳達出哀情，音樂表現出見到烽火示警的驚駭，以及服繇役者分離的哀嘆。由上述自我審美體驗的描述可知，依著音樂情調的不同而產生悲傷的、舒坦的、雀躍的、搖盪心神的、驚駭的心情起伏，聽者自身也能察覺到情緒方面的變化。

二、行為外顯

　　音樂聆賞時，生理與心理是交互影響的，音樂所引發心理變化的同時，也會表露於外在行為，因而生理上的反應也隨之而來。《毛詩

正義》〈詩大序〉云：「情動於中而形於言，言之不足故嗟歎之，嗟歎之不足故永歌之，永歌之不足，不知手之舞之、足之蹈之也。」〔註9〕同樣說明人們內心的情感，若蓄積到一定的程度，必將以歌唱、舞蹈等外顯行為來抒發。當然，情緒有快樂、悲傷之別，外顯的行為亦有拍手歌舞、嘆息哭泣等相應行為的差異。先唐樂器賦關於這方面描述，首先是記錄被美妙的樂音所吸引的諸多反應：

> 於是歌人恍惚以失曲，舞者亂節而忘形。哀人塞耳以惆悵，轅馬蹀足以悲鳴。（〔漢〕蔡邕〈琴賦〉）

> 好和者唱贊，善聽者咨嗟。眩睛駭耳，失節蹉跎。（〔晉〕成公綏〈琵琶賦〉）

蔡邕形容琴音的美妙，使歌者精神恍惚而忘記自己正在歌唱，使舞者節奏混亂而忽略自己的舞姿，使哀傷的人塞住耳朵乃因琴音使之更為惆悵。成公綏寫琵琶彈奏技藝精湛，使善於應和者跟著唱，使善於聆聽者發出讚嘆，但是彈到華彩處，聽者整個被眩惑了，以致於唱贊咨嗟都跟不上拍子了。這些中斷了正在進行中的行為反應，以及諸如「恍惚失曲」、「亂節忘形」、「塞耳」、「唱贊」、「咨嗟」、「蹉跎」等行為，乃是音樂所致。進一步，音樂對聽者情緒的引發，可使其表現於外，如快樂者手舞足蹈，悲傷者涕泣流淚等生理反應，先唐樂器賦中亦有描繪：

> 故聞其悲聲，則莫不愴然累欷，攀涕抆淚；其奏歡娛，則莫不憚漫衍凱，阿那腲腇者已。（〔漢〕王褒〈洞簫賦〉）

> 樂聲發而盡室歡，悲音奏而列坐泣。（〔晉〕潘岳〈笙賦〉）

> 歡曲舉而情踊躍，引調奏而涕流漣。（〔晉〕陸瑜〈琴賦〉）

> 曹后聽之而歡譙，謝相聞之而涕垂。（〔梁〕蕭綱〈箏賦〉）

上述樂器雖不同，但歡樂與悲傷不同情調的樂曲所引發的反應卻大同小異。王褒描寫當吹起洞簫悲樂時，沒有一個不感嘆、拭淚，當吹起歡樂的曲調時，又都歡喜舒緩。而其他琴、箏、笙等樂器的樂

〔註9〕見《毛詩正義》，阮刻《十三經注疏》本，卷第一，頁13。

音，同樣能引聽者於音樂情境之中而產生悲、喜不同的生理反應。
這些情緒外顯的行為描繪皆為悲、喜對舉，其實樂器賦中以悲傷的
情緒較為常見，如下面的例子：

> 何此聲之悲痛兮，愴然淚以隱惻。類離鶹之孤鳴，起嫠婦
> 之哀泣。（〔漢〕蔡邕〈瞽師賦〉）

> 馬頓跡而增鳴，士頻顧而霑襟。（〔晉〕陸機〈鼓吹賦〉）

> 吟黃煙及白草，泣虜軍與漢兵。……奏此吹予有曲，和歌
> 盡而淚續。（〔梁〕江淹〈橫吹賦〉）

蔡邕有感瞽師笛音的悲痛，內心哀傷而愴然淚下；陸機描繪士兵聽到
鼓吹樂，皺著眉頭而淚沾襟；江淹也寫到，無論是虜軍與漢兵，聽到
橫吹樂皆哭泣，「歌盡」之後依然「淚續」。這樣的行為表現與悲傷的
音樂聲情有關，當然也與聽者當時的處境與心境密不可分。

　　整體而言，先唐樂器賦的音樂審美體驗，賦家察覺到自身的情
緒與行為的變化，發現音樂可誘發情緒，進而使之弱化、轉化或宣
洩，而終歸身心之平衡。附帶一提的是，樂器賦中亦描寫了其他如
虛構人物、禽鳥走獸的審美反應，真實生活中難以求證，乃是為了
凸顯音樂本身的動聽與感人的誇飾手法，而非真實體驗，將於第五
章再作討論。

第二節　賦予性格

　　前文已提到，英國劍橋大學教授邁耶爾根認為音樂聽眾的心理
反應之四種類型中，有所謂「性格類」，「即將音樂分為快樂的、悲
哀的、神秘的等各種性格」。〔註10〕「性格類」的審美體驗主要是基
於「移情作用」，音樂作用於人心，聆聽者將自己的心情投射於音樂
之上，於是音樂有了性格。事實上，音樂以聲音為元素，雖為物理
現象，但其中有人為的連綴組合，並非單純的物理現象。作曲者依
著自己的情感，將音符連綴成與情感相應的樂曲，其樂曲蘊含作曲

〔註10〕見羅小平、黃虹著：《音樂心理學》，頁170。

者的情感。從符號象徵的觀點來看，蘇珊‧朗格認為，藝術是一種情感的符號，樂器音響作為一種音樂藝術，亦富有符號意涵，所象徵的是人類普遍的情感。〔註11〕嵇康〈聲無哀樂論〉中把握住音樂的形態與人的情緒動態在結構上的相近，指出了兩者的內在聯繫：

> 琵琶箏笛，間促而聲高，變眾而節數。以高聲御數節，故更形躁而志越。猶鈴鐸警耳，鍾鼓駭心……。蓋以聲音有大小，故動人有猛靜也。琴瑟之體，閒遼而音埤，變希而聲清，以埤音御希變，不虛心靜聽，則不盡清和之極，是以聽靜而心閒也。〔註12〕

嵇康認為不同樂器的音響特質對人的情緒變化有不同的影響。嵇康還提出的音樂「以單、複、高、埤、善、惡為體，而人情以躁靜專散為應，……聲音之體，盡於舒疾；情之應聲，亦止於躁靜耳。」〔註13〕這種聲音形態與情緒動態的對應關係，雖非絕對，但已說明不同形態的音樂，所引發的情緒也不相同。〔註14〕可見，聽者稱之為「悲傷的」、「快樂的」、「神秘的」音樂，乃是因為音樂形式結構與人的情感相近，加上聽者內心的「移情」與「類比」，類比人的情緒、性格或品德，因而將音樂給「擬人化」了。

本節所要討論的「賦予性格」，指聽者在樂器音響審美的過程中，給音響特質一個整體的性格化描繪，而這樣的評述除了依據樂器音響本身的特質外，往往加入自己主觀的情感，有時也反映一個民族的文化、時代的審美觀。先唐樂器賦中的描寫亦有此類「性格化」的音樂審美體驗，恰好反映了賦家的情感與思想。綜觀其「性格化」的描述，有的基於聽者的情感投射，有的基於品德的價值體

〔註11〕見蘇珊‧朗格（Susanne K. Langer）著、劉大基、傅志強、周發祥譯：《情感與形式》（臺北：商鼎文化，1991 年）。書中認為藝術為情感符號，所表現的是人類的情感，並舉各類藝術來論述。

〔註12〕見〔魏〕嵇康撰、戴明揚校注：《嵇康集校注》，卷第 5，頁 215。

〔註13〕見〔魏〕嵇康撰、戴明揚校注：《嵇康集校注》，卷第 5，頁 216。

〔註14〕相關論述見張蕙慧著：《嵇康音樂美學思想探究》（臺北：文津出版社，1999 年），頁 81～89。

悟，有的基於藝術鑑賞的感受，因而產生出「情緒化性格」、「品德化性格」、「藝術化化性格」等音樂性格。

一、情緒化性格──悲音與樂音

　　一般人對聆聽的音樂有種最直覺反應，就是將音樂二分為快樂的或悲傷的音樂。其實「快樂」或「悲傷」並不屬於音樂屬性，全是人以自身的情感的類比，進而賦予音樂。先唐樂器賦中，有許多悲、樂對舉的音樂描述，如：

> 故聞其悲聲，則莫不愴然累欷，攬涕拉淚；其奏歡娛，則
> 莫不憚漫衍凱，阿那腲腉者已。（〔漢〕王褒〈洞簫賦〉）

> 樂聲發而盡室歡，悲音奏而列坐泣。（〔晉〕潘岳〈笙賦〉）

> 樂操則寒條反榮，哀曼則晨華朝滅。（〔晉〕孫瓊〈箜篌賦〉）

> 歡曲舉而情踊躍，引調奏而涕流漣。（〔陳〕陸瑜〈琴賦〉）

上述文字中，賦家逕稱所聆聽的音樂為「樂聲」、「樂操」、「歡曲」或是「悲聲」、「悲音」、「哀曼」，即是根據聽者情感的感受，將音樂簡單地區分為兩類，賦予一種情感的名稱，而音樂因此有了性格。在眾多先唐樂器賦的描述中，相較於「快樂」的音樂，「悲」與「哀」的音樂記錄顯得多一些，如：

> 感悲音而增歎，愴嚬悴而懷愁。（〔漢〕侯瑾〈箏賦〉）

> 然後哀聲既發，祕弄乃開……一彈三歎，曲有餘哀。（〔漢〕
> 蔡邕〈琴賦〉）

> 銜長葭以汎吹，嗷啾啾之哀聲。（〔晉〕孫楚〈笳賦〉）

> 體合法度，節究哀樂。（〔晉〕傅玄〈箏賦〉並序）

> 哀聲內結，沉氣外激，舒誕沉浮，徊翔曲折。（〔晉〕傅玄〈琵
> 琶賦〉）

樂器賦中，除了悲喜對舉的音樂描述之外，較多的是「悲樂」的紀錄，極少全篇描述歡樂音樂的作品，即使是宴會的場合也不例外。或許是時代審美觀的影響，抑或是悲傷的音樂較能引發共鳴。

二、品德化性格──仁德與武聲

在先唐樂器賦中，另一種常見的音樂性格即是「品德」。中國人常以一種「倫理」的態度看待事物，對於音樂亦常如此。賦家認為某些音樂是有德性的，如馬融〈長笛賦〉中讚美「何琴德之深哉！」又如嵇康〈琴賦〉之序中「眾器之中，琴德最優」，文末之亂曰：「愔愔琴德，不可測兮；體清心遠，邈難極兮。」因此，有的賦家直接稱為「德樂」，如：

> 游予心以廣觀，且德樂之愔愔。（〔漢〕劉向〈雅琴賦〉）

> 衛無所措其邪，鄭無所容其淫。非天下之和樂，不易之德音，其孰能與於此乎！（〔晉〕潘岳〈笙賦〉）

劉向直接稱琴樂為「德樂」，潘岳稱笙樂為「德音」。這都是聽者主觀的感受，而賦予音樂一種高尚的性格。這種以倫理觀點欣賞事物，進而給予音樂性格的例子尚有「仁」、「武」等，如：

> 故其武聲，則若雷霆輘輷，佚豫以沸㥜。其仁聲，則若飄風紛披，容與而施惠。（〔漢〕王褒〈洞簫賦〉）

> 體合法度，節究哀樂。斯乃仁智之器……（〔晉〕傅玄〈箏賦〉並序）

王褒稱洞簫為「武聲」，如雷霆一像大聲，旋律緊迫而音節快速多變；又稱其為「仁聲」，如南風一像和緩，緩緩地吹拂萬物而促其生長。「仁」與「武」皆非音樂屬性，而屬人格的特質，王褒依自己的感受而賦予簫聲人格化的性格。而傅玄認為箏的體制合於法度，是一種「仁智之器」，亦屬同類狀況。

此外，無過無不及的「適中」的性格，也被移轉來音樂的觀感，如：

> 或曲而不屈，或直而不倨。（〔魏〕嵇康〈琴賦〉）

> 直而不倨，曲而不誹。（〔晉〕王廙〈笙賦〉）

嵇康與王廙有如此的感受，應受《春秋左傳正義》襄公二十九年記載季札觀周樂的文字所影響，季札聽完〈頌〉讚美說：「至矣哉！直而

不倨，曲而不屈」〔註15〕，意思是正直而不傲慢，委婉而不卑下。乍看之下，應是對人格態度的的評價，但季札取來賦予〈頌〉樂，嵇康喜愛這種「中庸」的人格，同樣取來賦予琴樂，使琴樂有了人性化的性格。至於王廙，稍微更動的一字，改「屈」爲「俳」，「曲而不俳」意指委婉而不至於表達不出來，同樣是賦予笙樂人性化的性格。其他如〔晉〕孫該〈琵琶賦〉稱琵琶「溫雅沖泰，弘暢通理」，稱音樂「謙和安樂」亦屬賦予性格的審美體驗。又如〔晉〕潘岳〈笙賦〉：

> 初雍容以安暇，中佛鬱以怫愄。終嵬峨以蹇愕，……郁捋劫
> 悟，泓宏融裔，哇咬嘲哳，一何察惠。〔註16〕

前三句寫起初聲音舒緩從容而安閑，中間不安而心志煩擾，最後聲音高亢而忠直敢言的樣子。而後，形容笙的聲音宏大而深長，聲音細膩，多麼聰明有智慧。其中如「雍容以安暇」、「佛鬱以怫愄」、「嵬峨以蹇愕」、「察惠」等形容，皆爲人的性格或心理狀態，此處賦予聲樂多樣性格，使音樂表情更爲豐富。

三、藝術化性格──雅清與英樂

另外，基於音樂的使用者與場合，聽者對於音樂也有「雅」與「俗」的區分，認爲某些音樂是「雅正」的，而直接賦予「雅」的性格，如〔周〕宋玉〈笛賦〉：「夫奇曲雅樂所以禁淫也」稱笛聲爲「雅樂」，又如〔漢〕蔡邕〈琴賦〉：「於是繁弦既抑，雅韻乃揚」，其中「雅韻」即指琴樂。具有「雅」性格的樂器，其聲情不以繁複爲尚，聽者多半喜愛其高尚、雍容、閒雅的感受。另一種高尚的性格──清，亦是賦家所鍾情的音樂特質，如〔晉〕潘岳〈笙賦〉：「惟

〔註15〕《春秋左傳正義》襄公二十九年記載季札觀周樂，爲之歌《頌》，
曰：「至矣哉！直而不倨，曲而不屈；邇而不偪，遠而不攜；遷
而不淫，復而不厭；哀而不愁，樂而不荒；用而不匱，廣而不宣；
施而不費，取而不貪；處而不底，行而不流。五聲和，八風平，
節有度，守有序。盛德之所同也。」見《春秋左傳正義》，阮刻
《十三經注疏》本，頁671。
〔註16〕「怫愄」，心志煩擾不安；「哇咬」，俚俗的音樂，聲音繁細。

簧也，能研群聲之清；惟笙也，能總眾清之林。」讚美笙具有獨特的清新特質。其實音樂中的「清」、「濁」本指高音、低音，但此處的「清」非指高音，而是一種清新脫俗感受。先唐音樂賦中，常見將「清」字冠於某音樂或樂器之前，如：

> 爾乃清聲發兮五音舉。（〔漢〕蔡邕〈琴賦〉）
>
> 雖琴瑟之既麗，猶靡尚於清笙。（〔晉〕夏侯淳〈笙賦〉）
>
> 見象篪之悅耳，聽清笛之廖亮。（〔陳〕傅縡〈笛賦〉）

蔡邕讚美琴因有清靈之妙，稱琴音為「清聲」，夏侯淳與傅縡則直接稱「清笙」「清笛」。清靈脫俗乃聽者感受，非樂器原有屬性，這都是賦家自己賦予樂器的性格。此外，尚有一種特殊的音樂性格——英。〔梁〕江淹〈橫吹賦〉中寫到：「此竹方可為器，迺出天下之英音。」「橫吹」屬於軍樂，其樂器雖為笛，所奏樂曲與一般獨奏笛樂有所差異，具有振奮鼓舞士氣的感受，而江淹以「英音」稱之，乃因其雄豪煥發的感受。

　　整體來看，先唐賦家將音樂賦予性格，是一種常見的心理反應，其中「情緒化性格」是一種最為普遍的審美反應，即自我情緒投射；而「品德化性格」是中國人特有的思維方式，善於從萬事萬物中領悟其道理，偏向品德與智慧的理解；「藝術化性格」屬於一種藝術鑑賞的美感，恰可反映作者審美傾向。

第三節　聯想與想像

　　在音樂審美的過程中，聽者對於富有啟發性的藝術形象，往往會產生聯想與想像的心理現象。英國劍橋大學教授邁耶爾根談到音樂聽眾的心理反應類型，對於其中「聯想類」的解釋是「注重音樂所引起的某種情景、事物的聯想。」〔註17〕也就是聆聽音樂的過程，想起某些人、地、事、物。由於這些所想起的情景、事物與「音樂」之間所

〔註17〕見羅小平、黃虹著：《音樂心理學》，頁170。

存在著某著關係上的連結，又可分爲：性質、型態上相似的「相似聯想」與時間、空間上相關的「時空聯想」。另一種與聯想極爲類似的心理活動是「想像」，則是指一種心理從未感知過的事物，自己創造出的表象。

先唐賦家聆賞時，受音樂引發「聯想」的同時，也產生「想像」。〔漢〕劉向〈雅琴賦〉中曾說：「游予心以廣觀，且德樂之悟悟。」在聆聽安靜和悅的樂聲時，可以使心去「游」去「觀」，也就是充分發揮聯想與想像空間。想像與聯想是在感受與理解的基礎上產生的，卻又反過來加深對音樂的感受與理解。

想像與聯想雖受音樂所引發，卻是以聽者的個人知識、經驗爲基礎，因此極富聽者的個人色彩。就接受美學的角度而言，藝術作品需要讀者或聽眾的參與補充，意義才能完足。〔註18〕因此兼具接受者身份的賦家，其豐富的想像與聯想，證明抽象音響藝術的多義性，同時更增添音響意涵。本章探討「相似聯想」、「時空聯想」、「人格化聯想」、「審美想像」等四種審美體驗，及其豐富的意涵。

一、相似聯想

賦家在聆聽音樂時，音樂的音色、旋律、節奏、強度、意境等特性往往引發聽者種種聯想，所聯想的事物與音樂之間有著相似點，而這些聯想的事物進而豐富了的審美感受。在文藝心理上學，張化本稱之爲「相似聯想」，他分析此類心理現象：「指在性質或型態上相似的事物表象之間產生的聯想……表象的相似聯想可以在同一感覺類型的表象間進行，也可在不同類型的表象間進行」〔註19〕，換句話說，

〔註18〕從接受美學的角度而言，作品主要由作者與讀者共同完成，作者僅提供一個半成品，一個提供讀者再創造的基礎；在此基礎上，讀者的再創造越豐富多樣，作品也就越成功，其價值也體現的越充分。見馬以鑫著：《接受美學新論》（上海：學林出版社，1995年），頁3～20。

〔註19〕見金開誠著：《文藝心理學術語詳解辭典》（北京：北京大學出版社，1992年），「表象聯想」條，頁98。

屬於聽覺的音樂聆賞,可以在心理產生聽覺意象之外,尚可產生視覺、觸覺、嗅覺等意象聯想,只要彼此之間存在著相似點。

聽者所聯想的事物,通常與自己的生活經驗息息相關,如自然界的風、雷、雨、電等氣候變化,或是山、水、花、木、鳥、獸等常見的自然姿態與聲音,自覺或不自覺地成為聯想的基礎元素。以嵇康〈琴賦〉為例,琴音的演奏引發嵇康豐富的聯想能力,賦中寫到:

> 爾乃理正聲,奏妙曲,揚〈白雪〉,發〈清角〉。紛淋浪以流離,奐淫衍而優渥,<u>粲奕奕而高逝,馳岌岌以相屬</u>,沛騰遌而競趣,翕曄曄而繁縟。<u>狀若崇山,又象流波,浩兮湯湯,鬱兮茷茷</u>。怫愲煩冤,紆餘婆娑,<u>陵縱播逸,霍濩紛葩</u>。

琴聲琳琅而悠揚,音樂繁富厚實而異常優美,「粲奕奕而高逝,馳岌岌以相屬」如閃光的流星在天際消逝,如連綿的高山在奔馳起伏。「流星」的聯想應指音樂旋律的圓滑與快速進行,而「高山起伏」的聯想則是旋律的起伏,兩者皆為視覺表象,此乃聽覺與視覺之間的不同感官的「通感聯想」。又「狀若崇山,又象流波」,此處雖為「山」的視覺聯想,但與前者的「起伏」不同,在其「崇高」之感,乃是琴音的意境巍峨之聯想,而「流波」的浩浩湯湯乃是琴音意境寬博之聯想。至於「陵縱播逸,霍濩紛葩」,由琴聲激越奔放,與水流瀉下,繁花盛開同樣在視覺聽覺皆有豐富繁盛,目不暇給,眾聲喧鬧的音樂形象。而〈琴賦〉的另一段文字:

> 若乃間舒都雅,洪纖有宜,清和條昶,案衍陸離,穆溫柔以怡懌,婉順序而委蛇。或乘險投會,邀隙趨危,<u>譬若離鵾鳴清池,翼若游鴻翔曾崖</u>,紛文斐尾,慊縿離纚,微風餘音,靡靡猗猗。或摟攐擽捋,縹繚潎冽,輕行浮彈,明嫿瞭慧,疾而不速,留而不滯,翩綿飄邈,微音迅逝。<u>遠而聽之,若鸞鳳和鳴戲雲中;迫而察之,若眾葩敷榮曜春風</u>。既豐贍以多姿,又善始而令終。嗟姣妙以弘麗,何變態之

　　無窮！

琴音一開始是舒緩閑雅，清和流暢，宛轉諧和而悠揚。後來轉爲高而
尖細的聲音，音域較爲狹窄，「譬若離鵾鳴清池，翼若游鴻翔曾崖」
是說樂音和鳴猶似失伴的鵾雞在清池嚶嚶鳴叫，又像離群的鴻雁飛翔
在重重山崖。前者的鳥聲聲音較高且帶著焦急；後者鴻雁聲音較低且
有鳥翻飛的起伏的視覺意象，形容琴音高昂合諧，而後跌入低音而低
迴。而「紛文斐尾，慊縿離纚」〔註20〕是說文彩繁盛，娓娓動聽，像
鳥羽下垂，又如絹帛下垂，華貴美麗，連綿不斷。之後，又形容琴聲
聯綿飄向遠方，微妙的聲音迅即消逝，站在遠方聆聽，「若鸞鳳和鳴
戲雲中」；近處細聽，「若眾葩敷榮曜春風」。遠聽以「鸞鳳和鳴」的
聯想，鸞鳥與鳳凰相應鳴叫，與雲中嬉戲的若隱若現，表現琴音遠聽
時的合諧和悅，事實上鸞與鳳皆傳說中的鳥，並不存在於現實生活
中，此屬於「想像」的審美反應；近聽以視覺的「百花盛開」於和風
中，表現聽覺音符紛呈且溫和的豐富之感，屬於不同感官間的通感聯
想。

　　嵇康此賦的聯想，包含了山、水、花、鳥、絹帛、流星等事物，
又因事物可以有不同的樣貌，如同樣是「水」的聯想，可以壯闊，也
可以奔流；同樣是「山」的聯想，可以著重在起伏的山勢，也可以是
壯闊巍峨的氣勢；又如同樣是「鳥」的聯想，離鵾、游鴻、鸞鳳各有
不同的聲音特質，亦有焦急、歡愉等不同情調，這些生活中常見的事
物，最容易提供聽者聯想的媒介，而兩者的相似性恰好作爲傳達音樂
形象的工具，也較爲親切而無距離感。就賦家個人性格而言，嵇康懷
有隱逸思想，喜與大自然爲伍，所聯想的事物，亦多取自然中的山、
水、花、鳥之倫。

　　同樣屬自然景物的聯想，尚有蕭綱〈箏賦〉中對於豐富的樂音所
產生一連串的聯想：

〔註20〕「慊縿」同「縑縿」絲織的絹帛，「離纚」絹帛下垂貌。

> 如浮波之遠驚，若麗樹之爭榮。譬雲龍之無蔕，如笙鳳之
> 有情。學離鵾之弄響，擬翔鴛之妙聲。

這裡連續用六種事物來比喻，說箏樂有如浮動的波濤，寫樂音的激
盪起伏；有如美麗的樹爭榮，表現樂音紛呈競出；好像天上不受羈
絆的雲龍（雲中之龍或是似龍之雲），「雲龍」的聯想，可能於古樂
曲〈飛龍〉的聯想，寫樂音之輕盈。後三句皆為鳥之聯想有笙鳳、
離鵾、翔鴛三種。樂音又像有情感的笙鳳，「笙鳳」應解為「笙」樂
器，笙管長短不一，象鳳之翼，因此常將「笙」與「鳳」作聯想，
此聯想可能出於箏樂與笙樂有相似之處。樂音又像學離別的鵾雞，
其中「離鵾」的聯想，可能於古樂曲〈鵾雞〉有關，此樂曲曲調哀
傷。〔註21〕最後像飛翔的鴛鴦，「鴛鴦」羽毛多彩，常雙宿雙飛，應
表現樂音的豐富合諧。

　　屬於鳥類的相似聯想尚有〔漢〕蔡邕〈瞽師賦〉：「類離鵾之孤
鳴，起嫠婦之哀泣。」再次出現「離鵾」的聯想。又〔晉〕潘岳〈笙
賦〉：「寫皇翼以插羽，摹鸞音以屬聲。」笙的外形如鳳凰展翅，聲
音亦如鸞鳥，賦中有鳥聲之聯想，如「夫其悽戾辛酸，嚶嚶關關，
若離鴻之鳴子也；含咀嘽諧，雍雍喈喈，若群鶵之從母也。」聲音
悽慘心酸，好像失群離散的雁呼喚孩子；聲音舒緩和諧〔註22〕，又
像幼鳥跟隨母親。前者聲情焦急；後者則有嬌嫩細碎的愉悅。又〔西
晉〕孫楚〈笳賦〉：「似鴻鴈之將鶵，乃群翔於河渚。」形容笳聲的
細碎盤旋，好像大鴈的幼鳥，群聚飛翔於河中沙洲。

　　除了山、川、花、鳥之外，走獸與天候變化，也是賦家聯想的媒
介，〔魏〕孫該〈琵琶賦〉：

〔註21〕鵾雞，鳥名，似鶴，《楚辭・九辯章句第八》：「鴈廱廱而南遊兮，
　　　　鵾雞啁哳而悲鳴。」洪興祖補注：「鵾雞似鶴，黃白色。」見〔宋〕
　　　　洪興祖撰：《楚辭補注》，卷第八，頁 183〜184。又古曲名，《文
　　　　選・南都賦》：「〈寡婦〉悲吟，〈鵾雞〉哀鳴。」李善注：「〈寡
　　　　婦〉曲未詳，古相和歌有〈鵾雞〉之曲。」見〔梁〕蕭統編、〔唐〕
　　　　李善注：《文選》，卷四，頁 73。
〔註22〕嘽：寬紓和緩。雍雍喈喈：鳥鳴聲，聲音合諧。

　　　　每至曲終歌闋，亂以眾契。上下奔鶩，鹿奮猛厲。波騰雨
　　　注，飄飛電逝。

這段文字寫曲子終了歌聲止息之後琵琶樂的表現，樂曲「亂」〔註23〕
的部分表現爲眾音投合，此時審美聯想出現了四種事物，樂音有如野
馬奔騰，又如鹿猛厲奔跑。走獸的奔跑，不僅速度快，不整齊的腳步
聲造成一股強烈的氣勢，正符合「亂」的特色。另外如波濤騰起雨水
灌注，應是旋律起伏與音符繁密，如颶風閃電似的消失，則是樂曲收
尾之快速俐落。如此的相似聯想，正好表現音樂的豐富表情。

　　另外，有些賦家聆賞音樂時產生較爲罕見的，與眾不同的相似聯
想，更凸顯賦家思想的特異之處。〔漢〕王褒〈洞簫賦〉：「或渾沌而
潺湲兮，獵若枚折」說聲音有時渾沌繁雜的簫聲如潺潺流水，它的聲
音又像樹枝折斷一樣清脆，其「枚折」的聯想十分特別。王褒〈洞簫
賦〉最後以騷體作結，寫到：

　　　　狀若捷武，超騰踰曳，迅漂巧兮。又似流波，泡溲汎㳽，
　　　趨巇道兮。哮呷呟喚，躊躓連絕，漍殄沌兮。攬搜潷捎，逍
　　　遙踴躍，若壞頹兮。

前三句寫聲音好像敏捷孔武的人，一下就跳躍騰飛到空中，是那樣的
迅疾，那樣靈巧地飄揚著。第四至六句它又好像洪水，慢慢地消失在
急流險灘的河道之中，那高昂的簫聲或上或下，或連或絕，聲音混雜
而無法分辨。「攬搜潷捎，逍遙踴躍，若壞頹兮」有時它像風吹竹木
的聲音，聲音又高，傳得又遠，其猛烈的聲調就好像物體在崩壞倒塌
下來一像。這裡的三組聯想十分特別，並非單獨的事物，而是一種複

〔註23〕　蔣驥在《山帶閣註楚辭》中曰：「……亂者，蓋樂之將終，眾音畢會，
　　　　而詩歌之節，亦與相赴，繁音促節，交錯紛亂，故有是名耳。」亂
　　　　的音樂表現有華麗熱情、雄壯熱烈、莊嚴平和、悲傷憤懣等特色。
　　　　見〔清〕蔣驥：《山帶閣註楚辭》（臺北：長安出版社，1991年），
　　　　卷第八，頁192。「亂」，古代曲式術語。春秋戰國以來的歌曲、舞曲
　　　　以及漢、魏相和大曲中，均有「亂」的歌詞實例。一般出現在較長
　　　　篇章的末尾，或篇幅雖不十分長大，但卻段落頗多的歌曲結尾，往
　　　　往是歌詞的主題所在，因而在相應的部分，採用多種樂器合奏形式，
　　　　進入高潮。

雜的，組合的，動態的意象聯想。再看〔漢〕馬融〈笛賦〉：

> 啾咋嘈啐，似華羽兮，絞灼激以轉切。震鬱怫以憑怒兮，
> 耾硠駭以奮肆。氣噴勃以布覆兮，乍跱躓以狼戾。霝叩鍛
> 之岌岌兮，正瀏溧以風冽。……爾乃聽聲類形，狀似流水，
> 又像飛鴻。氾濫溥漠，浩浩洋洋。長矕遠引，旋復迴皇。

前三句眾聲烈烈而纏繞切磨，就好像美麗的羽毛一樣華麗；第四、
五句音調高昂而奔放，就好像滿懷憤怒的人在大發雷霆，令人震驚。
有時氣結於笛中而聲不散，而笛聲一出便遍佈四方。而「乍跱躓以
狼戾」以行為狀聲，有時它彷彿是人停步滯足，行為乖背；「霝叩鍛
之岌岌兮」有時又好像雷「岌岌、岌岌」打在盔甲上，伴隨著清冽
的風聲飄向四方。由於音樂形象繁複，可引發聽者「聽聲類形」，邊
聽邊想像，一會兒它的情感寄託在流水之上，隨波盪漾，一會兒又
寄意於飛鴻，以翩拍水。洪水蕩蕩，水聲與鴻聲互相覆蓋，久久相
連不絕。其他較為特別的相似聯想如：潘岳〈笙賦〉：「訣厲悄切，
又何磬折。」潘岳說笙樂決斷清冽而切憂，聲音多麼像磬形的曲折。
《文選》李善注：「磬折，言其聲磬形之曲折。」〔註24〕磬的周圍外
形並不圓滑，而是呈現斷折的角度。笙聲的旋律突然轉折，其變化
有如「磬折」。又「磬折」〔註25〕可形容彎腰作揖，表示恭敬，可指
笙樂聽來嚴謹恭敬，則此二句的描繪，屬於賦於品德化性格的審美
體驗。

　　由上文可知，不論是管樂器或弦樂器，聆聽時所引發的相似聯
想，以「鳥聲」最為普遍。若就不同感官的聯覺來看，聽覺的相似聯
想以「水」、「鳥」最多，而視覺相似聯想則以「山」最常見。精采的
是，賦家聯想並非單一事物與聲音間的性質聯結，往往以一種「組合」

〔註24〕見〔梁〕蕭統編、〔唐〕李善注：《文選》，卷十八，頁266。

〔註25〕《禮記正義・曲禮下》：「立則磬折垂佩」見《禮記正義》，阮刻
　　　《十三經注疏》本，卷第四，頁70。《後漢書・馬援傳》：「述鸞
　　　旗旄騎，警蹕就車，磬折而入。」李賢注：「磬折者，屈身如磬
　　　之曲折，敬也。」見〔劉宋〕范曄撰、〔唐〕李賢等注：《後漢書》
　　　（臺北：宏業書局，1972年），卷二十四，頁829。

的方式呈現，如：「譽若離鷗鳴清池，翼若游鴻翔曾崖」即是複合式意象的聯想。更有別出心裁者，如枚折、磬折、敏捷的動作等。除了理解一般人音樂審美的心理聯想的事物，也呈現賦家的特殊審美心理變化。

二、時空聯想

除了「相似聯想」之外，另有一種「接近聯想」，張化本解釋：「指甲乙兩事物在空間或時間上接近，因而在反映活動中由甲及乙的一種聯想。」〔註26〕在音樂審美的心理過程中，此類聯想多指因為音樂而勾起的特定時空回憶，像是聽到一段音樂而想起某個人、某件東西、某個地方、某個事件等，這些人、事、物都曾出現在聽者的過去經驗中，因為音樂的引發而有了連結。如果說「相似聯想」屬於「事物特性」的聯想，那麼「接近聯想」則屬於「時空經驗」的聯想。因「接近」與「相似」在詞義上十分接近而容易混淆，因此改稱「時空聯想」。

先唐樂器賦中紀錄了此類審美體驗，如〔西晉〕孫楚〈笳賦〉：「銜長葭以汎吹，噭啾啾之哀聲。奏胡馬之悲思，詠北狄之遐征。」含著蘆管流暢吹奏出啾啾的哀聲，奏出北地的悲思，歌詠遠征狄人之情。樂器「笳」出自邊地，加上聲情悲壯，引發與邊塞相關的時空聯想。「胡馬悲思」應化用自「胡馬依北風，越鳥巢南枝」〔註27〕的典故，傳達邊地的思鄉之情以及閨怨的掛念，而「遠征狄人」則是悲壯之情的聯想。又如〔晉〕曹毗〈箜篌賦〉的樂曲書寫，悲傷的情調引發：

> 湖上颯沓以平雅，〈前溪〉藏摧而懷歸。東郭念於遠人，參潭愁於永違。〔註28〕

〔註26〕見金開誠著：《文藝心理學術語詳解辭典》，「表象聯想」條，頁98。
〔註27〕「古詩十九首」中的〈行行重行行〉：「胡馬依北風，越鳥巢南枝。」見〔梁〕蕭統編、〔唐〕李善注：《文選》，卷二十九，頁417。
〔註28〕颯沓：紛呈、眾多、急迅。參潭：連續不斷。永違：長久的分離，

前二句說音樂紛呈而平和雅緻，〈前溪曲〉悽愴悲傷而使人想家。其中「前溪」可指吳地名或〈前溪曲〉。後二句應寫音樂所勾起的回憶，在東郭思念遠方親人故友，因長久分離而憂愁連續不斷。可知這首箜篌樂曲因為其哀傷情調，勾起對家鄉的思念，以及對「東郭」這個特定時空的無限回憶。再看〔梁〕蕭綱〈箏賦〉：

> 至若登山望別之心，臨流送歸之目。隴葉夜黃，關雲曉伏。
> 覯獨鴈之寒飛，望交河之水縮。聽鳴箏之弄響，聞茲絃之
> 一彈。足使遊客戀國，壯士衝冠。

蕭綱寫聆聽箏樂的心境，音樂引發他諸多聯想，如前二句寫箏樂令人憶起登高望別的心情，臨河送友人的眼神，或許箏樂勾起送別的回憶。三、四句看似寫靜態之景，夜晚時分隴山樹葉枯黃，清晨破曉關山雲海伏臥，皆為淒清冷落之景，若與前後文一併賞析，情景交融，或許是曾與友人同遊之地，或許單純以景寫情。而五、六句較三、四句多了「覯」、「望」等動詞，看孤雁獨自飛去，呈現自我孤獨感；望分岔的河水水量縮減，比喻分離後落寞感慨。蕭綱所聯想之情景、時空並非單一，但哀傷孤寂情調一致，因而可歸結，此次聽箏樂的彈奏，足以使「遊客戀國，壯士憤怒」，乃是因為箏樂所引發的諸多回憶。

最後看〔晉〕孫瓊〈箜篌賦〉中的一段文字：

> 然思超梁甫，願登華岳。路嶮悲秦，道難怨蜀。遺逸悼行
> 邁之離，秋風哀年時之速。

上述文字被安排在整段描寫實際音樂形象的文字中，應屬聯想，其中「梁甫」應指山名，指泰山下的小山。前二句提到五嶽中的泰山（東嶽）與華山（西嶽），皆以山勢險峻聞名。若解讀為箜篌樂的旋律起伏激盪，因而與險峻的山勢相連結，則此為「相似聯想」。若解讀為箜篌樂使人憶起曾登泰山、華山之情，則屬「時空聯想」。三、四句看似寫道路的艱險，亦是指音樂的節奏頓挫，聲情悲愴，又令人聯想

如生離死別。

起李白之詩〈蜀道難〉。末二句寫前朝留下的遺民心念故國〔註29〕，以及因秋風而哀傷年歲的快速，此爲音樂所引發故國之思與時光飛逝之哀，屬於「時空聯想」。此賦的聯想豐富多元，無論是讀過的詩句、登覽時的景物，發生過的人事，都因聆賞音樂而一一浮現，看似互不相關而有跳躍之感，其實是有其情感一致性，皆爲悲傷的情境。此類聯想與賦家過去經驗、聆賞時的心境有密切關係。

　　由上述先唐樂器賦中例句觀察，審美心理活動中的「時空聯想」，似乎皆由悲傷的曲調所引起，而悲傷的回憶難以遺忘，容易被喚起。且此類「時空聯想」頗爲費解，聆聽音樂時，諸多回憶奔赴眼前，表現爲文字，多爲片段回憶的陳列，若未參與聽者的過去經驗，實難精確理解其中所指爲何事，主題大致爲思鄉之情、離別之痛、故國之思與時光流逝之嘆。

三、人格化聯想

　　中國民族是擅長體悟的民族，於賢德《民族審美心理學》認爲中國人特有的思維模式與西方講究分析、注重普遍、偏於抽象的思維方式不同。中國思維更著重於特殊、具體的直觀領悟中去把握眞理，這種思維模式具有審美的特徵。〔註30〕在先唐樂器賦所描述的諸多音樂聯想中，出現一種具中國特色的聯想，即音樂的「人格化」聯想。也就是聆賞音樂時，將音樂特性、聲情與某類人物的人格特質、行爲風範作爲連結。就音樂心理學上，依聽者對音樂的接受程度、與鑑別能力有所差異，有的聽者不僅能產生感情的共鳴，還能從中吸取人生哲理，把握作品的美學價值、社會價值。〔註31〕

　　這種「人格化聯想」與前文「相似聯想」、「時空聯想」不同。所謂「聯想」乃著重於兩者間的相似性，有時著眼於「形似」有時著眼

〔註29〕見《毛詩正義》〈王風‧黍離〉：「行邁靡靡，中心如醉。」見《毛詩正義》，阮刻《十三經注疏》本，卷第四，頁148。

〔註30〕見於賢德著：《民族審美心理學》，頁38～41。

〔註31〕見羅小平、黃虹著：《音樂心理學》，頁171。

於「神似」,「形似」較為具體;「神似」則相對抽象。若與「相似聯想」比較,「相似聯想」著眼於兩種事物之間具體特性的相似;「人格化聯想」則是彼此抽象精神意涵的神似。若與「時空聯想」比較,「時空聯想」著眼於過去時間、空間上曾有的共同經驗;「人格化聯想」則純粹是義理的、人格的整體感受。

先唐樂器賦中所描述的音樂審美聯想,「人格化聯想」為其特色。先看〔漢〕王褒〈洞簫賦〉:

> 故聽其巨音,則周流氾濫,并包吐含,若慈父之畜子也。
> 其妙聲,則清靜厭瘱,順敘卑達,若孝子之事父也。科條
> 譬類,誠應義理。澎濞慷慨,一何壯士。優柔溫潤,又似
> 君子。

賦中寫到,聽那聲音十分響亮,響徹四方,其中包含著簫聲與歌聲,兩者相和得十分合諧,就像慈父撫養著、教育著兒子一像。那微妙的樂聲清和流暢,又穆然如孝子侍奉他的父親。拿這些各不相同的樂曲和其他事物相比擬,確實能在義理方面找到和他相感應的。樂曲以急速高昂的旋律所表現的毅勇壯烈的情調,多麼像壯士一樣奔放,而婉轉悠揚的旋律又好像彬彬有禮的君子。王褒因聆聽簫聲而引發聯想,其聯想「誠應義理」,也就是說,「慈父畜子」、「孝子事父」、「慷慨壯士」、「溫潤君子」等聯想乃著眼於「義理」方面的啟發,是音樂整體的精神感受,而非瑣碎的、細部的音響特質的類比。而漢代追慕王褒的馬融,其〈笛賦〉亦有此類聯想:

> 故論記其義,協比其象:徬徨縱肆,曠瀁敞罔老、莊之槩
> 也。溫直擾毅,孔、孟之方也。激朗清厲,隨、光之介也。
> 牢剌拂戾,諸、賁之氣也。節解句斷,管、商之制也。條
> 決繽紛,申、韓之察也。繁縟駱驛,范、蔡之說也。嶋礫銚
> 懂,皙、龍之惠也。〔註32〕

〔註32〕「隨光」:卞隨和務光,均為湯時之高士,湯讓天下,不受而投水死。
「諸、賁」:專諸與孟賁,春秋時勇士。「管商」:管仲與商鞅,管仲是春秋時齊國政治家,商鞅是戰國時秦國之政治家。「申韓」:申不

此段文字是說，當論述笛聲所蘊含的哲理，以及它的外表型態，就能發現它的寬大閒幽，具有老莊的風度；它的溫和正直、柔順而剛毅，就像孔孟之道；它的激切、明朗、清白、剛烈，好像卞隨、務光的節操；它的憤鬱，與世違逆，又像具備著專諸、孟賁的勇氣；它的節奏明快，章節清晰，就如管仲、商鞅的決斷；它的調貫清晰，能疏決淤滯，亂而能理，則如申不害、韓非一樣明察；笛聲的繁多，相連不絕，就像范睢、蔡澤的說辭；笛聲的分別有節制，就如鄧晢、公孫龍子一樣聰明。馬融的聯想，比起王褒更爲多元而細膩。王褒所聯想的是父子間的倫理關係，以及君子、壯士的人格特質，而馬融所聯想的各思想家、勇士與辯士的言行特色。

　　馬融〈長笛賦〉在上述「故論記其義，協比其象」之前尚有一段文字：「故聆曲引者，觀法於節奏，察變於句投，以知禮制之不可逾越焉。聽簉弄者，遙思於古昔，虞志於怛惕，以知長戚之不能閒居焉。」而蔡仲德在《中國音樂美學史》裡討論了〈長笛賦〉中「形」、「神」、「象」的關係，他說：

> 此處「聆曲引」三句寫對「形」即音響形式的鑑賞，由此可知音樂的度數、節奏、結構皆有一定之規，不可逾越；「聽簉弄」三句寫對「神」即意蘊內涵的把握，這就需要借助想像〔註33〕（「遙思於古昔」），借助感情的體驗，而不受音響形式的束縛。「故論記其義，協比其象」承上，其意以爲既入於「形」，又超於「形」，「形」、「神」結合，便可由音聲之象進而領悟象外之「義」（意），故由「傍徨縱肆，曠漢敞罔」之象可體會老莊的氣象，由「溫直擾毅」之象可感

害與韓非，申不害是戰國鄭國人，法家之祖，韓非是戰國時法家人物。「范蔡」：范睢與蔡澤，范睢爲戰國時期辯士，說秦王而爲秦相，蔡澤爲戰國時期辯士，說范睢而代其爲相。「晢龍」：鄧晢與公孫龍子，皆先秦名家人物。

〔註33〕此處「想像」依本論文定義，應指「聯想」。因爲音樂的內涵與道德義理有共通相似之處，亦存在於現實生活中，故屬於聯想，而非超現實或不合邏輯的想像。

　　受孔孟的精神。〔註34〕

文中「形」與「象」意涵不同，前者限於有聲之物，後者還可表現無
聲之物及抽象的精神狀態。前者通過通感獲得，與「聲」的關係較近，
受音響形式的束縛較多，其意蘊較確定，也較簡單；後者通過聯想獲
得，與「聲」的關係較遠，受音響形式的束縛較小，其意蘊更不確定，
也更豐富。因此，蔡仲德認爲「後者比前者更重要。足以代表音樂本
質的，不是前者而是後者。」〔註35〕

　　由上可知，「人格化聯想」的產生，僅靠理解「音響形式」是不
足的，而是在聽者掌握「音樂本質意涵」之後才可獲得。在先唐樂器
賦中，諸多音樂賦中對音樂「形」之聯想，皆有相似之處，如以水、
山、鳥等事物，但是難以理解整音樂曲的「神韻」與「意涵」。比起
「相似聯想」與「時空聯想」，這種「人格化的聯想」反而能呈現整
體音樂的思想內涵，凸顯了聽者對音樂的深度鑑賞與領會。

　　先唐樂器賦中此類「人格化聯想」尚有〔魏〕阮瑀〈箏賦〉：

　　　平調定均，不疾不徐，遲速合度，君子之行也；慷慨磊落，
　　　卓礫盤紆，壯士之節也。

賦中描述，平和之調穩定的韻，不快不慢，節奏快慢合於法度，就像
君子合宜的行爲；聲音激昂宏亮，超絕出眾又迴繞曲折，像壯士的坦
蕩氣節。由君子與壯士的聯想可見其受前人的影響。

　　若追溯樂器賦中的這種「人格化聯想」，上可推至〔戰國〕宋玉
〈笛賦〉，賦中寫到：

　　　吟清商，追流徵。歌〈伐檀〉，號〈孤子〉。發久轉，舒積
　　　鬱。其爲幽也甚乎，懷永抱絕。喪夫天，亡稚子。纖悲微
　　　痛毒，離肌傷膝理。激叫入青雲，慷慨切窮士。度曲羊腸
　　　坂，樆桄振奔逸。遊洙志，列絃節。武毅發，沈憂結。呵
　　　鷹揚，叱太一。聲淫淫以黯黮，氣旁合而爭出。歌壯士之
　　　必往，悲猛勇乎飄疾。麥秀漸漸兮，鳥聲革翼。招伯奇於

〔註34〕見蔡仲德著：《中國音樂美學史》，頁477～482。
〔註35〕見蔡仲德著：《中國音樂美學史》，頁477～482。

源陰，追申子于晉域。夫奇曲雅樂所以禁淫也，錦繡黼黻
所以御暴〔註36〕也。縟則泰過，是以檀卿刺鄭聲，周人傷
北里也。

關於上文的解讀，劉剛在〈〈笛賦〉爲宋玉所作說〉中談到賦中笛
曲的藝術魅力，正可說明宋玉所聯想的意涵，文中說：「以寡婦喪
夫、亡子之痛，寫笛曲之悲。以窮士在羊腸險路的艱難歷程，寫笛
曲之哀。以壯士『猛勇』之壯舉，寫笛曲之壯。〔註37〕以箕子感傷
殷虛的〈麥秀之詩〉，寫笛曲之傷。〔註38〕以招伯奇〔註39〕、追申
子〔註40〕，寫笛曲之思，然後以檀卿刺鄭聲、周人傷北里肯定笛曲
之雅正，筆法細膩，一層一意，漸進漸深，蕩氣而迴腸。」〔註41〕

〔註36〕 「暴」，《賦彙》作「寒」。
〔註37〕 「歌壯士之必往，悲猛勇乎飄疾」：章樵注：即易水之歌，見〔宋〕
章樵注：《古文苑》（臺北：鼎文書局，1973 年），卷二，頁 39。
〔註38〕 「麥秀漸漸兮鳥聲革翼」：箕子過殷墟而作之歌。見〔漢〕司馬遷《史
記‧宋微子世家》：「於是武王乃封箕子於朝鮮而不臣也。其後箕子
朝周，過故殷墟，感宮室毀壞，生禾黍，箕子傷之，欲哭則不可，
欲泣爲其近婦人，乃作〈麥秀之歌〉以歌詠之。其詩曰：『麥秀漸漸
兮，禾黍油油。彼狡童兮，不與我好兮！』所謂狡童者，紂也。殷
民聞之，皆爲流涕。」見楊家駱主編：《新校本史記三家注并附編二
種》，卷三十八，頁 1620～1621。
〔註39〕 「招伯奇於源陰」：章樵謂「伯奇，尹吉甫子。爲後母所譖，自投於
水。」（見〔宋〕章樵注：《古文苑》，頁 39）《樂府詩集》引《琴操》：
「〈履霜操〉，尹吉甫之子伯奇所作也。伯奇無罪，爲後母讒而見逐，
乃集芰荷以爲衣，采楟花以爲食。晨朝履霜，自傷見放，於是援琴
鼓之而作此操。曲終，投河而死。」見〔宋〕郭茂倩編：《樂府詩集》，
第五十七卷，頁 833。
〔註40〕 「追申子于晉域」：章樵云：「申生，晉獻公太子。爲驪姬所譖，奔
曲沃，雉經而死。」（見〔宋〕章樵注：《古文苑》，卷二，頁 39。）
〔漢〕司馬遷，《史記‧晉世家》：「太子于是祭其母齊姜于曲沃，上
其薦胙于獻公。獻公時出獵，置胙于宮中。驪姬使人置毒藥胙中。
居二日，獻公從獵來還，宰人上胙獻公，獻公欲饗之。驪姬從旁止
之，曰：『胙所從來遠，宜試之。』祭地，地墳；與犬，犬死；與
小臣，小臣死。……太子聞之，奔新城。獻公怒，乃誅其傅杜原款。……
十二月戊申，申生自殺于新城。」見楊家駱主編：《新校本史記三家
注并附編二種》，卷三十九，頁 1645～1646。
〔註41〕 見劉剛著：〈〈笛賦〉爲宋玉所作說〉，《瀋陽師範學院學報（社會科

劉剛是從創作的觀點來看，若從審美心理的解度來看，賦中所言的寡婦、窮士、壯士以及歷史上的悲劇人物，亦是一種音樂聆賞後的「人格化聯想」。宋玉受到所處的時代背景所影響，聆聽笛曲之後所聯想之事多屬悲壯之例。

「人格化聯想」所呈現的並非具體的，瑣碎的，可相對應的音樂形象，而是傳達抽象的，整體的樂曲思想內涵。除了表現出賦家個人的對於音樂深度精神層面的掌握，更體現中國人特殊的審美思維模式。

四、審美想像

所謂「想像」指「人腦將原有的表象加工改造形成新表象的心理過程」，這種心理活動並非原有表象的簡單重複，是表象的分解和綜合，所形成的是「一種從未感知過的事物的表象」〔註42〕也就是說與原來的音響型態或音樂性質無直接的關係。想像在音樂鑑賞活動中佔有重要地位，這是由於音樂鑑賞作為一種審美在創作的活動，鑑賞主體（聽者）並不是消極、被動地接受，而是運用想像和其他心理對音樂形象進行積極、主動的在創造。

「聯想」與「想像」的共同性在於皆由音樂審美所引發對其他事物的聯結，但非停留於音樂本身，兩者差異在於所聯結的事物的真實性。「聯想」的事物是真實存在於現實生活中，而「想像」的事物則不存在於現實生活。

觀察先唐樂器賦的描寫，賦家聆聽音樂的過程中，其心理聯想活動有時會有超現實的表象產生，如：

樂操則寒條反榮，哀曼則晨華朝滅。（〔晉〕孫瓊〈箜篌賦〉）

〈清角〉發而陽氣亢，〈白雪〉奏而風雨零。（〔晉〕成公綏〈琴賦〉）

學版）》第 26 卷第 1 期，2002 年，頁 20～25。

〔註42〕見金開誠主編：《文藝心理學術語詳解辭典》，「想像」條，頁 103。

　　　　吐哀也，則瓊瑕失彩；衒樂也，則鉛堊生潤。採菱謝而自
　　　　罷，綠水慭而不進。（〔梁〕江淹〈橫吹賦〉）

孫瓊感覺快樂的曲調可以使蕭條的植物興榮，哀傷的曲調可以讓早
晨的花早上就凋謝，此現象不符合自然界變化的節奏。這是因聽者
感染了音樂的喜與悲，進而認爲花木也會隨之同悲同喜，已是「想
像」的心理活動了。而成公綏審美時感覺彈奏不同樂曲，時而使陽
氣上升，時而使風雨飄零，但事實上音樂尚不足以使天候產生變化，
此爲聽者所想像的結果。江淹聆聽橫吹樂，其哀音使瓊瑕失去光彩，
其歡樂的曲調連青黑色的泥土也產生潤澤，聽來誇大無稽，純粹是
作者所想像。又如以下例子：

　　　　遠而聽之，若鸑鳳和鳴戲雲中。（〔魏〕嵇康〈琴賦〉）

　　　　似兩鳳之雙鳴，若二龍之齊吟。（〔晉〕谷儉〈角賦〉）

　　　　譬雲龍之無蔕，如笙鳳之有情。（〔梁〕蕭綱〈箏賦〉）

由上述三個例句中，音樂審美的過程中，出現了「龍」、「鳳」等傳說
中的生物，非現實中經驗所能見到，其鳴聲爲何？全是憑聽者「想像」
出的藝術表象。

　　綜合來看，音樂能引起聽者諸多人、事、時、地、物的聯想與想
像，較多的是聽者過去曾有的經歷，或是日常週遭常見的事物，也有
不少是聽者自發，極富創造性的藝術表象，如複合性意象的聯想，或
是超現實的想像。作爲一個聽者，樂器賦的作者積極參與音樂形象的
再創造。這些活躍的審美心理活動加深了賦家對於音樂的感受，也擴
大深化了審美的效果。

第四節　客觀鑑賞

　　所謂「客觀鑑賞」指的是音樂審美過程中能關注音樂形式與技
巧。邁耶爾根談到音樂聽眾的心理反應類型，對其中「客觀類」的解
釋是「注意力集中在音樂的形式和技巧方面」〔註43〕與前文所提到關

〔註43〕見於羅小平、黃虹著：《音樂心理學》，頁 170。

注於聽者自身的生理、心理變化，或對音樂以外的人、事、時、地、物所聯結是不同的，客觀鑑賞者能對音樂主體仔細鑑賞，無論是旋律的進行，音量的強度，節奏的變化，樂器的音色，演奏技法以及樂曲創作的時代背景與內涵，皆爲鑑賞內容，總之，音樂本身爲其主角。朱光潛在《文藝心理學》一書中提到：

> 音樂專家大半屬於客觀類，這是由於訓練的影響，他們平時注意偏向技藝方面，於是把情感和聯想都壓抑下去了。他們的態度是批評的而不是欣賞的。〔註44〕

因此，能客觀地鑑賞音樂，需要有高度的音樂素養。「偏向技藝」的鑑賞有助於深度體會音樂，較精準地理解樂曲創作者，以及演奏者的詮釋。而「把情感和聯想都壓抑了」應是指相對「理性」並非全無情感。

在先唐樂器賦家中，不乏精通音樂者，恰巧賦文體的特色之一即是「鋪陳」，因此留下許多客觀鑑賞音樂的文字，提供後人能較客觀較精準地呈現音樂藝術。先唐樂器賦中關於客觀鑑賞的部分，大致可分爲：「音響形式特質」、「音樂演奏流程」、「樂理曲目知識」、「演奏技法與肢體語言」等四項。

一、音響形式特質

先唐樂器賦中，對於音樂的感受的描述，有些是客觀描述而非個人主觀情感的投射。有的形容音色，如〔晉〕孫楚〈笳賦〉：「音聲寥亮」，如〔晉〕王廙〈笙賦〉：「金清而玉振。」指笙樂清澈鏗鏘。亦有審美時感受到音樂的速度快慢、強度大小等變化，如：

> 清朗緊勁，絕而不茹。伶人鼓焉，景響豐硪。（〔魏〕孫該〈琵琶賦〉）
>
> 勃慷慨以慘亮，顧躊躇以舒緩。（〔晉〕潘岳〈笳賦〉）
>
> 郁挏劫悟，泓宏融裔。（〔晉〕潘岳〈笙賦〉）

〔註44〕見朱光潛著：《文藝心理學》（臺北：臺灣開明書店，1996 年），頁322。

孫該對琵琶樂的聆賞，注意到聲音「清朗緊勁，絕而不茹」，即清亮有力，柔和而不柔弱，彈奏時聲音「景響豐硪」豐富而壯大。潘岳〈笳賦〉形容笳的聲音一開始蓬勃慷慨而清亮，之後轉為猶豫而趨於舒緩。可見出兩人對音樂進行之速度、音量、強度的關注。潘岳〈笙賦〉中，「郁捋」，呂向注：「郁捋，聲屈申貌。」〔註45〕，「劫悟」形容吹笙時氣流相沖激，整句指聲音高低長短屈申，氣相衝激，聲音宏大而深長。〔註46〕潘岳亦能注意到的是音符的高低、長短與音量。

　　有時賦家對於音樂的音階轉變、轉調十分敏銳，如：〔漢〕傅毅〈琴賦〉：「時促均而增徵，接角徵而控商。」文中「角」、「徵」、「商」，皆中國古代五聲音階之一。〔註47〕後一句寫琴調轉換，有時琴調又從角聲轉為徵聲或商聲。又如〔漢〕劉向〈雅琴賦〉：「彈少宮之際天，援中徵以及泉。」「少宮」，即變宮，為中國古代七聲音階中的第七音級，比「宮」低半音。「中徵」，即變徵，為中國古代七聲音階中的第四音級，比「徵」低半音。〔註48〕當用「變宮」之音彈奏時，琴音高昂如入雲天，忽而轉為「變徵」，音聲有如涼涼流水。可見劉向對於調式的轉換十分熟悉，才能在音樂聆賞時感知其音調的變化。

　　此外，對旋律的高低起伏與行進方向，亦是音樂鑑賞的引人之處，有的賦家持以客觀記實的態度，如〔漢〕劉向〈雅琴賦〉：「窮

〔註45〕見〔梁〕蕭統編、〔唐〕李善等注：《增補六臣註文選》（臺北：華正書局，1980年），卷十八，頁339。

〔註46〕《文選》李善注：「劫悟，氣相衝激。泓宏，聲大貌。融裔，聲長貌。」〔梁〕蕭統編、〔唐〕李善注：《文選》，卷第十八，頁266。

〔註47〕宮、商、角、徵、羽五個音階合稱「五聲」，或稱「五音」，相當於唱名：do、re、mi、sol、la。在同一個五聲音階的音列中，分別以各個音作為主音時，則構成不同的調式，此時即依據主音的階名，命名為宮調式、商調式……等。

〔註48〕七聲音階依據五聲音階而變化。傳統上把五聲稱為「正聲」，把隨音階形式的差別而改變位置的另外二個音叫做「二變」，七聲音階為宮、商、角、變徵、徵、羽、變宮，相當於唱名：do、re、mi、fa#、sol、la、si。

音之至入於神。」寫尾音漸消失，其細微出神入化，又如〔晉〕孫楚〈笳賦〉：「飄逸響乎天庭。」寫笳聲餘音上達於天際。對於樂音高低變化的描述，有〔晉〕孫瓊〈箜篌賦〉：

> 浮音穆以遐暢，沉響幽而若絕。……於是數轉難測，聲變無方。或冉弱以飄沉，或頓壯以抑揚。或散角以放羽，或攄徵以騁商。

高音（上揚音）恭敬平和而遙遠流暢，低音（下沉音）則隱微似斷絕，孫瓊仔細而客觀地描述高低音的變化。而後，寫音樂數次轉變難以推測，有時輕輕擦過按壓而聲音飄蕩下沉，有時聲音停頓轉折而有高低。再看〔陳〕傳縡〈笛賦〉：

> 殊響抑揚，似出平陽。曲凝高殿，聲幽洞房。既逐舞而回袖，亦將歌而繞樑。忽從弄而危短，乍調吹而柔長。

形容特殊的音響高低起伏，好像出自平坦的草原，而後曲調靜止於高殿，樂聲幽靜洞澈整個房間。在一段舞蹈歌唱表演之後，笛聲忽然轉為急促的短音，又突然變為柔和的長音。此類音樂鑑賞時，聽者專注於音樂主體，不加入主觀情感，而是讓音樂如實地走入心中，留下印象。這樣的鑑賞方式在樂器賦中不勝枚舉，再看下列例子：

> 波散廣衍，實可異也。掌距劫遻，又足怪也。……蓋滯抗絕，中息更裝。奄忽滅沒，曄然復揚。（〔漢〕馬融〈長笛賦〉）

> 乃命狄人，操笳揚清。吹東角，動南徵。清羽發，濁商起。剛柔待用，五音迭進。倏爾卻轉，忽焉前引。……或漂淫以輕浮，或遲重以沉滯。（〔魏〕杜摯〈笳賦〉）

> 哀聲內結，沉氣外激。舒誕沉浮，徊翔曲折。（〔晉〕傅玄〈琵琶〉）

馬融賦中形容，而笛聲飄散四方，一直傳向遠方，是多麼令人詫異。它的聲音強烈而繁茂，一聲蓋過一聲，而又互相激盪，又是多麼令人奇怪。接著形容，笛聲隨著微風輕揚，依稀猶在，又好像消失了。餘音沉滯而極細微，彷彿中途會停息下來，然後又調理好而運氣緩吹，聲音極其微弱，一下子又鼓氣而出，笛聲便突然高昂起來。杜摯描繪

箛聲亦是十分詳盡，賦中角、徵、羽、商等不同音階調式相繼而起，
有陽剛有柔和。突然，樂音快速退轉，忽然間又向前進。之後，又描
述有時聲音清揚悠長，彷彿浮在空中，有時緩慢沉重彷彿停滯。傅玄
則是形容琵琶哀聲在內心糾結，低沉的氣氛往外穿透，聲音緩慢而寬
闊，高高低低，迴旋翱翔而曲折。這些描述都是客觀詳實地紀錄自身
所體驗感知的音樂形式。

　　先唐樂器賦中，箏賦中的對各種音樂形式的客觀描述特別多，以
下舉幾例：

> 卑殺纖妙，微聲繁縟。散清商而流轉兮，若將絕而復續。
> 紛曠蕩以繁奏，邈遺世而越俗。（〔漢〕侯瑾〈箏賦〉）

> 汎濫浮沉，逸響發揮。翕然若絕，皎如復迴。爾乃祕辭艷
> 曲，卓礫殊異，周旋去留，千變萬態。（〔晉〕陳窈〈箏賦〉）

> 折而復扶，循覆逆開。浮沉抑揚，升降綺靡。殊聲妙巧，
> 不識其爲。（〔魏〕阮瑀〈箏賦〉）

侯瑾〈箏賦〉描述低沉的樂音慢慢收煞，呈現了纖密的美妙，聲音細
微而豐富多變。（商音）演奏的流暢婉轉，好像將斷而漸起。樂音異
彩紛呈空曠跌宕是由於運用多種技法演奏，樂音高遠渺茫使人忘卻現
實而超凡脫俗。陳窈〈箏賦〉樂音溢出，時浮時沉，奔放的樂音奮起。
「翕然若絕，皎如復迴」突然斷絕，又清晰地反覆回環。於是神祕的
歌詞華麗曲調，超絕出眾十分特殊，來來去去環繞，千變萬化。阮瑀
〈箏賦〉寫樂音好像快折斷又再起，旋律依循反覆又逆向展開，樂音
時而高時而低，升降之間十分柔美豔麗。又如〔晉〕傅玄〈箏賦〉雖
已殘缺不全，但賦中保留許多客觀描繪：

> 追赴促彈，急擊扣危。洪纖雜奮，或合或離。

> 陰沈陽升，柔屈剛興。玄黃之分，推故引新。迭爲主賓，
> 四時之陳。

> 清濁代興，有始有終。哀起清羽，樂混大宮。

傅玄〈箏賦〉第一段殘句描述彈奏快速，急速敲擊彈奏高音區，大小

樂音雜沓，有時聚合有時分離。第二段殘句中，所謂「陰陽」意指聲音濁而低曰陰，聲音清而高曰陽。此六句形容箏演奏時有主副兩旋律，低音旋律與高音旋律，弱音漸緩強音展開，有如天地之分，故舊退去新聲引進，相繼為主賓，有如春夏秋冬四時之遞嬗。而第三段殘句，清音濁音（高音低音）交替興起，有始有終，哀樂起於清疾的羽音，歡悅的箏聲同於大宮〔註49〕。〔梁〕蕭綱〈箏賦〉保留完整，亦有此類描述：

> 若夫鏗鏘奏曲，溫潤初鳴。或徘徊而蘊藉，或慷慨而逢迎。若將連而纇絕，乍欲緩而頻驚。陸離抑按，磊落縱橫。奇調間發，美態孤生。若將往而自返，似欲息而復征。聲習習而流韻，時怦怦而不寧。

蕭綱形容箏樂鏗鏘彈奏，一開始聲音溫和，有時聲音徘徊，寬厚而有涵養；有時激昂而迎合。像是將要連續卻像斷絕，突然想要緩和卻頻頻驚動。參差錯綜地按壓（指法），聲音宏亮而雄壯奔放，奇特的旋律相間隔而出，美妙情態獨生。聲音好像要往前進卻又自己返回，好像快要停止卻又再次開始，聲音清雅合諧而流露韻味，有時心急心跳而不安寧。

　　由以上多篇〈箏賦〉的描寫顯示，當時箏樂的技巧已有高度發展，技法變化多端，頻頻吸引著聽奏的耳目，進而以文字來保留其美妙。

二、音樂演奏流程

　　有的音樂鑑賞者，憑著過人的記憶以及對樂曲的喜愛，能將整段音樂演奏的流程記於腦海，再或詳或略地紀錄於文字中，由於抽象的音樂難以傳達，因此以各種形象化的意象來表述。先唐樂器賦中保留了許多樂曲演奏流程，大多見於長篇的、保存完整的賦作中，且作者通常也是精通音樂者。這樣的紀錄除了重現當時音樂形象，更讓後人一窺賦家對音樂審美的專注與熱忱。

〔註49〕大宮：居於五音之首的宮音。因其居首，故稱之為大。

〔漢〕王褒〈洞簫賦〉中記錄了一次盲者吹笛的審美過程。王褒的描述十分詳細，且因感觸良多，往往在詮釋音樂形象的文字中，不時插入義理方面的體會。即便如此，我們還是可以看出笛曲進行的整個過程，樂曲一開始的描述是：

> 趣從容其勿述兮，驚合遝以詭譎。或渾沌而潺湲兮，獵若
> 枚折。或漫衍而駱驛兮，沛焉竞溢。惏慄密率，掩以絕滅。
> 噭噭嘽咷，跳然復出。

簫聲從容而出，平和而流暢。連綿不絕地樂聲把人引進了奇妙的境地；有時渾沌繁雜的簫聲如潺潺流水，它的聲音又像樹枝折斷一樣清脆；有時旋律轉快，一下節拍緊跟著一聲，彷彿是競爭著奔跳出來一般；有時簫聲給人一種悲涼的感覺，它漸漸微弱，乃至無聲；有時簫聲突然加快旋律，又呈現熱烈的場面。接著，王褒在聆聽節拍、觀察曲目，隨之低吟搖擺之後，描述：

> 風鴻洞而不絕兮，優嬈嬈以婆娑。翩緜連以牢落兮，漂乍
> 棄而為他。要復遮其蹊徑兮，與謳謠乎相酥。……或雜遝
> 以聚斂兮，或拔摋以奮棄。……被淋灑其靡靡兮，時橫潰
> 以陽遂。

風傳揚著簫聲，樂聲相連不絕，柔和清雅的簫聲隨風飄蕩四方，漸漸地音聲稀疏了，散盡在空中。然而舊曲剛完，新曲又接著響起。那簫聲伴和著唱歌的人，彷彿要攔遮它的歌聲，要與他的歌聲相和。「或雜遝」二句形容簫聲有時一連吹出很多聲音，彷彿相聚在一起，有時又很快地消散，彷彿被遺棄一般。「被淋灑」二句形容有時美妙的樂音就像滔滔流水，一會兒縱橫馳騁，一會兒又清晰悠揚。此時，王褒插入一段音樂感人教化的論說，接著形容樂音：

> 時奏狡弄，則彷徨翱翔，或留而不行，或行而不留。惝怳
> 瀾漫，亡耦失疇。薄索合沓，罔象相求。

有時吹起音節短促的小曲，簫聲迴旋悠揚。有時音拖得很長，像想留下不走，有時音節變化又很迅速，似乎不願留下。有時吹到一半就間斷下來，那餘音就慢慢地分散、稀疏而消失，於是就吸引人們再側耳

細聽，還能隱約聽到它的餘音。由以上大篇幅的文字描述，有的白描其聲情，有的譬喻其形象，無論是旋律、節奏、音量皆極盡所能地紀錄，已呈現出音樂表演過程的藝術形象，聽者也透由完整的紀錄推想其音樂感受。

漢代另一長篇樂器賦是馬融的〈長笛賦〉，賦中描寫簫、管、鐘、磬等樂器的合奏，有許多客觀鑑賞式的音樂描述，以下節錄一段文字：

> 律呂既和，哀聲五降。曲終闋盡，餘弦更興。繁手累發，密櫛疊重。踏踧攢仄，蜂聚蟻同。眾音猥積，以送厥終。然後少息暫怠，雜弄間奏。易聽駭耳，有所搖演。安翔駘蕩，從容閒緩。惆悵怨懟，窳圉寁嫛。聿皇求索，乍近乍遠。臨危自放，若頹復反。蚡緼繙紆，緸冤蜿蟺。笢笏抑隱，行入諸變。絞槩汩湟，五音代轉。接孿挨臧，遞相乘邅。反商下徵，每各異善。

「律呂既和」前四句是說合奏是如此合諧，然當演奏了五次哀樂時，就應進入尾聲，而這時唯有笛聲漸微而又復起，好像擊撥弦而產生餘響一般，聲音又飛揚出來。「繁手累發」〔註 50〕後六句是寫手指頻繁地按放笛孔，節奏緊湊而快速，音調單純而重複。當笛樂結尾時，如蜂蟻集聚在一塊，聲音繁多而頻率加快，於是就在這場激烈的旋律中終結。「然後少息暫怠」〔註 51〕後八句是寫爾後稍作休息而待再次吹奏。中間插進一段雜曲，改換一點情調，頓時使人耳根一新，心神也隨著盪漾。當聲音初發時，或起或伏，寬容閒緩，好像是滿懷著惆悵失意之情，笛聲也低沉而緩慢。「聿皇求索」〔註 52〕至最後，突然旋

〔註50〕《文選》李善注：「踏踧，迫蹙貌。攢仄，攢聚貌。」見〔梁〕蕭統編、〔唐〕李善注：《文選》，卷十八，頁 258。

〔註51〕《文選》李善注：「駘蕩，安祥貌。」又「窳圉，聲下貌。……寁嫛，聲緩也。」見〔梁〕蕭統編、〔唐〕李善注：《文選》，卷十八，頁 258。

〔註52〕《文選》李善注：「聿皇，急貌。」又「蚡緼繙紆，聲相糾紛貌。……緸冤蜿蟺，盤屈搖動貌。」又「笢笏抑隱，手循孔之貌。」又「絞槩汩湟，音相切摩貌，言聲相絞槩，如水之聲。汩湟，水流貌」又

律加快，聲音急促，彷彿相擊一般，從上往下傳，又從下飄向上，笛聲就那樣糾雜混合在一起。吹奏時，手指循孔上下移動，很快變換出各種音調，笛聲前後相連不散，五音也相隨而變，手不停地撋引按抑，無論吹什麼調，都有它的妙處。馬融此段文字寫音樂進入尾聲時、再度揚起、激烈終結、暫停休息、插入雜曲、低緩轉入急促等過程，無論是聲量大小，或是節奏快慢，亦或是聲情變化，完全隨著所聽到的音樂詳實精準地紀錄。

　　魏晉之後，賦作體制縮小，此類紀錄的篇幅亦隨之縮減，僅概略勾勒音樂行進的趨勢，如〔晉〕賈彬〈箏賦〉：「其始奏也，蹇澄疏雅，若將暢而未越。其漸成也，抑按鏗鏘，猶沉鬱之舒徹。」開始彈奏時，聲音悽涼、清澈明淨、遲緩、優美不俗，好像將要通暢卻未通；漸漸地，按壓琴弦聲音宏亮，好像沉鬱心情得到紓發。賈彬此處客觀地注意到音樂進行過程中的聲情變化。亦有保留完整的長篇樂器賦，如〔晉〕潘岳〈笙賦〉中描述一位對自我遭遇感傷的吹笙者，其吹奏之樂：

> 初雍容以安暇，中佛鬱以怫愲。終蒐峨以寒愕，又颺還而繁沸。罔浪孟以惆悵，若欲絕而復肆。慵橪羈以奔邀，似將放而中匵。愀愴惻淢，岻韡煜熠。汎淫汜豔，雩暉炦炦。或桉衍夷靡，或竦踴剽急。或既往不反，或已出復入。徘個布濩，渙衍茸襲。

「初雍容以安暇」〔註53〕四句先大致勾勒音樂發展趨勢，起初聲音舒緩從容而安閑，至中段時顯得不安而心志煩擾，最後聲音高亢而忠直敢言的樣子，又聲音繁作、湧起。「罔浪孟以惆悵」〔註54〕後四句是

　　「按，催也。拳，捽也，引也。按，按之也。臧，猶抑也。」又「反商，猶變商也。」見〔梁〕蕭統編、〔唐〕李善注：《文選》，卷十八，頁258。

〔註53〕「佛」：心志煩擾不安。「寒愕」：《文選》李善注：「正直之貌。」見〔梁〕蕭統編、〔唐〕李善注：《文選》，卷十八，頁266。

〔註54〕《文選》李善注：「罔及孟浪，皆失志之貌。又云：孟浪，虛誕之聲也。肆，放也。言聲將絕而復放。」又「橪羈，疾貌。……慵，宿

說聲音失志失意而惆悵，好像快要斷絕又再縱恣。停留後急速奔馳，好像將要放縱而中途停止。「愀愴惻減」〔註55〕後四句是說，聲音聲情是悲傷的，後轉為光明熾盛，聽起來像自我放縱的樣子，又十分急速急切。「或桉衍夷靡」〔註56〕後六句有時水流廣布而漸無，有時湧現而聲音激越。有時聲音往前而不復反，有時已經吹出又再回頭，聲音徘迴遍布，聲音盛大又重疊。潘岳對笙樂有時是直述音響形式，有時賦予許多情緒的、品德化等擬人化音樂性格的描繪，皆依照樂曲進行的順序來描寫。

　　〔晉〕嵇康更是紀錄樂曲過程的能手，其〈琴賦〉記錄了多場音樂饗宴的過程，不僅描述了音樂形象，同時描繪演奏者的情態，讓讀者有觀看演奏會的影音錄影的臨場感受，賦中描述：

> 於是曲引向闌，眾音將歇。改韻易調，奇弄乃發。揚和顏，攘皓腕，飛纖指以馳騖，紛僸僸以流漫。或徘徊顧慕，擁鬱抑按。盤桓毓養，從容祕翫。闟爾奮逸，風駭雲亂。牢落凌厲，布濩半散。豐融披離，斐韡奐爛。英聲發越，采采粲粲。或間聲錯糅，狀若詭赴。雙美並進，駢馳翼驅。初若將乖，後卒同趣。或曲而不屈，或直而不倨。或相凌而不亂，或相離而不殊。時劫掎以慷慨，或怨㜘而躊躇。忽飄飖以輕邁，乍留聯而扶疏。或參譚繁促，複疊攢仄。從橫駱驛，奔遁相逼。拊嗟累讚，間不容息。瓌豔奇偉，殫不可識。

「曲引向闌」〔註57〕八句是說序曲接近尾聲，眾音即將停歇。此時

〔註55〕　留貌。」見〔梁〕蕭統編、〔唐〕李善注：《文選》，卷十八，頁266。《文選》李善注：「愀愴惻減，悲傷貌。㶷韡熠，盛多貌。……《廣雅》曰：煜，熾也。」又「汎淫氾豔，自放縱貌。霅曄，急疾貌。」見〔梁〕蕭統編、〔唐〕李善注：《文選》，卷十八，頁266。

〔註56〕　《文選》李善注：「夷靡：平而漸靡也」見〔梁〕蕭統編、〔唐〕李善注：《文選》，卷十八，頁266。「竦踴」：企望、跳躍、湧現。「布濩」：遍佈、布散。「渙衍」：水流盛貌。《文選》李善注：「茸襲，重貌。」見〔梁〕蕭統編、〔唐〕李善注：《文選》，卷十八，頁266。

〔註57〕　《文選》李善注：「僸僸，聲多也。」見〔梁〕蕭統編、〔唐〕李善

改弦易調，奇妙的樂音生發出來。演奏者仰起美麗和悅的面龐，挽起衣袖顯露潔白的手腕，飛動纖纖玉指疾速行弦（即注綽），聲音紛繁而舒放散漫。「或徘徊顧慕」〔註58〕後十二句，或徘徊顧慕，凝聚不散，以指揉弦，從容舒緩；忽而快速拂弦，猶如風雲翻卷；忽而稀疏激烈，流韻慢慢飄散；琴聲清晰流暢，明麗輝煌；美聲發越，紛繁鏗鏘。「或間聲錯糅」〔註59〕六句，有時雜曲錯揉，異曲同趨；雙美並奏，二曲齊鳴。初起好似乖離，後來和諧統一。「或曲而不屈」〔註60〕至最後，琴聲委婉而志不屈，琴聲剛直而志不倨。雅俗錯雜而不亂，高下相間而不斷。時而激切慷慨，時而哀怨低迴。忽而飄搖輕舉，忽而留連而扶疏。有時音節緊湊繁促，複疊集攏；有時又縱橫絡繹，奔邈相逼。令人撫嘆不止，連連稱讚。琴聲瑰麗奇偉，難以形容。〈琴賦〉中的另一段音樂描繪：

> 若乃閒舒都雅，洪纖有宜。清和條昶，案衍陸離。穆溫柔以怡懌，婉順序而委蛇。或乘險投會，邀隙趨危。譬若離鵾鳴清池，翼若游鴻翔曾崖。紛文斐尾，慊緲離纏。微風餘音，靡靡猗猗。或摟捬櫟捋，縹繚潎洌。輕行浮彈，明嫿瞭慧。疾而不速，留而不滯。翩緜飄邈，微音迅逝。遠而聽之，若鸞鳳和鳴戲雲中。迫而察之，若眾葩敷榮曜春風。既豐贍以多姿，又善始而令終。嗟姣妙以弘麗，何變態之無窮！

「若乃閒舒都雅」六句，演奏舒緩閒雅，琴音大小適宜，清和流暢，起伏有度，和穆溫柔而歡快，宛轉諧和而悠揚。「或乘險投會」八句，

注：《文選》，卷十八，頁263。

〔註58〕《文選》李善注：「閒，疾貌。」又「斐韡，明貌。」見〔梁〕蕭統編、〔唐〕李善注：《文選》，卷十八，頁263。

〔註59〕「狀若詭赴」，《文選》李善注：「言其狀若詭詐而相赴也。」又《文選》李善注：「翼，疾貌。」見〔梁〕蕭統編、〔唐〕李善注：《文選》，卷十八，頁263。

〔註60〕《文選》李善注：「說文曰：掎，偏引也。嫿，嬌也。」又「參譚，相隨貌。……攢仄，聚聲。」見〔梁〕蕭統編、〔唐〕李善注：《文選》，卷十八，頁263。

有時音聲高昂而合節，跌入谷而低迴，樂音和鳴猶似失伴的鷗雞在清池嚶嚶鳴叫，又像離群的鴻雁飛翔在重重山崖；文彩繁盛，娓娓動聽，像鳥羽下垂，連綿不斷，微風餘音，輕柔裊裊。「或摟攦櫟捋」四句，有時運用抹、批、擊、捋等指法，聲音糾結繚繞有如水流相激，信手輕彈，明快美好，欣賞讚嘆，「疾而不速」至最後，節奏迅疾而不緊迫，弦緩而不滯重，琴聲聯綿飄向遠方，微妙的聲音迅即消逝。站在遠方聆聽，像鸞鳳和鳴遊戲於雲中；近處細聽，宛如百花盛開笑迎春風。既繁富而多姿，又善始而善終。顯得多麼美妙而弘麗，何等的變態而奧妙無窮。由上述描寫可知，嵇康以各種方式比擬音樂的形象，並將演奏者的肢體語言、技法如實呈現，皆是依著音樂演奏的流程來安排寫作順序。

三、樂理曲目知識

　　一般聽者聆賞音樂只專注於自身感受與音樂美感，難以分析音樂表現背後的原因，這類樂理方面的知識，需要經過專業音樂訓練。先唐樂器賦中的音樂描述，保存一些聽者對音樂表現的專業分析，如：嵇康〈琴賦〉：

　　　　若論其體勢，詳其風聲。器和故響逸，張急故聲清。閒遼
　　　　〔註61〕故音庳，絃長故徽鳴。

賦中談到，若論琴的體制結構，考察辨析琴的聲音，各部位和諧則音響閒逸，弦緊則琴聲清越；琴弦距岳山愈遠則發音次第低沉，弦長故徽位間隔較寬，聲音也較響。由這段文字可知，嵇康對古琴的發音構造與發音原理瞭若指掌，對於彈奏方式及其相應的音樂效果也十分熟稔。

　　另外，聆賞音樂的客觀鑑賞，也表現在對於「曲目」的明瞭。中國樂曲多屬有曲名的「標題音樂」〔註62〕，曲目名稱本身已提供聽者

〔註61〕「閒遼」，謂琴的有效發音距離（即從岳山到龍齦的距離）較長。
〔註62〕西方依音樂標的有無，分為有標題的「標題音樂」與無標題的「絕

形象化的想像，且樂曲背後常有其本事、故事，對於音樂的欣賞有引導、暗示的作用。專業的聽者對所演奏的樂曲有一定的熟悉度，這表示對於音樂的涵意、作曲的時代背景有一定的了解，而在體驗音樂的過程，是理性知覺引導著感性期待，是一種深度的鑑賞。

（一）「琴」賦相關曲目

先唐「琴」賦作品中，就屬蔡邕和嵇康的賦作提及的樂曲數量最多。先看蔡邕〈琴賦〉：

> 於是繁弦既抑，雅韻乃揚。仲尼〈思歸〉（〈思歸操〉），〈鹿鳴〉三章。〈梁甫〉悲吟，周公〈越裳〉。〈青雀〉西飛，〈別鶴〉東翔。〈飲馬長城〉，楚曲〈明光〉。〈楚姬〉遺歎，〈雞鳴〉高桑，走獸率舞，飛鳥下翔。

蔡邕紀錄了所聆賞的雅曲，其曲目有《詩經》的樂章，如〈鹿鳴〉〔註63〕、〈雞鳴〉〔註64〕；有琴曲，如〈思歸操〉〔註65〕、〈越裳〉

對音樂」。音樂作品是由聲音來表達的意念所激發而成，這種牽涉到人文、地理、事物、情感或自然界的特色等曲外的意念就是一種標題，由標題而激發的音樂稱為「標題音樂」。標題音樂一般是運用音樂來描寫文學、詩歌、戲劇的內容，當然包含自然和現實生活音響的模擬。見郭美女著：《聲音與音樂教育》（台北：五南圖書出版有限公司，2000年），頁202～203。

〔註63〕 〈鹿鳴〉三章：《詩經‧小雅》首篇，全詩共三章，寫宴賞群臣嘉賓的盡興歡樂。

〔註64〕 〈雞鳴〉：《詩經‧齊風》，全詩共三章，寫賢妃催促夫君早起朝會。

〔註65〕 仲尼思歸，據《史記‧孔子世家》：「孔子既不得用於衛，將西見趙簡子。至於河而聞竇鳴犢、舜華之死也，臨河而歎曰：『美哉水，洋洋乎！丘之不濟此，命也夫！』子貢趨而進曰：『敢問何謂也？』孔子曰：『竇鳴犢，舜華，晉國之賢大夫也。趙簡子未得志之時，須此兩人而後從政；及其已得志，殺之乃從政。丘聞之也，刳胎殺夭則麒麟不至郊，竭澤涸漁則蛟龍不合陰陽，覆巢毀卵則鳳皇不翔。何則？君子諱傷其類也。夫鳥獸之於不義也尚知辟之，而況乎丘哉！』乃還息乎陬鄉，作〈陬操〉以哀之。」見〔漢〕司馬遷撰、楊家駱主編：《新校本史記三家注并附編二種》，卷四十七，頁1926。又舊題蔡邕撰《琴操》，敘各琴曲的作者及緣由，其中《琴操》之一曰〈將歸操〉。《樂府詩集‧琴曲歌辭二》：「一曰〈陬操〉。《琴操》曰：『〈將歸操〉，孔子所作也』。」見〔宋〕郭茂倩編：《樂府詩集》，卷

〔註66〕、〈青雀〉〔註67〕、〈別鶴〉〔註68〕；亦有樂府，如〈梁甫〉〔註69〕、〈飲馬長城〉〔註70〕、〈明光〉〔註71〕、〈楚妃歎〉〔註72〕等，蔡邕都能如數家珍。除了形式上的一句四字之外，由其對樂曲的描述，如明瞭〈明光〉爲「楚曲」、想像〈青雀〉由西飛來、懷想〈越裳〉與周公的關聯等等，可知蔡邕對樂曲的內容與創作緣由有一定的了解。這種對於曲目的熟稔，引導蔡邕在音樂情境中聯想更爲符合作曲者的意念，也間接了解蔡邕平日對於音樂研究的用心。汪青在〈雅韻琴音—蔡邕〈琴賦〉的文學與音樂解讀〉〔註73〕一文中，提到此篇用典繁多，這段引文所提到的古代琴曲皆有其古琴故事。由史書記載可知，蔡邕具有音樂才華，如由燒桐木的火裂

五十八，頁 841。

〔註66〕 周公〈越裳〉：《琴操》之四。越裳，古代南海國名。相傳周公制禮作樂，越裳氏便靠輾轉翻譯周公所作的〈三象〉樂曲朝貢周成王，參自《後漢書‧南蠻西南夷列傳》，見〔劉宋〕范曄撰、〔唐〕李賢等注：《後漢書》（臺北：宏業書局，1972 年），卷八十六，頁 2835。

〔註67〕 〈青雀〉西飛：西王母的使者青鳥，亦琴曲名。據班固《漢武故事》載，七月七日正午，漢武帝正於承華殿齋戒，忽見青鳥從西飛來。漢武帝問東方朔怎麼回事，東方朔說西王母日暮時分必降臨聖上贈佛像一尊。果然不一會兒，西王母在兩隻如鸞鳳的青鳥挾持下到來。

〔註68〕 〈別鶴〉東翔：《琴操》之九，也是樂府琴曲名。相傳商陵牧子取妻五年無子，父兄命其休妻改娶，牧子悲傷作歌。後人爲之譜曲，名〈別鶴操〉。

〔註69〕 〈梁甫〉悲吟：漢樂府相和歌辭楚調曲名。原爲民間流傳的喪葬之歌。梁甫，山名，在泰山下，相傳人死葬於此山，魂歸於泰山。

〔註70〕 〈飲馬長城〉：古樂府瑟調曲名〈飲馬長城窟行〉。古辭唱的是戍邊之士飲馬長城腳下，思婦念其勞頓作此曲。《玉台新詠》認爲作者是蔡邕。

〔註71〕 楚曲〈明光〉：古楚曲名，內容是歌詠春秋楚莊王夫人樊姬諫莊王狩獵及進賢事。

〔註72〕 石崇〈楚妃歎〉序曰：「〈楚妃歎〉，莫知其由。楚之賢妃能立德垂名於後，唯楚妃焉。故歎詠之。」見〔唐〕徐堅等著：《初學記》（北京：中華書局，1980），卷第十六，頁 388。楚妃，即樊姬，春秋時楚莊王妃。〈楚妃嘆〉爲樂府吟嘆曲之一。

〔註73〕 見汪青著：〈雅韻琴音—蔡邕〈琴賦〉的文學與音樂解讀〉，《古典今讀》（2006 年 5 月），頁 18～21。

聲知其為良木，因而製為「焦尾琴」，可知蔡邕深知琴音。〔註74〕
又《後漢書・蔡邕傳》上有一段描述，蔡邕友人彈琴時見「螳螂捕
蟬，黃雀在後」，細微的心理反映，蔡邕竟能從琴音中聽出殺氣，
這種對音律的了解精熟的程度，從另一個側面反映了他的音樂天賦
已臻圓通。〔註75〕

　　嵇康〈琴賦〉中，對於所聆賞的曲目更是瞭若指掌，無論是雅
曲、俗曲，甚至推薦聆聽不同情境所適合的樂曲，十分專業。如「爾
乃理正聲，奏妙曲。揚〈白雪〉，發〈清角〉。」賦中提到〈白雪〉、
〈清角〉皆為古雅之曲，所以說「正聲」。〔註76〕又〈琴賦〉中提
到的另外兩個審美場景，其中之一是：

> 若乃高軒飛觀，廣夏閒房。冬夜肅清，朗月垂光。新衣翠
> 粲，纓徽流芳。於是器冷絃調，心閒手敏，觸㩋如志，唯
> 意所擬。初涉〈淥水〉，中奏〈清徵〉。雅昶〈唐堯〉，終詠
> 〈微子〉。

〔註74〕見《後漢書・蔡邕列傳》記載：「吳人有燒桐以爨者，邕聞火烈之聲，
　　　　知其良木，因請而裁為琴，果有美音，而其尾猶焦，故時人名曰『焦
　　　　尾琴』焉。」見〔劉宋〕范曄撰、〔唐〕李賢等注：《後漢書》，卷六
　　　　十下，頁2004。

〔註75〕《後漢書・蔡邕列傳》：「初，邕在陳留也。其鄰人有以酒食召邕者，
　　　　比往而酒以酣焉。客有彈琴於屏，邕至門試潛聽之，曰：『嘻！以樂
　　　　召我而有殺心，何也？』遂反。將命者告主人曰：『蔡君向來，至門
　　　　而去。』邕素為邦鄉所宗，主人遽自追而問其故，邕具以告，莫不
　　　　憮然。彈琴者曰：『我向鼓弦，見螳螂方向鳴蟬，蟬將去而未飛，螳
　　　　螂為之一前一卻。吾心聳然，惟恐螳螂之失之也。此豈為殺心而形
　　　　於聲者乎？』邕莞然而笑曰：『此足以當之矣。』」見〔劉宋〕范曄
　　　　撰、〔唐〕李賢等注：《後漢書》，卷六十下，頁2004～2005。

〔註76〕〈白雪〉，古琴曲名，相傳為春秋晉人師曠所作。宋玉〈諷賦〉：
　　　　「中有鳴琴焉，臣援而鼓之，為〈幽蘭〉、〈白雪〉之曲。」見〔宋〕
　　　　章樵注：《古文苑》，卷二，頁46。《淮南子・覽冥訓》：「昔者師
　　　　曠奏〈白雪〉之音，而神物為之下降。」見〔漢〕劉安撰、張雙
　　　　棣校釋：《淮南子校釋》，卷第六，頁1。〈清角〉，雅曲名。〔漢〕
　　　　傅毅〈舞賦〉：「揚〈激徵〉，騁〈清角〉。」李善注：「〈激徵〉、〈清
　　　　角〉，皆雅曲名。」見〔梁〕蕭統編、〔唐〕李善注：《文選》，卷
　　　　十七，頁253。

賦中寫到〈淥水〉〔註 77〕、〈清徵〉〔註 78〕、〈唐堯〉〔註 79〕、〈微子〉〔註 80〕皆古曲名。在冬夜寬廣的樓中，窗外有月光垂照，此時獨自彈奏這種古曲，別有情思。嵇康提供彈奏的先後順序，如〈微子操〉置於最末，此曲相傳為微子傷殷將亡之作，其聲清淳，可發思古之幽思。由場景與曲目安排，凸顯嵇康對古琴曲在意境上的體會。另一場景為：

> 若乃華堂曲宴，密友近賓。蘭肴兼御，旨酒清醇。進〈南荊〉，發〈西秦〉。紹〈陵陽〉，度〈巴人〉。變用雜而並起，竦眾聽而駭神。料殊功而比操，豈笙籥之能倫。

在華美的屋室，佳餚醇酒相佐的宴會中，嵇康對樂曲的建議是「雅俗共賞」。文中〈南荊〉、〈西秦〉、〈陵陽〉、〈巴人〉皆琴曲名〔註 81〕，其中〈陵陽〉〔註 82〕，即〈陽春白雪〉，為高雅之曲，而〈巴人〉，即〈下里巴人〉〔註 83〕古代民間通俗歌曲，另有〈南荊〉舞曲與〈西

〔註 77〕 〈淥水〉，古曲名。《文選》馬融〈長笛賦〉：「中取度於〈白雪〉、〈淥水〉。」李周翰注：「〈白雪〉、〈淥水〉，雅曲名。」見〔梁〕蕭統編、〔唐〕李善等注：《增補六臣註文選》，卷十八，頁 327～328。

〔註 78〕 〈清徵〉，古曲名。李善注引《韓子》曰：「師曠奏〈清徵〉，有玄鶴二八集廊門。」見〔梁〕蕭統編、〔唐〕李善注：《文選》，卷十八，頁 262。

〔註 79〕 〈唐堯〉，鼓吹曲名。晉武帝受禪，令傅玄製樂。玄改漢樂〈務成〉為〈唐堯〉。見〔唐〕房玄齡等撰：《晉書・志第十三・樂下》，卷二十三，頁 702～703。

〔註 80〕 〈微子〉，古琴曲名。桓譚《新論・琴道》：「〈微子操〉，微子傷殷之將亡，不可奈何，見鴻鵠高飛，援琴作操，操似鴻雁詠之聲。」亦省稱〈微子〉。見〔漢〕桓譚撰：《新論》（臺北：中華書局，1966 年），頁 3。

〔註 81〕 《文選》嵇康〈琴賦〉：「進〈南荊〉，發〈西秦〉，紹〈陵陽〉，度〈巴人〉。」李善注：「南荊，即荊艷，楚舞也」。呂向注：「〈南荊〉、〈西秦〉、〈陵陽〉、〈巴人〉，並曲名。」見〔梁〕蕭統編、〔唐〕李善等注：《增補六臣註文選》，卷十八，頁 335。

〔註 82〕 《文選》嵇康〈琴賦〉：「紹〈陵陽〉，度〈巴人〉。」李善注：「宋玉〈對問〉曰：『〈陵陽〉、〈白雪〉，國中唱而和之者彌寡。』」見〔梁〕蕭統編、〔唐〕李善等注：《增補六臣註文選》，卷十八，頁 335。

〔註 83〕 下里，鄉里；巴，古國名，地在今川東、鄂西一帶。《文選》宋玉〈對

秦〉秦樂。嵇康很清楚什麼樣的樂曲適合適合助興，俗曲、舞曲皆能引發共鳴，鼓動情緒。嵇康又羅列一些曲目，認爲可洗去煩憂，〈琴賦〉：

> 若次其曲引所宜，則〈廣陵〉、〈止息〉，〈東武〉、〈太山〉。〈飛龍〉、〈鹿鳴〉、〈鵾雞〉、〈遊絃〉。更唱迭奏，聲若自然。流楚窈窕，懲躁雪煩。下逮謠俗，蔡氏五曲。〈王昭〉、〈楚妃〉，〈千里〉、〈別鶴〉。猶有一切，承間簉乏。亦有可觀者焉。然非夫曠遠者，不能與之嬉遊；非夫淵靜者，不能與之閑止。非放達者，不能與之無恡；非至精者，不能與之析理也。

賦中提到的〈廣陵〉〔註84〕、〈止息〉、〈東武〉〔註85〕、〈太山〉、〈飛龍〉〔註86〕、〈鹿鳴〉、〈鵾雞〉、〈遊絃〉等八種樂曲，皆古琴曲名，唯〈廣陵〉傳世，其餘七種皆失傳。又提到相傳爲蔡邕創作的〈遊春〉、〈淥水〉、〈坐愁〉、〈秋思〉、〈幽居〉五首琴曲，〔註87〕以及古樂曲〈昭

楚王問〉：「客有歌於郢中者，其始曰〈下里巴人〉，國中屬而和者數千人……其爲〈陽春白雪〉，國中屬而和者數十人。」李周翰注：「〈下里巴人〉，下曲名也。」見〔梁〕蕭統編、〔唐〕李善注：《文選》，卷四十五，頁639。

〔註84〕〈廣陵〉，即〈廣陵散〉，琴曲名。見《晉書・嵇康傳》：「三國魏・嵇康善彈此曲，秘不授人。後遭讒被害，臨刑索琴彈之，曰：「〈廣陵散〉於今絕矣！」見〔唐〕房玄齡等撰：《新校本晉書並附編六種（二）》（臺北：鼎文書局，1976年），卷四十九，頁1374。

〔註85〕〈東武〉，即〈東武吟行〉的省稱，樂府楚調曲名一說爲齊弦歌謳吟之曲名。《文選》嵇康〈琴賦〉李善注：「魏武帝樂府有〈東武吟〉，曹植有〈太山梁甫吟〉。左思〈齊都賦〉注曰：〈東武〉、〈太山〉皆齊之土風謠歌，謳吟之曲名也。」見〔梁〕蕭統編、〔唐〕李善注：《文選》，卷十八，頁264。東武，齊地名。〔晉〕陸機、〔南朝宋〕鮑照、〔梁〕沈約等均有擬作。内容多詠嘆人生短促，榮華易逝。《樂府詩集・相和歌辭十六・楚調曲上》：「王僧虔《技錄》：楚調曲有〈白頭吟行〉、〈泰山吟行〉、〈梁甫吟行〉、〈東武琵琶吟行〉、〈怨詩行〉。其器有笙、笛弄、節、琴、箏、琵琶、瑟七種。」見〔宋〕郭茂倩編：《樂府詩集》，第四十一卷，頁599。

〔註86〕〈飛龍〉，樂章名。《文選》李善注：「《漢書》曰：房中祠樂有飛龍章。」見〔梁〕蕭統編、〔唐〕李善注：《文選》，卷十八，頁264。

〔註87〕蔡氏五曲，《文選》李善注：「俗傳蔡氏五曲，〈遊春〉、〈淥水〉、〈坐

君怨〉、〈楚妃歎〉、〈千里吟〉、〈別鶴操〉。樂器賦中所提到的樂曲屬嵇康〈琴賦〉最多，由賦中諸多雅俗樂曲的分享，可知嵇康對樂曲的喜愛、熟悉與沉浸其中，因而推薦給好樂者。

其他〈琴賦〉如，〔晉〕成公綏〈琴賦〉：「〈清角〉發而陽氣亢，〈白雪〉奏而風雨零。」〔吳〕閔鴻〈琴賦〉：「汝南〈鹿鳴〉，〈張女〉群彈。」〔註88〕若整合上述的琴曲，我們發現以〈鹿鳴〉、〈別鶴〉、〈清角〉、〈白雪〉等曲目最為賦家所熟悉，亦是古琴最常演奏的曲目。

（二）「箏」賦相關曲目

觀察先唐樂器賦目前保留的「箏」賦多為東漢以後的作品，篇幅較短，賦中提及不少樂曲名稱，如：

> 鍾子授箏，伯牙同節。唱葛天之高韻，讚〈幽蘭〉與〈白雪〉。（〔晉〕賈彬〈箏賦〉）

> 牙氏攘袂而奮手，鍾期傾耳以靜聽。奏〈清角〉之要妙，詠〈騶虞〉以〈鹿鳴〉。（〔晉〕陳窈〈箏賦〉）

賈彬提到〈幽蘭〉與〈白雪〉，皆為古琴曲，〔註89〕陳窈提到的〈清角〉、〈騶虞〉與〈鹿鳴〉亦是古雅曲名。〔註90〕此處可知聽者對樂曲的熟悉，方能知其曲目，另一方面，晉代箏樂的演奏以琴曲、古曲為主。不僅如此，兩人皆以伯牙、鍾子期的典故入賦〔註91〕，似

愁〉、〈秋思〉、〈幽居〉也。」見〔梁〕蕭統編、〔唐〕李善注：《文選》，卷十八，頁 264。亦稱「五弄」。

〔註88〕汝南，古郡名。〈張女〉，樂府曲名，〈張女彈〉的省稱。潘岳〈笙賦〉：「輟〈張女〉之哀彈，流〈廣陵〉之名散」張銑注：「曲名也，其聲哀。」見〔梁〕蕭統編、〔唐〕李善等注：《增補六臣註文選》，卷十八，頁 338。

〔註89〕〈幽蘭〉與〈白雪〉，古琴曲名，傳為春秋時晉師曠所作，戰國宋玉〈諷賦〉：「中有鳴琴焉，臣援而鼓之，為〈幽蘭〉〈白雪〉之曲。」見〔梁〕蕭統編、〔唐〕李善等注：《增補六臣註文選》，卷十八，頁 338。

〔註90〕〈騶虞〉，義獸名，古樂曲名。《毛詩正義》〈國風・騶虞〉：「彼茁者葭，壹發五豝。于嗟乎，騶虞！彼茁者蓬，壹發五豵。于嗟乎，騶虞！」見《毛詩正義》，阮刻《十三經注疏》本，卷第一，頁 68～69。

〔註91〕「伯牙鼓琴，鍾子期善聽」典故出自《呂氏春秋・本味》：「伯牙鼓琴，鍾子期聽之，方鼓琴而志在太山，鍾子期曰：『善哉乎鼓琴，巍

乎有以「古」爲尚，向「琴」看齊的意味。另外，〔陳〕顧野王〈箏
賦〉：「既留心於〈別鶴〉，亦含情於〈採蓮〉。始掩抑於紈扇，時怡
暢於升天。」描述彈奏琴曲〈別鶴操〉與樂府〈採蓮曲〉〔註92〕，
形容樂音由低沉抑鬱而上揚歡暢，亦是對曲目熟悉的一例。較爲特
別的是〔梁〕蕭綱〈箏賦〉，賦中所紀錄的曲目，非一般常見琴曲，
賦中寫到：

> 朱絃在手，擊重還輕。爾其曲也，雅俗兼施。諧〈雲門〉
> 與〈四變〉，雜〈六列〉與〈咸池〉。……若夫〈釣竿〉復
> 發，蛺蝶初揮。動玉匣之餘怨，鳴陽烏之始飛。

賦中提到所彈奏的曲目是「雅俗兼施」，提到周樂舞〈雲門〉以及古
樂〈六列〉〈咸池〉。〔註93〕又提到〈釣竿〉〔註94〕，亦是古曲。蕭綱
聆聽箏樂，能清楚分辨這些不易聽到的古曲曲目，亦是具有深度的音
樂素養。

　　關於「箏」賦出現琴曲的原因，謝曉濱、姚品文〈古代箏樂的文

巍乎若太山。』少選之間，而志在流水，鍾子期又曰：『善哉乎鼓琴，
湯湯乎若流水。』鍾子期死，伯牙破琴絕弦，終身不復鼓琴，以爲
世無足爲鼓琴者。」見〔戰國〕呂不韋等撰、陳奇猷校釋：《呂氏春
秋新校釋》（上海：上海古籍出版社，2002 年），卷第十四，頁 744
～745。

〔註92〕採蓮：〈採蓮曲〉，爲樂府〈相和歌辭〉之一：「江南可採蓮，蓮葉何
田田，魚戲蓮葉間，魚戲蓮葉東。魚戲蓮葉西，魚戲蓮葉南，魚戲
蓮葉北。」見〔宋〕郭茂倩編：《樂府詩集》，第二十六卷，頁 384。

〔註93〕〈雲門〉：周樂舞，祭天神。〈六列〉：古樂名帝嚳命咸黑作爲〈聲歌〉
——〈九招〉〈六列〉〈六英〉。〈咸池〉：古樂曲名，堯樂。《呂氏春
秋·仲夏紀》：「黃帝又命伶倫與榮將鑄十二鐘，以和五音，以施〈英
韶〉，以仲春之月，乙卯之日，日在奎，始奏之，命之曰〈咸池〉。」
見〔戰國〕呂不韋等撰、陳奇猷校釋：《呂氏春秋新校釋》，卷第五，
頁 288。《周禮注疏·春官》：「以樂舞教國子舞〈雲門〉、〈大卷〉、〈大
咸〉、〈大韶〉、〈大夏〉、〈大濩〉、〈大武〉。」見《周禮注疏》，阮刻
《十三經注疏》本，卷二十二，頁 337～338。

〔註94〕〈釣竿〉，古曲名。崔豹《古今註·音樂》：「〈釣竿〉，伯常子妻所作
也。伯常子避仇河濱爲漁父，其妻思之，每至河側作〈釣竿〉之歌。
後司馬相如作〈釣竿〉之詩，今傳爲古曲也。」見〔晉〕崔豹撰：《古
今註》，頁 4。

化屬性〉一文中曾將古琴與古箏的文化屬性作比較，認為「琴」是「文人」的，是「雅」的，箏主要流行於民間，其地位不如琴，但從接受者來看，喜愛琴樂的人遠不如喜愛箏的人那麼多。因此，文人出現使箏樂雅化的傾向，以提高其社會地位，其中的一個現象是，與歷史上的名人故事相聯繫，如鍾子期與伯牙的故事，如〈幽蘭〉、〈白雪〉等琴曲。〔註95〕除此之外，琴在先秦時已廣泛應用，箏的出現晚於琴，所創作的專屬箏曲尚不多，箏與琴性能相似，因而取琴曲彈之，而不同樂器詮釋應能滿足聽者喜愛新奇的感受。

（三）「琵琶」、「箜篌」賦相關曲目

至於「琵琶」與「箜篌」賦，目前所見皆為晉代的作品，且多為殘篇。先唐樂器賦中，琵琶所彈奏者亦多為古曲，如：

> 絲駒遺謳，岱宗〈梁父〉，〈淮南〉〈廣陵〉，郢都〈激楚〉。
>
> （〔晉〕孫該〈琵琶賦〉）
>
> 啟〈飛龍〉之祕引，逞奇妙於清商（〔晉〕傅玄〈琵琶〉）
>
> 然後眾弄雜會，〈六引〉遞奏。纖絃振舞，迅手繁鶩。（〔晉〕
>
> 傅玄〈琵琶〉）

其中孫該提到〈梁父〉、〈淮南〉、〈廣陵〉、〈激楚〉等曲目。〔註96〕傅玄提到〈飛龍〉，另一殘句提到〈六引〉〔註97〕。可知當時琵琶演奏

〔註95〕 見謝曉濱、姚品文著：〈古代箏樂的文化屬性〉，《人民音樂》第 10 期，2002 年，頁 37～39。

〔註96〕 〈梁父〉，又稱〈梁山操〉、〈梁父吟〉、〈梁甫吟〉，古琴曲名。〈淮南〉，古曲名，見張協〈七命〉。〈廣陵〉，古曲名，又稱〈廣陵散〉，相傳嵇康會演奏。〈激楚〉，古曲名，見《史記‧司馬相如列傳》引〈上林賦〉：「荊吳鄭衛之聲，〈韶〉〈濩〉〈武〉〈象〉之樂，陰淫案衍之音，鄢郢繽紛，〈激楚〉〈結風〉，俳優侏儒，狄鞮之倡，所以娛耳目而樂心意者，麗靡爛漫於前，靡曼美色於後」。見〔漢〕司馬遷撰、楊家駱主編：《新校本史記三家注并附編二種》，卷一百一十七，頁 3038。

〔註97〕 〈六引〉，各種聲調的樂曲。一說，為古歌曲名。《文選》謝靈運〈會吟行〉：「〈六引〉緩清唱，三調佇繁音。」李善注：「沈約《宋書》曰：『控侯：宮引第一，商引第二，徵引第三，羽引第四。古有六引，其宮引本第二，角引本第四也。並無歌，有絃笛，存聲不足，故闕二曲。』」劉良注：「六引，古歌曲名。」見〔梁〕蕭統編、〔唐〕李

多以琴曲、樂府、古雅之曲為主。又〔晉〕成公綏〈琵琶賦〉：

> 掇止金石，屏斥笙簧。彈琵琶於私宴，授西施與毛嬙。撰
> 理〈參〉、〈暢〉，〈五齊〉、〈五章〉。

審美場景為私人宴會，琵琶所演奏的有古鼓曲〈參〉〔註98〕、古琴曲
〈暢〉〔註99〕以及古樂曲〈五齊〉〔註100〕、〈五章〉〔註101〕，同樣
亦偏好古曲。至於另一種彈撥樂器「箜篌」，〔晉〕孫瓊〈箜篌〉：「邈
漸離之〈清角〉，超子野之〈白雪〉。」〔註102〕所提到的曲目以琴曲
為主。

　　箏與琵琶皆屬俗樂器，發展較古琴為晚，而演奏時多以琴曲、古
曲為曲目。或許因出現較晚，尚未有專屬樂曲，並以現有的琴曲古曲
來彈奏。當然，與箏的情況類似，可能文人喜愛琵琶樂，有意提高琵
琶的文化地位。而至目前為止，彈撥樂器的曲目，以琴曲、古曲為主。
或許彈撥類的絃樂器之間，樂器性能與技法有互通之處，且後出的樂
器，其構造、性能更勝古者，具有更豐富的表現能力，詮釋古曲應無
問題，不同之處僅在於詮釋的風格差異。

　　善等注：《增補六臣註文選》，卷二十八，頁 524。

〔註98〕〈參〉，通「摻」，古代鼓曲名。吳曾《能改齋漫錄‧辨誤》：「桓
譚《新論》有微子摻、箕子摻，乃知摻者，古已有之。」見〔宋〕
吳曾撰：《能改齋漫錄》（臺北：木鐸出版社，1982 年），卷三，頁
8。

〔註99〕〈暢〉，古代琴曲。枚乘〈七發〉：「使師堂操〈暢〉，伯子牙為之歌。」
見〔梁〕蕭統編、〔唐〕李善注：《文選》，卷三十四，頁 488。

〔註100〕〈五齊〉，疑為五種古齊國曲名。齊，古樂曲名。《禮記正義‧樂記》：
「溫良而能斷者，宜歌〈齊〉……〈齊〉者，三代之遺聲也。齊人
識之，故謂之〈齊〉。」見《禮記正義》，阮刻《十三經注疏》本，
卷第三十九，頁 701～702

〔註101〕〈五章〉，孔子所作刺時的樂章。《史記‧樂書》：「自仲尼不能與齊
優遂容於魯，雖退正樂以誘世，作〈五章〉以刺時，猶莫之化。」
見〔漢〕司馬遷撰、楊家駱主編：《新校本史記三家注并附編二種》，
卷二十四，頁 1176。

〔註102〕漸離：人名，指戰國時燕人高漸離，善擊筑（古代的一種擊弦樂器，
頸細肩圓，中空，十三弦）。子野：人名，春秋時代晉國樂師師曠，
字子野。目盲，善彈琴。

（四）「笛」、「笳」、「笙」賦相關曲目

先唐樂器賦中關於吹奏樂器的作品，亦描述相關樂曲。如最早的樂器賦，宋玉〈笛賦〉中有：

> 名高師曠，將為〈陽春〉〈北鄙〉〈白雪〉之曲。……吟清商，追流徵，歌〈伐檀〉，號〈孤子〉。〔註103〕

提到〈陽春〉、〈白雪〉兩首琴曲，可知笛子（洞簫）亦可吹奏此曲。又說審美時聽到歌唱〈伐檀〉，此為《詩經·魏風》的一篇。另一篇笛賦為〔漢〕馬融〈長笛賦〉中提出相當多的曲目，其〈序〉：「有雒客舍逆旅，吹笛，為〈氣出〉、〈精列〉相和。」其中〈氣出〉、〈精列〉兩曲為古《相和歌》中的二曲名。〔註104〕馬融為精通音樂之人，其〈長笛賦〉中談論所聆賞的笛樂意涵時，曾說：

> 上擬法於〈韶箾〉、〈南籥〉，中取度於〈白雪〉、〈淥水〉，下采制於〈延露〉、〈巴人〉。是以尊卑都鄙，賢愚勇懼。
> 〔註105〕

賦中說，笛樂所吹奏的曲目，從它最高級的曲子來說，是模仿、學習了〈韶箾〉、〈南籥〉等莊重的古樂，從它的中級樂曲來說，那就吸取了〈白雪〉、〈淥水〉等雅樂的長處；從它次一點的樂曲來說，那就具有〈延露〉、〈巴人〉等民間小調的風采。所列舉的樂曲雖非為笛所吹

〔註103〕 《樂府詩集·相和歌辭十三》：「《孤子生行》，一曰〈孤兒行〉。古辭言孤兒為兄嫂所苦，難與久居也。」見〔宋〕郭茂倩編：《樂府詩集》，第三十八卷，頁567。

〔註104〕 《樂府詩集·相和歌辭一》：「《古今樂錄》曰：張永《元嘉技錄》：相和有十五曲，一曰《氣出唱》，二曰《精列》，……。」見〔宋〕郭茂倩編：《樂府詩集》，第二十六卷，頁382。

〔註105〕 〈韶箾〉，即〈簫韶〉，相傳虞舜時的樂曲名，《尚書正義·虞書》：「〈簫韶〉九成，鳳皇來儀。」《尚書正義》，阮刻《十三經注疏》本，第五卷，頁72。〈南籥〉，文王時樂舞，《春秋左傳注疏》：「見舞〈象箾〉、〈南籥〉者，曰：『美哉！猶有憾。』……見舞〈韶箾〉者，曰：『德至矣哉，大矣！如天之無不幬也，如地之無不載也。雖甚盛德，其蔑以加於此矣，觀止矣。若有他樂，吾不敢請已。』」見《春秋左傳注疏》，阮刻《十三經注疏》本，卷三十九，頁671〜673。〈白雪〉、〈淥水〉，均古曲名。〈延露〉、〈巴人〉，古代民間樂曲名。

奏，但透過對其他曲目的分析，以及依照雅俗樂曲而區分爲上中下等級，已屬於深度的鑑賞比較，也顯示出笛樂可雅可俗的彈性。

　　關於胡樂器「笳」賦中，晉代孫楚與夏侯湛有相關作品，其中提到曲目的部分如下：

> 若夫〈廣陵散〉吟、三節〈白紵〉、〈太山〉長曲、哀及〈梁
> 父〉，似鴻鴈之將鶵，乃群翔於河渚。〔註106〕（〔西晉〕孫楚
> 〈笳賦〉）
>
> 披〈涼州〉之妙操，掣〈飛龍〉之奇引。垂〈幽蘭〉之遊
> 響，來〈楚妃〉之絕歎。放〈鶤雞〉之弄音，散〈白雪〉
> 之清變。〔註107〕（夏侯湛〈夜聽笳賦〉）

孫楚賦中寫道，吹奏〈廣陵散〉，三段〈白紵歌〉、〈太山〉等曲目，以及哀傷的〈梁父吟〉好像大鴈的幼鳥，群聚飛翔於河中沙洲。這裡涵蓋有琴曲、舞曲、樂府等曲目，亦可見出孫楚對樂曲的熟悉。而夏侯湛賦中提到的六種曲目〈涼州〉、〈飛龍〉、〈幽蘭〉、〈楚妃〉、〈鶤雞〉、〈白雪〉，同樣有樂府、有琴曲。

　　至於「笙」，賦中所提到的曲目也不少。其中以〔晉〕潘岳〈笙賦〉描寫最爲豐富，如賦中寫到：

> 輟〈張女〉之哀彈，流〈廣陵〉之名散。詠〈園桃〉之夭
> 夭，歌〈棗下〉之纂纂。歌曰：「棗下纂纂，朱實離離。宛
> 其落矣，化爲枯枝。人生不能行樂，死何以虛諡爲！」爾
> 乃引〈飛龍〉，鳴〈鵾雞〉。〈雙鴻〉翔，〈白鶴〉飛。子喬
> 輕舉，明君懷歸。荊王喟其長吟，楚妃歎而增悲。

此段文字提到諸多曲名。文中〈張女〉即樂府曲〈張女彈〉的省稱，

〔註106〕　〈廣陵散〉，琴曲。〈白紵〉，樂府，吳舞曲名，古稱〈淥水〉或
　　　　　〈白紵〉。〈太山〉，即〈太山吟〉，古曲名。〈梁父吟〉，又稱〈梁
　　　　　甫吟〉，樂府喪歌，楚調曲名，諸葛亮有〈梁甫吟〉抒發抱負不
　　　　　能實現。

〔註107〕　〈涼州〉：樂府曲名。流行於涼州一帶的樂曲。〈飛龍〉：〈飛龍引〉，
　　　　　曲名。〈幽蘭〉：古琴曲。〈楚妃〉：〈楚妃嘆〉的省稱，樂府吟歎曲。
　　　　　〈鶤雞〉：這裡指曲名〈鵾雞〉。〈白雪〉：古琴曲名

〈白鶴〉即古樂府〈飛來雙白鶴篇〉，其中〈廣陵散〉、〈飛龍引〉、〈鶤雞〉為琴曲，而〈園桃〉、〈棗下〉、〈雙鴻〉皆古樂曲名，可知潘岳所聆聽的曲目有清楚的認識。潘岳對於所聽歌曲印象深刻，甚至紀錄了歌詞，透露人生苦短，應及時行樂的感慨。而最後四句文意看似意指笙的樂音十分動人，可使子喬升天，使明君想歸鄉，使荊王感嘆而長吟，使楚妃感嘆而增悲，實指〈王昭君〉、〈楚妃嘆〉、〈楚王吟〉、〈王子喬〉等吟嘆四曲。賦中提到另一段笙樂演出：

> 新聲變曲，奇韻橫逸。……〈秋風〉詠於燕路，〈天光〉重乎〈朝日〉。大不踰宮，細不過羽。唱發〈章〉、〈夏〉，導揚〈韶〉、〈武〉。

賦中提到有新的變曲，吹奏〈燕歌行〉〔註108〕，以及〈天光〉〈朝日〉〔註109〕等較新的樂曲。並提及〈章〉、〈夏〉、〈韶〉、〈武〉等堯舜禹武時代的樂章。〔註110〕其他笙賦如：

> 初進〈飛龍〉，重繼〈鶤雞〉。振引合和，如會如離。（〔晉〕夏侯淳〈笙賦〉）

> 協歌鍾於宿夕，詠月扇於繞樑。同〈離鴻〉於流徵，會〈別鶴〉於清商。（〔陳〕顧野王〈笙賦〉）

夏侯淳所聆聽的笙樂，一開始吹奏〈飛龍〉，接著吹奏〈鶤雞〉，這兩首曲目皆為古曲。顧野王賦中，提到〈離鴻〉：疑指蔡邕五弄之〈離鸞〉曲，尚提〈別鶴〉，〈別鶴操〉為古琴曲，清商曲辭中有〈別鶴〉。

〔註108〕 魏文帝〈燕歌行〉：「秋風蕭瑟天氣涼」。見逯欽立輯校：《先秦漢魏晉南北朝詩》，魏詩卷四，頁394。

〔註109〕 傅玄有〈天光篇〉，魏文帝有〈朝日篇〉。傅玄〈庭燎詩〉：「元正始朝享。萬國執珪璋。枝燈若火樹。庭燎繼天光。」見逯欽立輯校：《先秦漢魏晉南北朝詩》，晉詩卷一，頁571。魏文帝〈善哉行〉：「朝日樂相樂，酣飲不知醉。悲弦激新聲，長笛吹清氣。解弦歌感人腸，四坐皆歡悅。寥寥高堂上，涼風入我室。」見〔宋〕郭茂倩編：《樂府詩集》，第三十六卷，頁537。

〔註110〕 應劭《風俗通義·聲音第六》：「故黃帝作〈咸池〉，……堯作〈大章〉，舜作〈韶〉，禹作〈夏〉，……武王作〈武〉。」見〔漢〕應劭撰：《風俗通義》（臺北：臺灣中華書局，1966年），第六卷，頁1。

四、演奏技法與肢體語言

　　音樂的客觀鑑賞者，往往自己有彈奏經驗，因此聆賞時將審美的範圍擴大到演奏者的肢體語言與演奏技法。藉由肢體語言的視覺感染，可傳達演奏者的情感；透過演奏技法的觀察了解，可預期彈奏出的音效，而兩者的鑑賞可使聽者融入演出的過程，更深化對樂曲情境的體會。先唐樂器賦中，文人對演奏者肢體語言及其技法的紀錄，保留了古代樂器可貴的演奏技法。

（一）「琴樂」演奏技法

　　〔漢〕蔡邕的〈琴賦〉雖爲殘篇，但保留了一段古琴演奏技法的描述：

> 爾乃清聲發兮五音舉。韻宮商兮動徵羽。曲引興兮繁絲撫。然後哀聲既發，祕弄乃開。左手抑揚，右手徘徊。抵掌反覆，抑案藏摧。

文中的「繁絲撫」、「左手抑揚」、「右手徘徊」、「抵掌反覆」、「抑案藏摧」〔註111〕皆爲演奏指法，意指撫絃時左手上下撥動高低起伏，右手反覆滑動，有時用手掌擊弦，有時左右手顛倒，有時雙手用力撥動琴弦，各種指法都揭示了樂曲所蘊含的情感。蔡邕精通音樂，本身也會彈古琴，深知各種技法所呈現的不同音色，鑑賞時透由指法的觀察，更能體會樂音的變化。另外蔡邕〈琴賦〉中又描述「屈伸低昂，十指如雨」樂音忽短忽長，忽低忽高，十指撥弦如暴雨驟落，這種對肢體語言的鑑賞，展現彈琴者手指的靈巧，也間接傳達音符的急速繁複。

　　〔晉〕嵇康〈琴賦〉中有極豐富的音樂鑑賞紀錄，本身即是彈琴者，對於演奏者的肢體表情與演奏技法有專業的觀察，如文中描寫了演奏的前的「調音」過程：

> 及其初調，則角羽俱起，宮徵相證。參發並趣，上下累應。

〔註111〕　「案」應作「按」。「藏摧」，當作「摧藏」，因押韻而倒文，此處指極力撥動琴絃。

　　躣踔碟硌，美聲將興。固以和昶，而足耽矣。

本句實指彈琴前的調音，「角羽俱起」指同時彈二弦，聽四度音是否和諧，「宮徵相證」指宮與徵相應，五度應弦，交互比對，而「參發」指角羽一彈，宮徵各一彈，「並趣（趨）」意謂都合乎同一標準（音律）。因為在調弦，所以琴音是「躣踔碟硌」〔註112〕的，因為調準了，所以「美聲將興」。雖僅是調音，樂音也協和通暢，令人樂在其中，這有如白居易〈琵琶行〉中「轉軸撥弦三兩聲，未成曲調先有情」亦是描寫這種調音的情態。有實際彈琴經驗的人，才能注意並理解這些演奏前的準備動作，進而培養期待演奏的心情。嵇康〈琴賦〉中又有：

　　於是器泠絃調，心閑手敏，觸批如志，唯意所擬。

其中「心閑手敏」意指演奏者心領神會，態度從容卻能手指敏捷，正是對於技巧熟練的展現。唯有十分技巧熟稔時，才能在彈奏時從容不迫。「批」，同「批」字，反手擊的技法，「觸批」指彈琴時正手撫抹與反手相擊的兩種指法。而「如志」、「唯意所擬」正是彈擊自如，隨心所欲的態度。嵇康所描寫正是彈琴時不為樂譜、技法所拘束，而能自由揮灑的的高度境界。〈琴賦〉中另有一段：

　　於是曲引向闌，眾音將歇。改韻易調，奇弄乃發。揚和顏，攘皓腕，飛纖指以馳騖，紛㟴嘉以流漫。或徘徊顧慕，擁鬱抑按。盤桓毓養，從容祕翫。

文中描述演奏者仰起美麗和悅的面龐，攘起衣袖顯露潔白的手腕，飛動纖纖玉指迅速行絃，如此描述已傳達一種從容悠閒的情致。其中「飛纖指以馳騖」應指「注綽」的技法，左手滑動手指使琴音流暢而近似歌聲，「注」是左手往下（遠身）滑動，彈出下滑音，「綽」則相反，為上滑音。〔註113〕接著又有演奏技法的描寫，有時「徘徊顧慕」，是

〔註112〕　《增補六臣註文選》李周翰注：「躣踔，初聲布散貌。」見〔梁〕蕭統編、〔唐〕李善等注：《增補六臣註文選》，第十八卷，頁332。
〔註113〕　見中國藝術研究院音樂研究所編：《中國音樂辭典》（北京：人民音

描述手指在琴絃上反覆彈撥的動作，但留戀於較小的範圍之內；有時「擁鬱抑按」，「擁鬱」即「抑鬱」，指彈撥、按壓的動作較小，又有時「盤桓毓養」指手指的逗留撫養，有時「從容祕翫」，閑緩而彈。雖然所關注的是手指於弦上的彈奏方式、速度、範圍等客觀事物，卻能引導聽者、讀者對琴音的聯想，在鑑賞上具有視覺與聽覺的雙重享受。〈琴賦〉中尚有：

> 或摟批櫟捋，縹繚潎冽；輕行浮彈，明㜪瞭慧。疾而不速，
> 留而不滯。翩緜飄邈，微音迅逝。

其中「摟批櫟捋」彈琴的四種指法，「摟」是手指向內彈撥，以指勾絃；「批」，同「批」字，反手擊的技法；「櫟」同「擽」，重擊；「捋」輕抹滑動。〔註 114〕四種技法表現出「縹繚潎冽」的效果，聲音糾結繚繞而有如水流相激。而「輕行浮彈」指信手輕彈的情態，則表現出「翩緜飄邈」之感。此段音樂審美將演奏技法，肢體語言，以及樂音特質一并完整鑑賞，相輔相成，若無彈奏經驗的人只能在眼花撩亂之際暗暗叫好，絕對無法像嵇康如此清楚地分辨各種彈奏技法。

（二）「箏樂」演奏技法

古箏的琴柱可移動，並能產生不同音響效果，此技巧在彈撥樂器中十分特出，諸多〈箏賦〉中多有此技法的描寫。如：

> 急弦促柱，變調改曲。卑殺纖妙，微聲繁縟。（東〔漢〕侯瑾
> 〈箏賦〉）

> 追趾促彈，急擊扣危。洪纖雜奮，或合或離。（〔晉〕傅玄〈箏
> 賦〉）

樂出版社，1985 年），頁 58。李師時銘著：〈說注綽〉（《北市國樂》，1987 年 6 月，第三版）一文中說明，古琴指法中的「注綽」，實際操作上，琴上的「注」是往下（遠身），向龍齦移動，其音漸低；「綽」則是往上（近身），向岳山移動，其音漸高。

〔註 114〕　《文選》李善注：「摟批櫟捋皆手撫絃之貌。《爾雅》曰：『摟，牽也。』……《說文》曰：『批，反手擊也。』《廣雅》曰：『櫟，擊也。』《毛詩》曰：『薄言捋之』傳曰：『捋，取也』」見〔梁〕蕭統編、〔唐〕李善注：《文選》，第十八卷，頁 263。

調宮商於促柱，轉妙音於繁絃。（〔陳〕顧野王〈箏賦〉）

不同時代的箏樂鑑賞皆關注「促柱」技法所產生的音效轉變。關於「促柱」的技巧，李師時銘〈白居易〈琵琶行〉樂論之一——說「促弦」〉〔註115〕中分析，箏瑟類樂器設有音柱，用以調音，移動音柱一般用於演奏中的臨時校音或轉調。而「促柱」意即將音柱移向右邊，使得弦張得較緊，音就升高了。所以侯瑾提到「急弦促柱」，「急」有「緊」的意思，意味弦的張力較大，「促柱」後改奏不同調子的樂曲，而新的曲調聲情繁縟、細緻多變，即使在低音區（「卑殺」指低音區），也能曲盡其妙。傅玄賦中提到「促彈」亦應指「促柱而彈」，因為促柱之後，「弦張緊了，振程短，對於彈弦的力度反應靈敏，導致音符加密加快，既可數弦密集彈奏，亦可單弦快速換音，使演奏更有揮灑的餘裕」〔註116〕，所以可以急速敲擊彈奏高音區（「危」指弦高），大小樂音雜沓，時而聚合時而分離。上述三位賦家，皆關注「促柱」的特殊演奏技法，自然更能欣賞音樂進行時的轉調、音符加快等樂音的改變。

關於箏樂演奏時的肢體語言尚有〔魏〕阮瑀〈箏賦〉：

五聲並用，動靜簡易；大興小附，重發輕隨。

折而復扶，循覆逆開。浮沉抑揚，升降綺靡。

殊聲妙巧，不識其為。

說樂音「動靜簡易」是形容樂音的起止簡約明快。而「大興小附，重發輕隨」可指演奏技法，或是樂音的表現。兩句是形容一手重重彈音，大範圍地劃撥後，另一手輕輕跟進，兩手輕重配合十分協調。〔梁〕蕭綱〈箏賦〉中也寫到：「朱絃在手，擊重還輕，爾其曲也，雅俗兼施。」其中「擊重還輕」應與上文阮瑀〈箏賦〉中「大興小附，重發輕隨」屬類似的演奏技法。除此之外，蕭綱〈箏賦〉尚有許多演奏者情態的描寫：

〔註115〕 見李師時銘著：《詩歌與音樂論稿》（臺北：里仁書局，1994 年 8
月），頁 61～91。

〔註116〕 見李師時銘著：《詩歌與音樂論稿》，頁 70。

於是乎餘音未盡，新弄縈纏。參差容與，顧慕流連，落橫
釵於袖下，斂垂衫於膝前。乍含猜而移柱，或斜倚而續絃。
照瓊環而俯捻，度玉爪而徐牽。見微噸之有趣，看巧笑之
多妍。抗長吟之靡曼，雜新歌之可憐。

先寫美人回頭留連，髮釵落於袖下，在膝前收起垂落的衣衫，而後
突然含著疑慮的神情而移動琴柱來調音，有時絃斷了，美人傾斜倚
靠而重新上絃續彈，身上玉珮相輝映而低頭揉絃，玉指慢慢牽動，
微微皺眉。其中「移柱」、「續絃」為演奏前調音、換絃的動作，「捻」
則為揉絃的演奏技法，所表現的肢體語言十分柔美。而〔晉〕賈彬
〈箏賦〉：「其漸成也，抑按鏗鏘，猶沉鬱之舒徹。」按壓琴弦聲音
宏亮，好像沉鬱心情得到抒發。

（三）「琵琶樂」、「箜篌樂」演奏技法

〔晉〕孫該〈琵琶賦〉中有一段描述演奏技法：

操暢絡繹，遊手風揚。抑案厭攝，挄搦摧藏。爾乃叩少宮，
騁〈明光〉，發下柱，展上按。

先描述琴音連續不斷，往來不絕，遊動的手如風颺般。接著，即為演
奏技法的描述，如「抑案」，輕按琴弦；「厭攝」，壓絃既而提弦；「挄
搦」，按弦、揉絃；「摧藏」，意為挫傷、收斂、隱藏，此處指彈弦的
力量較重但動作幅度較小。而「發下柱，展上按」二句指左手上按琴
絃，下按音柱的樣子，魏晉時琵琶一般為直頸圓腹、四絃十二柱的秦
漢琵琶，彈奏時琵琶直立，左手上下移動即為演奏時的姿態。

又〔晉〕傅玄有〈琵琶賦〉，賦中亦有演奏技法的描繪：

素手紛其若飄兮，逸響薄於高梁。
弱腕忽以競騁兮，象驚電之絕光。
飛纖指以促柱兮，剏發越以哀傷。
時旖搦以劫寒兮，聲撥耀以激揚。

賦中描述演奏者素手紛亂有如飄風，奔放的樂音迫近於屋樑。柔弱的
手腕忽然競速騁馳，好像急速閃電的光芒。飛快纖細的手指調弦促
柱。其中「素手紛飄」、「弱腕競騁」、「飛纖指」皆為演奏者的肢體語

言。此處出現「促柱」技法，琵琶的琴柱不可移動，何來「促柱」？李師時銘分析，「促柱」原指箏瑟調高弦以轉調，引伸為彈弦樂器移調、轉調之稱。〔註117〕因此此處指演奏者在演出過程中快速轉調，發出激昂哀傷的樂音。文中「旄捥以劫蹇」形容手指像古曲旗之柄來按壓，以脅迫聲音滯留，聲音清楚明白而激越高昂。至於〔晉〕成公綏〈琵琶賦〉中有「改調高彈，急節促撾。」用「促撾」來表現「改調」，李師認為「撾」意為擊打、鼓槌，較難解釋，而「過」有轉移之意，即臨時調弦，改為較高的音調，而節奏也加快。〔註118〕

　　至於先唐樂器賦中「箜篌」演奏技法，保留的資料甚少，僅有〔晉〕孫瓊〈箜篌賦〉：「陵危柱以頡頏，憑哀絃以躑躅」，其中「頡頏」是鳥飛上下貌，「躑躅」徘徊不進貌。此二句應形容調柱撥絃時，兩手姿勢如鳥飛上下，憑靠著琴絃而徘徊的姿態。這樣的演奏情態給人哀傷之感。

（四）吹奏樂器演奏技法

　　關於「笛」演奏時的肢體語言與技法的鑑賞，有宋玉與馬融的作品。〔戰國〕宋玉〈笛賦〉：

> 命嚴春，使午子。延長頸，奮玉指。摘朱脣，曜皓齒。頳顏臻，玉貌起。吟清商，追流徵。歌〈伐檀〉，號〈孤子〉。

賦中描述嚴春與午子兩人，伸長脖子，猛力揚起手指，舒展朱唇，顯露皓齒，臉色達到淡紅色，此為吹笛的肢體語言，十分傳神。又〔漢〕馬融〈長笛賦〉紀錄了長笛的演奏技法：

> 繁手累發，密櫛疊重。……箋笇抑隱，行入諸變。絞縩汩湟，五音代轉。接孿揬臧，遞相乘邅。反商下徵，每各異善。

先描述演奏者的肢體樣貌，「繁手累發」手指頻繁地捏放笛孔，而節奏緊湊而快速，音調單純而重複。文中提到「箋笇抑隱」指吹笛時手

〔註117〕　見李師時銘著：《詩歌與音樂論稿》，頁61～91。
〔註118〕　見李師時銘著：《詩歌與音樂論稿》，頁61～91。

循笛孔之貌，又「按鞶挍贓」的「按」指吹笛時兩手的變動，「鞶」
亦爲「引」，「挍贓」意指「抑按」，整句形容吹笛時兩手不停地按抑
或放。馬融在欣賞笛樂的同時，也關注到吹奏者手指的循孔上下移
動，不停地摧引按抑，配合音調的變換，增添審美的深度。

　　關於洞簫的演奏情態，有〔漢〕王褒的〈洞簫賦〉：

> 故吻呅値夫宮商兮，穌紛離其匹溢。形旖旎以順吹兮，瞋
> 喑唲以紆鬱。氣旁迕以飛射兮，馳散渙以邆律。

王褒所描述的是一位盲樂師吹簫，「吻呅」即爲吹洞簫的情態。「旖
旎」，屈身的樣子；「瞋」，怒貌；「喑唲」，鼓腮作氣，發怒的樣子；「紆
鬱」，愁苦鬱結胸中；「旁迕」，氣盛貌。此處王褒觀察到樂師也隨著
旋律邊吹邊搖擺身體，吹奏時兩頰和咽部一鼓一縮，那神情就好像發
怒一樣，彷彿發洩胸中怨憤，並運足氣，聲音從嘴角飛快地吹奏出來。
透過對吹簫者的觀察，聽者更容易被引入音樂情境之中。

　　關於「笙」的演奏情態，晉代有潘岳與夏侯淳描述其演奏技法，
潘岳〈笙賦〉云：

> 援鳴笙而將吹，先噎噫以理氣。……擷纖翮以震幽簧，越上
> 箘而通下管。應吹喻以往來，隨抑揚以虛滿。勃慷慨以慘
> 亮，顧躊躇以舒緩。

潘岳寫到吹奏者將要吹奏前，先「噎噫以理氣」，調理好氣息，調適
嗓子。「噫」，意爲氣逆而致口中發聲；「噎噫」，意爲喉間作聲。而吹
奏過程中，手指「擷纖翮」按住細竹管的音孔，空氣由竹管往下震動
笙腳的簧片，隨著吹吸而來回振動，竹管的氣隨著高低而或虛或滿。
另一篇夏侯淳〈笙賦〉云：

> 抑揚噓吸，或吸或吹。厭拈挹按，同覆互移。初進〈飛龍〉，
> 重繼〈鵾雞〉。振引合和，如會如離。

先是吹奏「笙」的嘴部動作「抑揚噓吸」，不時地上下高低地吹吸。
而後是手部動作「厭拈挹按，同覆互移」，「厭」，按著音孔；「拈」，
笙有兩管按音孔在內側，右手食指伸進去按，與拇指相對，猶如拈住

笙管;「挹」,通「抑」,向下壓。整句形容手指按壓音孔,同樣的動作反覆且交替移動位置。

先唐樂器賦中關於「笳」的文字並不多,但也保留其吹奏技巧,如〔晉〕傅玄〈笳賦〉:

> 掇茲薄葉,繞此循□。參羌押臆,隨手而成。開通耳,揚
> 虛暢,水口則鳴。潛氣內運,浮響外盈。

文中「薄葉」即蘆葉,《太平御覽》卷五八一引《晉先蠶儀注》:「笳者,胡人卷蘆葉吹之以作樂也,故謂曰胡笳。」〔註 119〕正文前四句應指胡人卷蘆葉吹聲的方式。而後五句應指吹奏技巧,必須先運氣於內,方能發響。又孫楚〈笳賦〉:

> 銜長葭以汎吹,噭啾啾之哀聲。……徐疾從宜,音引代起。
> 叩角動商,鳴羽發徵。

點出「銜」、「汎吹」吹奏方式,口銜長葭而吹。「音引代起」亦是笳的吹奏方式,魏詩人繁欽在〈與太子書〉中亦提及胡笳的吹奏方法,其中「喉轉引聲,與笳同音」和「喉所發音,莫不響應」〔註 120〕,說明了一種用喉音和管音相結合,及用喉音引出管音的特殊吹奏方式,與上述「音引代起」同義。

此外,尚有鼓吹樂的樂器演奏技法描述,鼓吹樂的樂器主要以鼓、笳、角為主,〔晉〕陸機〈鼓吹賦〉中有:

> 騁逸氣而憤壯,繞煩手乎曲折。舒飄颻以遐洞,卷徘徊其
> 如結。……音躑躅於脣吻,若將舒而復迴。鼓砰砰以輕投,
> 簫嘈嘈而微吟。

其中「繞煩手乎曲折」的「煩手」應指一種複雜演奏技法,此句推測為擊鼓時兩手交錯擊打,而「音躑躅於脣吻」為吹奏類樂器的演奏情態,其他如:鼓的「輕投」,簫的「微吟」,都呈現鼓吹樂整體演奏的

〔註119〕 見〔宋〕李昉等奉敕撰:《太平御覽》(臺北:臺灣商務印書館,1980
　　　　 年),卷五百八十一,頁 2750。

〔註120〕 見〔清〕嚴可均校輯:《全上古三代三國六朝文》(北京:中華書局,
　　　　 1958 年,據原刊斷句影印),卷九十三,頁 10。

樣貌，有助於對聲情的理解。

　　先唐樂器賦在客觀鑑賞的審美類型中，有極為豐富的紀錄。如賦中描述曲目樂理，呈現了賦重「才學」的一面，又如對音色、旋律、樂曲進行、演奏技法等描述，可見出賦家專業的音樂素養，恰好藉由賦善於「體物」的特性表現出來。這些客觀鑑賞的描繪，除了在視覺、聽覺方面勾勒出當時的演奏情境，並有專業的分析，所提供給後代讀者的，不是抽象空泛的想像，而是具體可感，彷彿親臨其境的演奏場景，而且是有專業解說員在旁的深度享受。

第四章　先唐樂器賦之音樂思想

　　人對事物的體驗、感受與鑑賞，皆無法做到絕對客觀，因爲人無法避免「主觀」思想。對於「音樂」的鑑賞亦是如此，即使僅是描繪所聆聽過的音樂，也能不自覺地透露對於音樂的觀感。先唐樂器賦中所描述的音樂形象，所描繪的音樂感受，已非現實中的樂器音響，而是賦家在聆賞之後所作的紀錄，已加入賦家個人的主觀看法，屬於一種「音樂批評」。賦家對音樂的描述略有不同，主要因爲個人的性格、社會處境、音樂專業素養以及時代思維等種種不同因素所造成，這樣的「音樂批評」呈現了賦家個人，以及整個時代的音樂思想。

　　本章以第三章的音樂審美體驗爲基礎，由音樂思想的角度入手，探討先唐樂器賦對於音樂之「美」的觀點，及其與音樂相關的思想課題。首先，在音樂審美觀方面，主要呈現崇尚「悲」、「和」、「清」、「德」、「自然簡易」等音樂審美觀，賦家爲自己所喜愛樂器尋找理由，極力提高其地位，而呈現「各重其器」的現象。其次，在音樂之功能方面，音樂在賦家心中主要具有：「娛樂社交」、「情緒治療」、「進德修養」、「移風易俗」、「以音觀人」、「通神感物」、「諷諭勸諫」等七種功能，並賦予自己所鍾情的樂器極高的評價。最後，一併探討先唐樂器賦所反映出的「感物動情」、「器法天地」等音樂思想。

第一節　音樂審美觀

先唐樂器賦中記錄了諸多器樂之審美經驗，賦家以文字記錄音樂，已非僅僅是真實樂音的複製、再現，而是聽者心中印象的呈現，實已融入聽者主觀的感受與評價，實際上可以說是一種「音樂批評」，代表著賦家個人的審美觀。

先唐樂器賦的樂器題材眾多，彈撥樂器類包含琴、箏、琵琶、箜篌，吹奏樂器類包含笛、洞簫、笙、笳。先唐樂器賦作者，在作一種「音樂審美」的記錄時，有時可以「自覺」地提出個人審美觀，有的則是「不自覺」地透露對於特定音樂美的嗜好。人們通常對自己特別喜愛、或厭惡、或心有戚戚者，留下深刻印象，進而記錄之，因此透過記錄可逆推其好惡。樂器賦亦是如此，透過審美經驗的陳述，可理解賦家對音樂的好惡，即使作者是無自覺地寫出自己的嗜好，還是可窺探文字中所隱藏的那份非自覺的思想。此外，雖然賦家各有自己的音樂審美觀，但仍不免受時代的影響，而留有時代的印記。因此本文擬從樂器賦中所呈現的審美觀作一歸納，以呈現由漢至魏晉，賦家對特定樂器所持有的審美觀、文化背景以及整個時代之音樂審美觀的變化。

整體而言，先唐樂器賦呈現出幾種審美觀，有其共性，但又同中有異。賦家所讚賞的音樂特質可歸納為：尚「悲」、尚「和」、尚「清」、尚「德」、尚「自然簡易」。本文除了陳述其觀點，並追溯其思想源頭，進一步結合樂器音質與文化背景，作綜合的探討。

一、尚「悲」的音樂審美觀

綜觀先唐樂器賦，明顯呈現出「以悲為美」的音樂審美觀，嵇康〈琴賦·序〉中：「其體制風流，莫不相襲：稱其材幹，則以危苦為上；賦其聲音，則以悲哀為主；美其感化，則以垂涕為貴。」點出了音樂賦寫作上因襲模擬的現象，也呈現了樂器賦在樂器產地、聲音、感人效果上所體現的一種尚悲的音樂審美觀。余江《漢

唐藝術賦研究》中溯源此觀點，發現這種以悲為美的音樂觀在枚乘〈七發〉中已開其端。[註1] 先看枚乘〈七發〉中論及音樂的一段：

> 客曰：「龍門之桐，高百尺而無枝。中鬱結之輪菌，根扶疏以分離。上有千仞之峰，下臨百丈之谿。湍流溯波，又澹淡之，其根半死半生。冬則烈風、漂霰、飛雪之所激也；夏則雷霆、霹靂之所感也；朝則鸝黃鳱鴠鳴焉；暮則羈雌、迷鳥宿焉。獨鵠晨號乎其上，鵾雞哀鳴翔乎其下。於是背秋涉冬，使琴摯斫斬以為琴，野繭之絲以為絃，孤子之鉤以為隱，九寡之珥以為約。使師堂操〈暢〉，伯子牙為之歌。歌曰：『麥秀蘄兮雉朝飛，向虛壑兮背槁槐，依絕區兮臨迴溪。』飛鳥聞之，翕翼而不能去；野獸聞之，垂耳而不能行；蚑、蟜、螻、蟻聞之，拄喙而不能前。此亦天下之至悲也，太子能強起聽之乎？」太子曰：「僕病，未能也。」

賦中描述製琴的桐木之產地，環境偏僻危險，臨高山深溪，急流沖擊。冬、夏受暴風、飛雪、雷電等劇烈氣候的歷練，日夜有各種失偶的、迷途的、孤獨的鳥類聚集於樹上悲鳴。砍伐製琴後，又以孤兒寡婦身上物品為琴的飾品。聚集所有悲傷的條件於一身，所奏出的樂音是「天下之至悲」，飛鳥走獸蟲蟻皆為所動。〈七發〉本以七件事，即琴音之悲，與滋味之腴、車馬之快、巡遊之樂、畋獵之壯、觀濤之奇、天下至言妙道等六者相提並論，可見琴音之「悲」即「美」。枚乘這種「尚悲」的音樂審美觀，以及造就悲哀音質之條件的種種敘述方式，皆為後世樂器賦所繼承。

　　誠如枚乘〈七發〉所呈現以及嵇康〈琴賦〉序中的歸納，當時賦家確有「尚悲」的音樂審美觀，可由樂器材質環境、音樂風格、演奏者心境、感化效果等四方面呈現。首先，就樂器材質環境的描述，多強調環境的危險與所經歷的艱苦考驗，如〔漢〕王褒〈洞簫賦〉與馬融〈長笛賦〉敘述最為完整。王褒〈洞簫賦〉中有：

〔註1〕　見余江著：《漢唐藝術賦研究》，頁 12～25。另參余江著：〈〈七發〉──音樂賦的濫觴〉看法相同。見《青海社會科學》第 3 期，2001年，頁 73～74。

原夫簫幹之所生兮，于江南之丘墟。洞條暢而罕節兮，標
敷紛以扶疎。徒觀其旁山側兮，則崛嶔巋崎，倚巇逶巘，誠
可悲乎其不安也。彌望儻莽，聯延曠盪，又足樂乎其敞閑
也。託身軀於后土兮，經萬載而不遷。吸至精之滋熙兮，
稟蒼色之潤堅。感陰陽之變化兮，附性命乎皇天。翔風蕭
蕭而逕其末兮，迴江流川而溉其山。揚素波而揮連珠兮，
聲磕磕而澍淵。朝露清泠而隕其側兮，玉液浸潤而承其根。
孤雌寡鶴，娛優乎其下兮，春禽群嬉，翱翔乎其顛。秋蜩
不食，抱樸而長吟兮，玄猿悲嘯，搜索乎其間。處幽隱而
奧屏兮，密漠泊以猭猭。

生長在連綿不絕的崇山峻嶺，環境偏僻而危險，令人感到「誠可悲
乎其不安也」。經歷風吹樹梢，水沖岩石的歷練，並在吸收天地精
華，感受四季變化的同時，四周的禽鳥走獸如「孤雌寡鶴」、「玄猿
悲嘯」皆發出悲傷的鳴叫聲，此皆影響著竹子未來製成樂器後的音
質。王褒所描述的環境中，尚有「樂乎其敞閑」、「春禽群嬉」等愉
悅的畫面，至馬融〈長笛賦〉的產地描述則全無可喜的景象，其危
苦的程度更劇：

惟籦籠之奇生兮，於終南之陰崖。託九成之孤岑兮，臨萬
仞之石磎。特箭槀而莖立兮，獨聆風於極危。秋潦漱其下
趾兮，冬雪揣封乎其枝。顛根時之絪縕兮，感迴飆而將頹。
夫其面旁則重巘增石，簡積頤砥。兀嵏狂醫，傾吳倚伏。摩
窡巧老，港洞坑谷。嶰壑澮峗，嶇寋巖寠。運裛穿挼，岡連
嶺屬。林簫蔓荊，森槮桕樸。於是山水猭至，渟涔障潰。
頤淡滂流，碓投瀅穴。爭湍苹縈，汩活澎濞。波瀾鱗淪，
宬隆詭戾。濔瀑噴沫，犇遯碭突。搖演其山，動杌其根者，
歲五六而至焉。是以間介無蹊，人跡罕到。猿蜼晝吟，鼯
鼠夜叫。寒熊振頷，特麚昏髟。山雞晨群，墊雉晁雛。求
偶鳴子，悲號長嘯。由衍識道，嘄噍讙譟。經涉其左右，
咇聒其前後者，無晝夜而息焉。夫固危殆險巇之所迫也，
眾哀集悲之所積也。故其應清風也，纖末奮蕱，錚鐄營嗃。

　　若絙瑟促柱，號鍾高調。於是放臣逐子，棄妻離友。彭胥
　　伯奇，哀姜孝己。攢乎下風，收精注耳。霤歠頹息，掐膺
　　擗摽。泣血洙流，交橫而下。通旦忘寐，不能自禦。

竹子生長在山頂上、深谷邊，地勢險峻，人跡罕至，並經歷了狂風
動搖，雨水沖擊，積雪重壓等歷程，如此動搖其根部每年會經歷五、
六次，「歲五六而至焉」，另有飛禽走獸「悲號長嘯」且「無晝夜而
息焉」，所以說「夫固危殆險巇之所迫也，眾哀集悲之所積也」。由
於地處險惡的地勢上，又聚集了各種各樣悲哀的緣故，所以每當清
風吹動樹梢，即發出急速而音調高昂的樂聲。在那樣的情景中，無
論是「放臣逐子，棄妻離友」，或是彭咸、伍子胥、伯奇、哀姜、孝
己等悲劇人物〔註2〕，都會匯集於竹林下，專注傾聽這美妙的聲音，
並嘆息痛哭，徹夜不能成眠，無法抑制自己的悲慟。馬融此段描述，
竹子尚未製成樂器，即有如此感人的悲音，何況製成長笛後的樂音？
想必更加悲傷了。這樣的鋪陳，雖不是正面陳述音樂的審美觀，但
無非是藉環境的危苦來側寫音樂的悲，亦呈現「尚悲」的觀感。

　　樂器產地與經歷的危苦如何影響樂器聲音？此為自然與音樂與
人（情感）之間的互通關係，一種「異質同構」〔註3〕的相互影響。
產地中自然環境乃至飛禽走獸的悲鳴，影響樂器材質，此為「自然與

〔註2〕彭咸：傳說為殷賢臣，諫紂，紂不納而出奔。伍子胥：春秋時吳賢
　　　　臣，諫吳王，不從而被賜劍自殺。伯奇：尹吉甫之子，吉甫聽後妻
　　　　之言，疑其孝子伯奇，遂放逐之，伯奇自傷無罪，投河而死。哀姜：
　　　　魯文公長妃。魯文公死後，襄仲殺哀姜之子惡和視，而立次妃之子，
　　　　《史記·魯周公世家第三》「哀姜歸齊，哭而過市，曰：『天乎，襄
　　　　仲為不道，殺適立庶』市人皆哭，魯人謂之『哀姜』。」見〔漢〕司
　　　　馬遷撰、楊家駱主編：《新校本史記三家注并附編二種》，卷十三，
　　　　頁 1536。孝己：殷高宗武丁之子，事親，夜五起。其母早死，高宗
　　　　惑後妻之言，放之而死，天下哀之。
〔註3〕「異質同構」是格式塔心理學派理論體系中的重要概念。此派學者
　　　　認為人的心理過程與外在世界的物理過程，固然實質不同，但在結
　　　　構形式上是相同的，此乃因為兩者具有某種相同的「力的式樣」。這
　　　　個理論對文藝心理學家探討藝術活動中主客體的情感關係有很大的
　　　　助益。（參見金開誠主編：《文藝心理學術語詳解辭典》，「異質同構
　　　　說」條，頁 291〜293）

音樂」的互通，而又認爲所制之器並能發天下至悲之音，而至悲之音最能感人，這是「音樂與人」的互通。

其次，就音樂風格的描述，先唐樂器賦所描寫的音樂雖有悲有樂，但整體而言，以悲傷曲調的陳述較多。有些樂器賦中的音樂紀錄是哀、樂並舉的，但有賦作通篇紀錄哀音，如〔戰國〕宋玉〈笛賦〉：

> 於是天旋少陰，白日西靡，命嚴春，使午子，延長頸，奮玉指，摘朱脣，曜皓齒，頹顔臻，玉貌起，吟清商，追流徵。歌〈伐檀〉，號〈孤子〉。發久轉，舒積鬱。其爲幽也甚乎，懷永抱絕。喪夫天，亡稚子。纖悲微痛毒，離肌傷膝理。激叫入青雲，慷慨切窮士。度曲羊腸坂，樧殃振奔逸。遊泆志，列絃節。武毅發，沈憂結。呵鷹揚，叱太一。聲淫淫以黯黮，氣旁合而爭出。歌壯士之必往，悲猛勇乎飄疾。麥秀漸漸兮，鳥聲革翼。招伯奇於源陰，追申子于晉域。夫奇曲雅樂所以禁淫也，錦繡黼黻所以御暴也，纘則泰過，是以檀卿刺鄭聲，周人傷北里也。

這一段笛樂的描寫充滿悲傷的哀思，運用許多古人古事的典故都具有感傷色彩。劉剛在〈〈笛賦〉爲宋玉所作說〉中談到賦中笛曲的藝術魅力，他分析「以寡婦喪夫、亡子之痛，寫笛曲之悲。以窮士在羊腸險路的艱難歷程，寫笛曲之哀。以壯士『猛勇』之壯舉，寫笛曲之壯。以箕子感傷殷虛的〈麥秀之詩〉，寫笛曲之傷。以招伯奇、追申子，寫笛曲之思，然後以檀卿刺鄭聲、周人傷北里肯定笛曲之雅正，筆法細膩，一層一意，漸進漸深，蕩氣而迴腸。」〔註4〕由此可知，作者藉笛曲寄託心中所感，但唯有悲傷的曲調才能與之共鳴，因而被紀錄下來。

又如蔡邕〈琴賦〉中所描爲的琴音以哀傷的曲調爲主，「哀聲既發，祕弄乃開」，又「一彈三歎，曲有餘哀」，可知此曲有不盡的哀情。又侯瑾〈箏賦〉：「朱弦微而慷慨兮，哀氣切而懷傷」，輕輕地撥

〔註4〕 見劉剛著〈〈笛賦〉爲宋玉所作說〉：《瀋陽師範學院學報（社會科學版）》第26卷第1期，2002年，頁20～25。

動，紅色絲線就會發出激情慷慨之聲，悲哀聲氣急切，表現內心之
感傷，賦中又說：「微風漂裔，冷氣輕浮，感悲音而增歎，愴嚬悴而
懷愁。」樂音似微風遠遠逝去，有似冷氣輕輕漂浮。受悲哀的樂音
的觸動而增加感歎，深重的憂傷久久縈繞在心頭。再看笳與琵琶賦
的描寫：

> 銜長葭以汎吹，噭啾啾之哀聲。奏胡馬之悲思，詠北狄之
> 遐征。（〔晉〕孫楚〈笳賦〉）

> 飛纖指以促柱兮，創發越以哀傷。時馮搦以劫寒兮，聲撒
> 耀以激揚。啓〈飛龍〉之祕引，逞奇妙於清商。哀聲內結，
> 沉氣外澈。（〔晉〕傅玄〈琵琶賦〉）

孫楚賦中寫到，含著長葭而流暢吹奏，發出高聲啾啾的哀聲，奏出
「胡馬依北風」思鄉情緒，歌詠遠征狄人悲壯之情。傅玄的賦作則
寫飛快纖細的手指調弦促柱，發出激昂哀傷的樂音，而「哀聲內結」
二句寫哀聲在內心糾結，低沉的氣氛往外穿透。上述的幾則例子所
記錄的皆為哀傷的音樂聲情。

　　再者，就演奏者心境而言。樂器賦中所紀錄的演奏者，或為先天
殘缺、或為際遇不順遂，或是身處異鄉。總之，造成演奏者心境的抑
鬱，自然而然地，所演奏出的音樂多傾向悲傷曲調。〔漢〕王褒〈洞
簫賦〉：

> 於是乃使夫性昧之宕冥，生不睹天地之體勢，闇於白黑之
> 貌形。憤伊鬱而酷醃，愍眸子之喪精。寡所舒其思慮兮，
> 專發憤乎音聲。故吻吮值夫宮商兮，龢紛離其匹溢。形旖
> 旎以順吹兮，瞋㘛㘛以紆鬱。氣旁迕以飛射兮，馳散渙以
> 逫律。

賦中的演奏者為「眸子喪精」的盲者，能奏出美妙的樂音，是因為
「寡所舒其思慮兮，專發憤乎音聲」，很少有地方抒發心中的憂怨，
自然就專心於音樂，掌握了音樂的奧妙。又如〔漢〕蔡邕〈瞽師賦〉：

> 夫何矇昧之瞽兮，心窮忽以鬱伊。目冥冥而無睹兮，嗟求
> 煩以愁悲。撫長笛以攄憤兮，氣轟鍠以橫飛。詠新詩之悲

歌兮，舒滯積而宣鬱。何此聲之悲痛兮，愴然淚以隱惻。

同樣是盲者樂師，天生的殘缺使他「心窮忽以鬱伊」、「嗟求煩以愁悲」，音樂反而成為他抒發的管道，所以說「撫長笛以擄憤兮」，所吹奏的笛音是悲痛的。蔡仲德《中國音樂美學史》認為這蘊含肯定「發憤作樂」、「不平則鳴」的思想。〔註 5〕既然是憤懣不平，所奏之樂亦多悲憤。賦家肯定發憤作樂，同時也肯定悲憤情調的音樂美。

再看〔漢〕馬融〈琴賦〉：

> 於是遨閒公子，中道失志。居無室廬，罔所自置。孤煢特
> 行，懷閔抱思。

賦中的假托人物遨閒公子，在仕途上失意，又沒有落腳的地方，其處境是失志、孤獨、憂傷的。這樣的處境與遭遇，影響演奏時的音樂表現，更能詮釋哀傷的樂曲。馬融假托的失意人物，應是要凸顯音樂之悲傷及其感人，亦傳達「尚悲」的音樂審美觀。再看〔晉〕潘岳〈笙賦〉：

> 於是乃有始泰終約，前榮後悴。激憤於今賤，永懷乎故貴。
> 眾滿堂而飲酒，獨向隅以掩淚。援鳴笙而將吹，先嗢噦以
> 理氣。

賦中說明座中有「始泰終約，前榮後悴」之人，應是寫人物遭遇，此人先是通達，最後困頓，因此對於「今賤」感到激動氣憤，對於「故貴」感到長久思念。在眾人歡樂飲酒的氣氛下，卻獨自面向角落掩面哭泣，於是藉鳴笙來宣洩內心。這正是因心中憂憤而發出不平之鳴，所發之聲自然是悲憤情調。最後看〔晉〕夏侯湛〈夜聽笳賦〉：

> 越鳥戀乎南枝，胡馬懷夫朔風。惟人情之有思，乃否滯而
> 發中。南閭兮拊掌，北閭兮鳴笳。鳴笳兮協節，分唱兮相
> 和。相和兮諧慘，激暢兮清哀。

賦作運用「胡馬依北風，越鳥巢南枝」的典故，點出「人情之有思」所思的故鄉，思鄉之情滯塞於內而抒發於外，所以說「否滯而發中」。吹笳者心中憂傷，所吹出的笳音與歌聲哀傷而合諧，聲音激動流暢，

〔註 5〕見蔡仲德著：《中國音樂美學史》，頁 466～472。

充滿哀情。

　　最後，就音樂感化效果來看。先唐樂器賦中，談到音樂感人之效，聽者多以「悲音」為美，並表現出「流淚涕泣」的情緒，如〔漢〕王褒〈洞簫賦〉中：

　　　　故知音者樂而悲之，不知音者怪而偉之。故聞其悲聲，則莫不愴然累欷，擥涕抆淚。

前二句是說懂音樂的人，感到快樂而能體會其悲樂情感；不懂音樂的人，僅感到新奇而以為超群盛大而已。對於「知音者樂而悲之」一句，蔡仲德《中國音樂美學史》分析：「此處的『悲』字也是『美』的代詞，所謂『樂而悲之』，就是既從簫聲得到『樂』──快感，又從簫聲得到『悲』──美感。而只說『知音者樂而悲之』，不說『知音者樂而美之』，則蘊涵能欣賞悲樂之美者才真正懂得音樂，才配稱為知音者的思想。」〔註6〕依此分析，王褒乃自覺的提出「以悲為美」的審美觀。再看〔漢〕馬融〈長笛賦〉序：

　　　　有雒客舍逆旅，吹笛，為〈氣出〉、〈精列〉、〈相和〉。融去京師踰年，蹔聞，甚悲而樂之。

聽到從洛陽來的旅人吹笛，對已經離開京師一年多的馬融特別有感觸，「甚悲而樂之」，可知笛樂屬悲傷情調而作者「樂之」（喜愛），亦是一種「尚悲」的音樂審美觀。除了聽者自覺地喜愛悲傷的音樂，還記錄其他聽者、走獸的反應，雖然有誇大的成分，卻恰好反映賦家以「感人涕泣」為音樂之美的傾向，如上述王褒〈洞簫賦〉中寫聽到悲樂「莫不愴然累欷，擥涕抆淚」，而〔漢〕蔡邕〈琴賦〉中寫聽者反應：「於是歌人恍惚以失曲，舞者亂節而忘形。哀人塞耳以惆悵，轅馬蹀足以悲鳴。」無論是歌者、舞者、哀人、或轅馬，其表現皆由於音樂之悲。〔漢〕馬融〈長笛賦〉也提到：

　　　　于時也，絲駒吞聲，伯牙毀絃。瓠巴聑柱，磬襄弛懸。留際曣睬，累稱屢贊。失容墜席，摶拊雷抃。僬眇睢維，涕泗

────────────

〔註6〕見蔡仲德著：《中國音樂美學史》，頁466～472。

流漫。

賦中描述，聆聽笛音之時，善歌的縣駒都不出聲了，善彈琴的伯牙、
瓠巴都羞得毀去琴絃，丟掉琴柱，善擊磬的師襄也愧得撤去樂懸，他
們因感動而鼓掌落淚。上述的人物都是專業音樂工作者，能鑑賞音樂
的好壞，而賦中所描述的諸多反應，雖爲虛構，但顯示文人所要強調
的音樂效果在「涕泣」，能使人涕泣的音樂才稱的上感人的好音樂。

綜上所論，先唐樂器賦透由對樂器產地、音樂風格、演奏者心
境、感化效果等描述，直接或間接地透露出對「悲樂」的喜愛。錢
鍾書《管錐編》說：「奏樂以生悲爲善音，聽樂以能悲爲知音，漢魏
六朝，風尚如斯。」〔註 7〕可知「以悲爲美」是漢魏六朝整體的風
氣，余江《漢唐藝術賦研究》也提到：

> 這種「尚悲」的音樂風氣的源頭已不可考，但可以肯定的
> 是在戰國時已經存在……至漢魏時代此風氣更甚，且不用
> 說自枚乘以後的幾乎所有音樂賦的作者皆竭盡所能以求音
> 樂的「至悲」之美，就是在詩歌等其他文學樣式中，慷慨
> 悲涼也成爲不變的基調。〔註8〕

究其原因，人生多憂患，漢魏六朝時期正爲動亂的時代，人需從悲歌
悲樂以抒情，更能從悲歌悲樂取得共鳴，自然容易在賦家心中留下印
記。

若就先唐樂器賦的觀察，「尚悲」的音樂審美觀並不是相同程度
地貫串整個先唐，隨著對音樂本質的理解以及時代風氣的影響，至魏
晉，「尚悲」的審美觀漸趨淡薄。無論在產地環境的描寫，音樂本身
的描述，感化的效果等，皆有所轉變。就環境的描寫而言，非強調「危
苦」，而是去除「苦」的意味，保留「危」，更強調「奇」。魏晉是文
藝覺醒的時代，品評風氣盛，更重視每個樂器的特殊性。

〔註 7〕見錢鍾書著：《管錐編》（北京：中華書局，1986 年），第三冊，頁
946。
〔註 8〕見余江著：《漢唐藝術賦研究》，頁 23～28。

二、尚「和」的音樂審美觀

　　自古以來，中國人追求一種「平和」的音樂審美觀，無論是儒家或道家都有此傾向。蔡仲德《中國音樂美學史》中認爲「儒道兩家音樂美學思想有其共同的源頭」，而儒道兩家的審美準則是「孔子前出現的『平和』審美觀的繼承與發展」〔註9〕。綜觀先唐樂器賦中所呈現的音樂審美觀，的確是推崇一種「中和」、「平和」審美觀，此觀點符合了儒家與道家思想的意涵。

　　先唐樂器賦的作者，其審美觀點除了反映時代思潮，同時也吸收歷代音樂審美觀所傳承下來的意涵，「平和」的審美觀即是如此。因此，對於這個儒道兩家音樂美學的共同源頭——「平和」的審美觀，有必要先追溯其意涵。西周末至春秋時期，有所謂「和同之辨」的論爭，《國語・鄭語》記載，史伯在回答鄭桓公關於「周其弊乎」的問題時，曾有一段談話：

> 夫和實生物，同則不繼。以他平他謂之和，故能豐長而物歸之；若以同裨同，盡乃棄矣。故先王以土與金木水火雜，以成百物。是以和五味以調口，剛四支以衞體，和六律以聰耳，正七體以役心，平八索以成人，建九紀以立純德，合十數以訓百體。〔註10〕

史伯認爲凡是好的事物發展，都是能夠求「和」，反之必將衰敗。所謂「和」即「以他平他」，異類相雜，才能產生新的事物，並使之繁衍不息；所謂「同」即「以同裨同」，同類相加，則只有量的增加，不會產生新事物，事物也不可能繼續發展。因此「和實生物，同則不繼」爲其核心思想，音樂亦是如此，單一的聲音不可能動聽，而要「和六律以聰耳」，要以不同的樂音組成悅耳的樂曲。此爲音樂審美中「和」最初的觀念。

　　接著，春秋時期齊相晏嬰，曾與齊景公論「和同之辨」，並從音

〔註9〕 見蔡仲德著：《中國音樂美學史》，頁9〜12。
〔註10〕 見〔周〕左丘明撰、〔三國吳〕韋昭注：《國語》，卷十六，頁515〜516。

樂審美的角度對「和」的思想作進一步的發揮，《春秋左傳正義》昭公二十年記載：

> 和如羹焉，水、火、醯、醢、鹽、梅，以烹魚肉，燀之以薪，宰夫和之，齊之以味，濟其不及，以洩其過。君子食之，以平其心。……先王之濟五味，和五聲也，以平其心，成其政也。<u>聲亦如味</u>，一氣，二體，三類，四物，五聲，六律，七音，八風，九歌，以相成也；<u>清濁、大小，短長、疾徐，哀樂、剛柔，遲速、高下，出入、周疏，以相濟也。</u><u>君子聽之，以平其心。心平，德和。</u>故《詩》曰：「德音不瑕」。〔註11〕

這裡「以味喻聲」，烹調食物需要不同食材、調味料的組合，否則難以下嚥；音樂也需要不同音色、節奏等因素的協調，否則難以入耳。受到史伯的影響，晏嬰也認為事物的美在於「和」，但更深化，豐富其思想。晏嬰，認為外在事物的「和」能影響主體人心之「和」，能「平其心」進而使人「心平德和」，使人民無爭鬥心，政事平和。就音樂角度而言，「和」指音樂的和諧，「平」指聆聽音樂時內心的平和狀態。

　　修海林、羅小平的《音樂美學通論》對晏嬰的說法進一步分析，認為不同樂音要成為和諧相適的「和」，必須有「平」的行為參與其中，否則達不到和諧的地步，書中寫到：

> 音樂審美中的「平」，是依據人的審美聽覺心理（包括諧和感等）而作出的主動調適。例如在樂器的調音上，兩音相諧，必定有一個恰到好處的臨界點（由此自然產生「中」的觀念）。古代中國人之所以在音樂審美中追求自然諧和律制，就是為了在不同樂音的相諧中達到最完美的聽覺效果。〔註12〕

也就是說「平」除了是心理平和的狀態，也可以是一種主動調適的標

〔註11〕見《春秋左傳正義》，阮刻《十三經注疏》本，卷第四十九，頁858～861。

〔註12〕見修海林、羅小平著：《音樂美學通論》，頁44。

準。亦即以「心平」的標準來要求音樂的聽覺效果，而衍生出後來恰到好處的音樂「中聲」的概念。

　　另外，《春秋左傳正義》昭公元年記載，晉平公病，秦景公派名醫醫和前往視疾，醫和有一段「以樂喻病」的議論：

> 先王之樂，所以節百事也，故有五節，遲速、本末以相及。
> 中聲以降，五降之後，不容彈矣。於是有煩手淫聲，慆堙
> 心耳，乃忘平和，君子弗聽也。物亦如之。至于煩，乃舍
> 也已，無以生疾。君子之近琴瑟，以儀節也，非以慆心也。
> 天有六氣，降生五味，發爲五色，徵爲五聲，淫生六疾。
> 六氣曰陰、陽、風、雨、晦、明也。分爲四時，序爲五節，
> 過則爲災。〔註13〕

醫和認爲音樂的作用在於節制百事，因此，音樂本身必須有所節制。所謂「中聲」，即五聲音階的宮、商、角、徵、羽五音。只能取不過高不過低的「中聲」，而不取其他的音，所以說「中聲以降，五降之後，不容彈矣」，且五音也合乎律呂，曲調的節奏、旋律皆要適當，所以說「故有五節，遲速、本末以相及」，這種有節制的音樂才是美的。而不符「中聲」，採繁複手法的，過度的音樂是不好的，聽了會「生疾」。另外，醫和以「六氣」、「五行」來解釋音樂，宇宙的萬事萬物包含音樂在內，都應該有所節制，過度則會「爲災」。簡單說，醫和從生理健康的觀點說明音樂應有節制，所謂「中聲」意指有節制，不過度的意涵。

　　另一則文獻《國語·周語下》記載了單穆公、伶州鳩就周景王鑄鐘之事，進行勸諫。首先，單穆公反對，說：

> 夫鐘聲以爲耳也，耳所不及，非鍾聲也。猶目所不見，不
> 可以爲目也。夫目之察度也，不過步武尺寸之間；其察色
> 也，不過墨丈尋常之間。耳之察和也，在清濁之間；其察
> 清濁也，不過一人之所勝。是故先王之制鍾也，大不出鈞，

〔註13〕見《春秋左傳正義》，阮刻《十三經注疏》本，卷第四十一，頁 708
　　　～709。

> 重不過石。……今王作鍾也，聽之弗及，比之不度，鍾聲
> 不可以知和，制度不可以出節，無益於樂，而鮮民財，將
> 焉用之！夫樂不過以聽耳，而美不過以觀目。若聽樂而震，
> 觀美而眩，患莫甚焉。夫耳目，心之樞機也，故必聽和而
> 視正。聽和則聰，視正則明。聰則言聽，明則德昭，聽言
> 昭德，則能思慮純固。以言德於民，民歆而德之，則歸心
> 焉。上得民心，以殖義方，是以作無不濟，求無不獲，然
> 則能樂。〔註14〕

單穆公認為，應從審美聽覺心理與生理健康的角度主張樂音的合諧。
音樂聲音的大小高低必須加以節制，不合節度則「耳所不及」，無法
感知音樂之美，所以說「聽之弗及，比之不度，鍾聲不可以知和」。
因此要考慮音樂「清濁」（高低）的問題，「耳之察和」的範圍是「大
不出鈞，重不過石」，也就是不超過五聲音階的範圍。接著，單穆公
還論述音樂與心智、行為、政績的關係，只有「聽和」才能使心智「思
慮純固」，以至於能口出美言，「言德於民」，使得人民歸心，政事和
順，而得到真正的快樂。但周景公未聽單穆公，又以此事問伶州鳩，
因而有伶州鳩的一段議論，《國語·周語下》：

> 臣聞之，琴瑟尚宮，鍾尚羽，石尚角，匏竹利制，大不踰
> 宮，細不過羽。……夫政象樂，樂從和，和從平。聲以和
> 樂，律以平聲。金石以動之，絲竹以行之，詩以道之，歌
> 以詠之，匏以宣之，瓦以贊之，革木以節之，物得其常曰
> 樂極，極之所集曰聲，聲應相保曰和，細大不踰曰平。如
> 是，而鑄之金，磨之石，繫之絲木，越之匏竹，節之鼓而
> 行之，以遂八風。於是乎氣無滯陰，亦無散陽，陰陽序次，
> 風雨時至，嘉生繁祉，人民龢利，物備而樂成，上下不罷，
> 故曰樂正。……細抑大陵，不容於耳，非和也。聽聲越遠，
> 非平也。……。夫有和平之聲，則有蕃殖之財。於是乎道
> 之以中德，詠之以中音，德音不愆，以合神人，神是以寧，
> 民是以聽。若夫匱財用，罷民力，以逞淫心，聽之不和，

　　比之不度，無益於教，而離民怒神，非臣之所聞也。〔註15〕

伶州鳩的音樂思想非常豐富，他以人耳的聽覺感知度作爲音樂和諧的檢驗標準，認爲音樂應要在「大不逾宮，細不過羽」的範圍。而萬物中最和諧的就是音樂，所以說「樂從和」，音樂的特性即是「和」。上文中「和」與史伯、晏嬰的觀點不同，所謂「和」是「聲應相保」，即相應和諧之意；而所謂「平」是「細大不逾」，也就是「大不逾宮，細不過羽」，要合於節度，成爲「中音」，與醫和「中聲」的意義相同。在音樂與自然方面，伶州鳩認爲音樂律呂效法陰陽之氣，本於天道，與天相通，人亦稟陰陽之氣而生，故律呂又可與人相通，此爲「天人合一」的音樂思想。若音樂符合「和」、「平」的特性，可以「遂八風」，使「氣無滯陰，亦無散陽，陰陽序次，風雨時至，嘉生繁祉」。在音樂與政治方面，政治應仿效音樂的和諧，所以說「政象樂」，平和之樂能「合神人」，達到「神是以寧，民是以聽」。綜合而言，平和之樂可達風調雨順，國泰民安的效果。

　　綜上所言，雖然「平」、「和」的觀點略有不同，但透由「中」、「和」、「平」一系列的審美意識演進，在意涵上，基於聽覺生理限制、心理感受與生理健康等因素，以音樂的和諧平和爲美，對於藝術表現有所限制，因而產生出「節度」的觀念，音樂必須合乎一定節度，合度就是「中」，過度就是「淫」。在與人心、社會的關係上，發展出一套：聲和──心和──人和、神和──政的思維模式。音樂的和諧合度可使人心平和，思慮純正，在位者可施德於民，人民受其感化而歸心，政事和順。

　　先唐樂器賦中，「平和」的審美思想爲儒道兩家所繼承。在儒家方面的繼承表現在追求推崇一種「適中」有節度的和諧樂音，如〔晉〕潘岳〈笙賦〉：「大不踰宮，細不過羽」即讚賞單穆公、伶州鳩的「中聲」，也就是兼顧審美聽覺心理與生理的和諧樂音。又〔晉〕孫該〈琵琶賦〉：

─────────────

〔註15〕見〔周〕左丘明撰、〔三國吳〕韋昭注：《國語》，卷三，頁 127～130。

> 大不過宮，細不過羽。清朗緊勁，絕而不茹。……離而不
> 散，滿而不盈。沉而不重，浮而不輕。

> 緩調平弦，原本反始。溫雅沖泰，弘暢通理。

賦中除了提出琵琶和諧之音，更明白形容其「中」的特質。樂音分離
卻不鬆散，豐富卻不溢出，低沉而不沉重，游動卻不輕佻，蘊含了「無
過而不及」的意涵。顯現琵琶樂曲雖變化多端，卻有節度，符合「中」
的和諧特質，因此以「溫雅沖泰」謙和安泰形容之。

　　除了樂音的和諧，先唐賦家認為樂器乃由天地和諧之氣而來，因
而有此和諧之音，如〔魏〕阮瑀〈箏賦〉：「稟清和於律呂，籠絲木以
成資。」秉受清泠平和之氣於律呂（音色），賦予「箏」崇高的源頭。
此外，賦家進而讚賞樂曲內涵的「中和」，符合儒家的精神，如：

> 若乃察其風采，練其聲音。美〈武〉、〈蕩〉乎，樂而不淫。
> 雖懷思而不怨，似〈幽風〉〔註16〕之遺音。（東〔漢〕侯瑾〈箏
> 賦〉）

> 賴蒙聖化，從容中道，樂不滔分。條暢洞達，中節操分。
> （〔漢〕王褒〈洞簫賦〉）

> 列柱成陣，既和且平。度中楷模，不縮不盈。（〔晉〕陳窈〈箏
> 賦〉）

侯瑾應是具有專業音樂素養的人，聆聽音樂時會考察樂曲風格，細品
它的聲音。說箏樂「樂而不淫」、「懷思而不怨」，也就是歡樂而不放
蕩，雖有深深思念卻不會忿忿不平，如同〈豳風〉所遺留下來的風格。
「樂而不淫」是孔子對《詩‧周南‧關雎》的評價，見《論語集注‧
八佾》。〔註17〕而〈豳風〉是《詩經》十五國風之一，其音樂風格也
是「樂而不淫」。〔註18〕而侯瑾所讚美的是一種符合節度的音樂內涵，

〔註16〕《幽風》，應為《豳風》。
〔註17〕見〔宋〕朱熹撰：《四書章句集注》，頁66。
〔註18〕《春秋左傳正義》襄公二十九年記載「吳公子札來聘，……請觀於
　　　　周樂。使工為之歌〈周南〉、〈召南〉。曰：『美哉！始基之矣，猶未
　　　　也，然勤而不怨矣。』……為之歌〈豳〉。曰：『美哉！蕩乎！樂而
　　　　不淫。其周公之東乎？』」見《春秋左傳正義》，阮刻《十三經注疏》

即使情緒上有歡樂有哀傷，皆不至於過度。王褒〈洞簫賦〉同樣喜愛樂音是「樂不淫兮」，並讚美簫聲雍容和雅，合乎「中道」的準則，而樂器本身外型條貫通暢，亦合乎耿介的操守品行，所以說「中節操」。至於陳窈〈箏賦〉，樂器上所列的琴柱形成旋律，聲音「既和且平」，是法度中的楷模，不會太短少或太滿盈。因此，除了生理上須符合聽覺舒適限制，才有和諧的「中聲」，樂曲聲情亦需符合中和、平和的情調。

儒家認為，「中和」是一種修養的境界，《中庸》云：「喜怒哀樂之未發，謂之中；發而皆中節，謂之和。中也者，天下之大本也；和也者，天下之達道也。致中和，天地位焉，萬物育焉。」〔註19〕朱熹在《中庸章句》中說：「發皆中節，情之正也。無所乖戾，故謂之和。」〔註20〕可知「有節制」的中和思想，是儒家修身處世的一種方法，而此種中和的境界，可使天地定位，化育萬物。中和的思想在音樂思想中亦有體現，發展為：音和──心和──人和──政和。

聆聽中和、平和的音樂，使人心境平和，進而性情變得和順，體現於樂器賦中，如傅玄〈琴賦〉序中：「神農造琴，所以協和天下人性，為至和之主」這裡藉由神農造琴的傳說來傳達，琴音「至和」可以使人性和諧。〔註21〕而〔晉〕賈彬〈箏賦〉：「溫顏既授，和志向悅。賓主交歡，聲鐸品列。」聆聽音樂時賓主盡歡，臉上的表情是「溫顏」，心情是平和而歸向愉悅。又〔漢〕馬融〈長笛賦〉：「於是遊閒公子，暇豫王孫，心樂五聲之和，耳比八音之調。」當時優遊閑樂的公子王孫，很喜歡音樂，愛聽合諧的樂聲，賦中又說：

　　　　本，卷第三十九，頁 667～669。
〔註19〕見〔宋〕朱熹撰：《四書章句集注》，頁 18。
〔註20〕見〔宋〕朱熹撰：《四書章句集注》，頁 18。
〔註21〕見桓譚《新論》：「昔神農氏繼宓羲而王天下，上觀法於天，下取法
　　　　於地，於是始削桐為琴，練絲為絃，以通神明之德，合天地之和焉。」
　　　　見〔漢〕桓譚撰：《新論》，頁 3。

> 是以尊卑都鄙，賢愚勇懼。魚鼈禽獸，聞之者莫不張耳鹿
> 駭。態經烏申，鴟眎狼顧。拊譟踴躍，各得其齊。人盈所
> 欲，皆反中和，以美風俗。

馬融認爲，聽和諧的笛聲皆能獲得一種善的感化，此即爲儒家由「音
和」使「人和」以達美風俗的「政和」。再看〔晉〕潘岳〈笙賦〉：

> 大不踰宮，細不過羽。……協和陳、宋，混一齊、楚。迴
> 不逼而遠無攜，聲成文而節有敘。……彼政有失得，而化
> 以醇薄。樂所以移風於善，亦所以易俗於惡。故絲竹之器
> 未改，而桑濮之流已作。惟簧也，能研群聲之清。惟笙也，
> 能總眾清之林。衛無所措其邪，鄭無所容其淫。非天下之
> 和樂，不易之德音，其孰能與於此乎！

此處所推崇的亦是中和之樂，「聲成文而節有敘」讚美它是有節度的
音樂，是「和樂」是「德音」，可協調陳、宋、齊、楚等地的聲音、
風俗，音樂的影響力無國界，凸顯音樂移風易俗的巨大力量。

先唐樂器賦中，「平和」的審美思想爲儒道兩家所繼承。在道家
方面的繼承以莊子的音樂美學爲主，表現在追求一種「平和」、「淡和」
音樂風格。最具代表性的是嵇康〈琴賦〉，其〈序〉中自述以琴自娛
的志趣，認爲琴「可以導養神氣，宣和情志，處窮獨而不悶者，莫近
於音聲也。」此與儒家的音樂功用略有不同，而是以音樂來自娛，以
音樂來養氣神，來「宣和情志」，也就是音樂可以解悶，可以使自身
心神情感趨於平靜。也因此，嵇康心中的好音樂需要符合「平和」的
特質，而「琴」爲首選，他說：

> 若論其體勢，詳其風聲。器和故響逸，張急故聲清。間遼
> 故音庳，絃長故徽鳴。性絜靜以端理，含至德之和平。誠
> 可以感盪心志而發洩幽情矣！……若和平者聽之，則怡養
> 悅念，淑穆玄眞，恬虛樂古，棄事遺身。是以伯夷以之廉，
> 顏回以之仁。比干以之忠，尾生以之信。惠施以之辯給，
> 萬石以之訥慎。其餘觸類而長，所致非一。同歸殊塗，或
> 文或質。總中和以統物，咸日用而不失。其感人動物，蓋
> 亦弘矣！

賦中談到「琴」樂器的本質是「器和故響逸」，而彈奏出的樂音，其本質是「性絜靜以端理，含至德之和平」，這樣的音樂才能感盪心志而發洩幽情。且嵇康所追求的音樂審美境界，「怡養悅念，淑穆玄眞，恬虛樂古，棄事遺身」，是一種超越世俗、自我的自由境界，由遠離塵囂的過程體驗到人與自然宇宙的合諧，因而悟「道」、與「道」爲一。也因此〈琴賦〉中紀錄了一段歌詞：「凌扶搖兮憩瀛洲，要列子兮爲好仇。餐沆瀣兮帶朝霞，眇翩翩兮薄天遊。齊萬物兮超自得，委性命兮任去留。」很明顯的，歌詞中嚮往隱士的生活，讚賞莊子〈齊物論〉、〈逍遙游〉的思想，〔註22〕這是嵇康所追求以琴得道的境界。賦中還談到琴樂對他人的作用同樣在於「和」，「和」可使每個人依自我性情發展，所以說「總中和以統物」。最後，嵇康寫琴樂感人之深：

> 于時也，金石寢聲，匏竹屏氣。王豹輟謳，狄牙喪味。天吳踊躍於重淵，王喬披雲而下墜。舞鶯鶯於庭階，游女飄焉而來萃。感天地以致和，況蚑行之眾類。嘉斯器之懿茂，詠茲文以自慰。永服御而不厭，信古今之所貴。

寫法雖未脫前人模式，但是再次強調琴樂「感天地以致和」，無論是人或萬物，琴皆可以「平和」之音感動人。

〔註22〕此處乃引莊子〈逍遙遊〉中「列子御風而行」的過程，以及〈齊物論〉中超越物論而達至「莫若以明」的智慧。《莊子·逍遙遊第一》曰：「夫列子御風而行，泠然善也，旬有五日而後反。彼於致福者，未數數然也。此雖免乎行，猶有所待者也。若夫乘天地之正，而御六氣之辯，以遊無窮者，彼且惡乎待哉！故曰：至人無己，神人無功，聖人無名。」（見〔戰國〕莊周撰、〔清〕王先謙撰、劉武撰：《莊子集解·莊子集解內篇補正》，卷一，頁4。）、《莊子·齊物論第二》曰：「物无非彼，物无非是。自彼則不見，自知則知之。故曰：彼出於是，是亦因彼。彼是，方生之說也。雖然，方生方死，方死方生；方可方不可，方不可方可；因是因非，因非因是。是以聖人不由，而照之於天，亦因是也。是亦彼也，彼亦是也。彼亦一是非，此亦一是非。果且有彼是乎哉？果且无彼是乎哉？彼是莫得其偶，謂之道樞。樞始得其環中，以應无窮。是亦一无窮，非亦一無窮也，故曰：莫若以明。」見〔戰國〕莊周撰、〔清〕王先謙撰、劉武撰：《莊子集解·莊子集解內篇補正》，卷二，頁14～15。

簡而言之，先唐樂器賦中表現出「中和」的音樂審美觀，認為樂器秉天地陰陽和諧之氣，表現為平和之旋律，而在音樂表現上須有節度，而可使人心和諧，感化萬物，移風易俗，體現儒家的中庸、教化的意涵。另一方面，具有「平和」、「淡和」本質的音樂使心志平和，可養氣神，可以使人體悟與自然為一的至人境界，體現了道家莊子自娛、逍遙的境界。

三、尚「清」的音樂審美觀

先唐樂器賦中，對於樂器或器樂，常以「清」字形容，以「清」為美。而「尚清」是中國思想中的一個重要概念，「清」的概念由道家莊學思想而來，加上魏晉玄學清談風氣，魏晉以來尤為盛行。「清」雖屬於哲學範疇，同時也是一種生活方式，魏晉以來所形成的一種尚「清」的生活方式，自然影響一般審美活動，包含音樂審美，進而形成一種尚「清」的審美觀。

樊美筠在〈中國傳統美學中的尚清意識〉一文中亦認為中華民族是一個尚清的民族，認為「清」是一種人生的理想境界，是一種審美境界。書中探究「清」的基本含意是清潔、清靜、清明，從字源上考察，「清」字，從水青聲，其「青」含有「美好」之意（如：晴，日之美者。精，米之美者。）在先秦時期是作為一個哲學範疇出現，先秦道家哲學中，「清」通常與「道」、「自然」、「和」、「虛」、「淡」有關，而儒家也提倡「清」，如「聖之清者也」〔註23〕。而作為美學範疇的「清」始於魏晉南北朝，在魏晉時代，人物品藻成風，「清」成為時尚，成為中國人的一種審美標準，被廣泛運用於對人物的品評，以及對作品的品評之中。樊美筠書中將「清」字內涵可歸納為三點：（1）相對於人為、雕琢而言，「清」就是自然、天然。（2）清與濁相對，「清者，流麗而不濁滯」〔註24〕因此，就有明朗之意。一種超世

〔註23〕 孟子曰：「伯夷，聖之清者也。」見〔宋〕朱熹著：《四書章句集注》，卷十，頁315。

〔註24〕 〔明〕楊慎《升庵詩話》：「杜工部稱庾開府曰『清新』。清者，流麗

絕俗、介然不群、高清遠致。清與世俗相對立，不拘形跡，不矜矯飾，在形神關係上，重在得神。（3）清與俗相對，清是雅。〔註25〕

　　尚「清」，既是是中國傳統美學家的普遍共識，自然而然也在音樂審美中顯現。由先唐樂器賦中可見，文人讚美具有「清」的特質的音色，部分樂器則因此受到文人青睞，如琴、箏、笛、笙、筑。若由時代作爲觀察點，表現出「以清爲美」的樂器賦多爲魏晉六朝時期的作品，包含多種樂器，而在漢代僅有「琴音」被讚爲「清」。

　　先唐樂器賦中有的逕將「清」自冠於樂器名稱，如漢蔡邕〈琴賦〉：「爾乃清聲發兮五音舉」形容琴聲爲「清聲」，並稱其有「清靈之妙」。〔晉〕夏侯淳：〈笙賦〉：「雖琴瑟之既麗，猶靡尚於清笙」認爲「笙」勝過琴瑟之處在於「清」，而稱之爲「清笙」。〔晉〕顧愷之〈箏賦〉：「其器也，則端方修直，天隆地平。華文素質，爛蔚波成。君子嘉其斌麗，知音偉其含清。」認爲懂得箏樂的人會讚美其「含清」。〔陳〕傅縡〈笛賦〉：「聽清笛之嘹亮」認爲笛的音色嘹亮爲「清」，逕稱爲「清笛」。可見無論是絃樂器，亦或是管樂器，聲「清」即是美好。具有什麼樣特質的音色可稱爲「清」？若音樂中的「清濁」的「清」指高音，若依上述審美觀點中的「清」含有天然、超俗、雅等特質。先唐樂器賦家讚其「清」的樂器中，以琴、笙、筑等三種樂器最具代表性，下列探討其「聲清」的樂器音響結構及其美感意涵。

　　首先，琴之清。先唐樂器賦中，無論是漢或魏晉，「琴」常被讚爲「清音」。馬良懷、侯深〈風流千古，人琴俱存─漢晉之際的士人與琴的關係之探討〉一文談到，傳統社會的諸多樂器，唯有琴「不入歌舞之場」，僅限於文化人中流行，而漢晉之際則是琴與士人之關係

　　而不濁滯；新者，創見而不陳腐。」見〔清〕李調元編纂：《函海》
　　（臺北：宏業書局，1970 年），卷三，頁 11838。
〔註25〕見樊美筠著：《中國傳統美學的當代闡釋》（北京：中國社會科學出
　　版社，1997 年），頁 89～115。

結合最為密切的階段。〔註26〕分析其原因,與琴的「聲清」有很大的
關係,而琴獨特的構造是產生「清音」的重要原因。〔晉〕嵇康〈琴
賦〉分析琴的發音結構:

> 若論其體勢,詳其風聲。器和故響逸,張急故聲清。間遼
> 故音庳,絃長故徽鳴。

上文意思是,若論琴的體制結構,考察辨析琴的聲音,各部位和諧則
音響閒逸,弦緊則琴聲清越尖細,琴弦距岳山愈遠則發音次第低沉,
由於琴絃較長則泛音渾厚而優美。其中所謂「間」,指岳山與左手取
音處之間隔,距岳山愈遠(間遼),則音愈低。與其他樂器相比,琴
之「間」隔的最遠,故能取較低的聲音。而「徽鳴」是指彈奏「泛音」
時,以左手輕觸徽位後迅速離開,由於琴絃較長則泛音渾厚而優美。
由上可知琴音的低沉渾厚,泛音的空靈優美,傳達一種「清靜」的感
受。此外,古琴不設柱,不安品,使琴音「變希而聲清」〔註27〕「大
聲不譁人而流漫,小聲不湮滅而不聞,適足以和人意氣,感人善心。」
〔註28〕,反觀琵琶、箏、笛「間促而聲高,變眾而節數,以高聲御數
節,故使形躁而志越」〔註29〕,使人完全惑於音樂的高亢慷慨,手法
的繁指促節,不同於古琴杳邈的絃外之韻。也因琴音如此低渺,使古
琴根本不可能成為歌舞場中的娛人之器,只能在寂寞靜謐中聆聽。琴
音的清、微、淡、遠為其追求的理想,合諧冲虛之美與魏晉人的心靈
契合。

琴不似其他樂器入歌舞之場,因此「不俗」,而「俗」即與「清」
相對,琴音杳渺,泛音空靈,正符合「清」字超群絕俗的特質。嵇康
〈琴賦〉的「亂」曰:「愔愔琴德,不可測兮;體清心遠,邈難極兮。」

〔註26〕見馬良懷、侯深著:《華中師範大學學報(人文社會科學版)》第39
卷第3期(武漢:華中師範大學,2000年),頁109~116。
〔註27〕嵇康〈聲無哀樂論〉,見〔魏〕嵇康撰、戴明揚校注:《嵇康集校注》,
卷第五,頁215。
〔註28〕見〔漢〕應劭撰:《風俗通義·聲音第六》,頁四。
〔註29〕嵇康〈聲無哀樂論〉,見〔魏〕嵇康撰、戴明揚校注:《嵇康集校注》,
卷第五,頁215。

讚美琴是「體清心遠」，殊難窮盡，所喜愛的就是那平和恬靜（愔愔）的審美感受，值得回味再三。

其次，笙之清。另一種常被稱爲聲「清」的樂器是「笙」，如〔晉〕夏侯淳在〈笙賦〉中稱讚：「雖琴瑟之既麗，猶靡尚於清笙」，認爲笙樂超越琴瑟之處，乃在於其聲「清」。而〔晉〕潘岳〈笙賦〉也說：

> 惟簧也，能研群聲之清。惟笙也，能總眾清之林。

賦中認爲只有「簧」，能精研各種聲音中的清音；只有「笙」，能聚集眾清音之林。這裡點出了此樂器的特殊性——簧，笙具有「簧片」，笙是吹管樂器，又是透過簧片的振動而發音的，因此它的音響兼具有管樂器和簧樂器的雙重性質。其音色甜美、柔潤、安詳。加上笙按音孔發音，與其他管樂器如笛、簫等的開孔發音不同，故能同時發出數個音，可說是一種「和聲樂器」，這使笙的音質顯得更爲豐滿、厚實。劉承華在《中國音樂的神韻》一書中對於笙的音色作分析，其中談到：

> 由於笙的突出的和聲效果和調和功能，音色柔和、沉靜，
> 又離「人」聲較遠，而離「器」聲較近，使它具有較少中
> 國樂器的神韻。相反的，它與西洋樂器倒更爲接近。〔註30〕

這裏說笙的音色柔和、沉靜，但比起同是吹奏樂器的簫、笛、管來說，比較缺乏人的個性，離「人」聲較遠。正因爲這種特質，恰好助於文人將笙的樂音與人間之外的「仙境」作聯想。筆者拙作《唐代詩歌之樂器音響研究》中發現，唐詩中對於笙樂描繪時，往往運用「王子晉吹笙」的典故，與仙境作聯想，表達對仙道的嚮往或比喻得道成仙之人。〔註31〕就是這種柔和沉靜的和聲，與清談、玄學的境界相近，深獲魏晉賦家好評。

〔註30〕見劉承華著：《中國音樂的神韻》（福州：福建人民出版社，1998年），頁99～100。

〔註31〕見拙著：《唐代詩歌之樂器音響研究》（臺中：逢甲大學中國文學研究所碩士論文，2001年），頁130～131。

　　「清」字本有脫俗超凡之意涵，恰符合「笙樂」遠離凡塵、近似仙境的審美感受。因此，雖然其他樂器也有脫俗之感，但不如笙樂所營造的氛圍來的「清」，潘岳點出「簧」是使笙成爲總領眾清音之關鍵，是十分專業的。或許也因爲這樣的特質，符合魏晉士人的審美需求，因此特別受到推崇，以「清」美之。

　　最後，笳之清。先唐樂器賦中，「笳」亦是被讚爲「清」的樂器，此與其發音構造有關。胡笳屬於西域塞北一帶的樂器，其吹奏方式是一種用喉音和管音相結合，及用喉音引出管音的特殊吹奏方式。由於用泛出奏法，其發音基本上是泛音，故音色柔和、圓潤，並具有飄逸、悠遠的特點，宜於遠聽。而泛出還帶來了旋律線「曲折沉浮」和在低音區「遲遲以沉滯」，高音區「飄搖以輕浮」的特徵。〔註32〕

　　或許由於「笳」這種泛音的特色，加上異族邊地的濃厚色彩，造成一種飄逸、悠遠且哀傷的感受，因此賦家美其聲「清」。如〔魏〕杜摯〈笳賦〉：「羈旅之士，感時用情。乃命狄人，操笳揚清。」形容笳音爲「清」，賦中描繪了「或漂淫以輕浮」的音色特質。而〔晉〕孫楚〈笳賦〉之序中寫到，聽白髮人「向春風而吹長笳，音聲寥亮，有感余情者，爰作斯賦。」又說「飄逸響乎天庭。」嘹喨而飄逸的音樂特質，亦給人「清」的感受。又〔晉〕夏侯湛〈夜聽笳賦〉：「鳴笳兮協節，分唱兮相和；相和兮諧慘，激暢兮清哀」形容哀傷的笳樂是「清哀」的同樣是以「清」美其聲響。

　　另外，值得一提的是，樂器賦中「清」常與「和」同時出現，如〔晉〕潘岳〈笙賦〉中稱讚「笙」是「能研群聲之清」，「能總眾清之林」，同時稱讚它是「天下之和樂」。如〔晉〕嵇康〈琴賦〉中說琴的特質是「體清心遠」，並讚美它「含至德之和平」。可見音樂

〔註32〕關於「胡笳」的資料，見牛龍菲著：《古樂發隱》（蘭州：甘肅人民
　　　　出版社，1985 年），頁 364～374；見〔日〕林謙三著：《東亞樂器考》
　　　　（北京：音樂出版社，1962 年），頁 304～331；見朱同著，〈胡笳雜
　　　　談〉，《樂器》1 期（1987 年），頁 4～8。

審美觀中的「清」與「和」有著相似的特質，細較之下，其「合諧而淡遠」應是共通之處，也是文人特別喜愛的音樂境界。

綜上所論，音樂審美中所謂的「清」，除了與「濁」相對，指「高音」的清越嘹喨之外；與「俗」相對，多指向一種空靈的、悠遠的、寧靜的音色，而「泛音」特別能造成這種美。這樣的特質，符合魏晉六朝人的生活時尚與心境，而成爲當時的音樂審美風尚。

四、尚「德」的音樂審美觀

先唐樂器賦中，受儒家很大的影響，推崇一種具有「德」的音樂審美觀。前文第三章「先唐樂器賦之音樂審美體驗」中的「賦予性格」一類，已提到聽者有時將音樂擬人化，賦予音樂各種性格，其中有讚美音樂的品格，如仁聲、德音、武聲等，可知聽者偏愛「有德」的音樂。推溯其原因，應受儒家〈樂記〉樂教思想的影響。進而，聽者認爲音樂可以自我修養，乃至於可以移風易俗等功用，歸諸音樂之有「德」。關於音樂進德修養與移風易俗等音樂功用相關問題，留待本章第二節「先唐樂器賦之音樂功能與評價」再作討論。此處探討所謂德樂之「德」的意涵以及具有「德」之樂器。

並非所有的樂器皆能稱爲「德音」，先唐樂器賦中所提到的「德音」主要集中於琴，而笛、洞簫、笙、箏等樂器也被列爲「德音」之列。就「琴」而言，漢代琴賦中，賦家表現出喜愛琴樂的同時，多讚其有「琴德」，如：

> 游予心以廣觀，且德樂之愔愔。（〔漢〕劉向〈雅琴賦〉）
>
> 明仁義以歷己，故永御而密親。（〔漢〕傅毅〈琴賦〉）
>
> 昔師曠三奏，而神物下降，玄鶴二八，軒舞於庭。何琴德之深哉！（〔漢〕馬融〈琴賦〉）

劉向讚美古琴之聲是「德樂」；傅毅賦中認爲琴音有「仁義」之德，可砥礪自己；而馬融強調琴音感動玄鶴乃在於「琴德」。文人認爲琴有「德」，所具何德？《白虎通》曰：「琴，禁也，所以禁止於邪，

正人心也。」〔註33〕「琴」與「禁」諧音，又琴音靜而簡，清淨淡泊，使人聽後有淨化人心、超凡脫俗之感，所以自古被認為可以禁邪、防淫，《禮記正義·曲禮》：「士無故不徹琴瑟。」〔註34〕君子無故琴不離身，藉琴修身養性。因此，古琴之「德」即在於禁止奸邪，端正人心。

漢代的琴德在「禁」，而魏晉時期，嵇康〈琴賦〉中所謂「琴德」則與此不同。其〈琴賦〉之序中：「眾器之中，琴德最優，故綴敘所懷，以為之賦。」認為所有樂器之中，古琴之「德」最優，但此「德」不是儒家的倫理道德，而是賦中提到的「至德之和平」，是「平和」之德，具有道家自然之道的恬淡平和的特性。正因為「琴德」之意涵指的是道家的「道」，非凡人所能達到的境界，因此〈琴賦〉最末寫到：

> 亂曰：愔愔琴德，不可測兮。體清心遠，邈難極兮。良質美手，遇今世兮。紛綸翕響，冠眾藝兮。識音者希，孰能珍兮。能盡雅琴，唯至人兮。

「琴德」的特質是安靜的（愔愔），能體會的人很少，能窮盡雅琴之道的，只有「至人」。所謂「至人」是《莊子·逍遙遊》中一個十分崇高的人格典範，〈逍遙遊〉：「至人無己，神人無功，聖人無名。」〔註35〕其中「至人無己」，「無己」意近「無我」，需經由「忘我」的過程方能達成。意思是從不曾知道自己，進而充實自己、完成自己以達「有己」，最後昇華到不知有己（忘我）、放棄自己偏見私執的「無己」境地。因此莊子的「無己」，就是捨棄形器而保其內在精神，使心不隨外物的牽引影響，能夠保持其心靈的本質，才能達到逍遙的境

〔註33〕見〔清〕陳立撰：《白虎通疏證》（北京：中華書局出版，1994年，《新編諸子集成》），卷三，頁125。

〔註34〕《禮記正義·曲禮》：「君無故，玉不去身；大夫無故不徹縣，士無故不徹琴瑟。」見《禮記正義》，阮刻《十三經注疏》本，卷四，頁77。

〔註35〕見〔戰國〕莊周撰、〔清〕王先謙撰、劉武撰：《莊子集解·莊子集解內篇補正》，卷一，頁4。

界。而嵇康以「至人」內心平和淡泊，無私無己的境界，來凸顯琴德的「平和」之至高境界。

另一個具有「德」的樂器是「笛」，〔晉〕伏滔〈長笛賦〉並序：

> 達足以協德宣猷，窮足以怡志保身。兼四德而稱雋，故名流而器珍。

賦中說人的處境通達之時，聽笛音可以「協德」，又說笛兼具《周易正義》乾卦所言元、亨、利、貞四德。〔註36〕關於「笛」的意涵，《風俗通》提到：「笛，漢武帝時工人丘仲所造也。本出羌中。笛，滌也，所以滌邪穢，納之雅正也。」〔註37〕《樂書》也說曰：「笛者，滌也，丘仲所作。可以滌盪邪氣，出揚正聲。」〔註38〕「笛」與「滌」諧音，因而被賦予洗滌邪穢的功能，具有美德了。而〔漢〕馬融〈長笛賦〉亦有「故聆曲引者，觀法於節奏，察變於句投，以知禮制之不可逾越焉。聽䈴弄者，遙思於古昔，虞志於怛惕，以知長戚之不能閒居焉。」從笛音可領會出美德，已透露出笛音富涵「德」的意義，也因此〈長笛賦〉中提出聽笛音可移風易俗的重大功用。

另外，「洞簫」與「笙」亦是賦家音樂審美時所偏好的「德音」，先看以下例句：

> 故貪饕者聽之而廉隅分，狼戾者聞之而不懟。剛毅強虣反仁恩分，嘽咺逸豫戒其失。……罷、頑、㑮、均惕復惠分，桀、蹠、𪗢、博儡以頓悴。吹參差而入道德分，故永御而可貴。（〔漢〕王褒〈洞簫賦〉）

> 惟簧也，能研群聲之清。惟笙也，能總眾清之林。衛無所措其邪，鄭無所容其淫。非天下之和樂，不易之德音，其孰能與於此乎！（〔晉〕潘岳〈笙賦〉）

王褒〈洞簫賦〉中說聽洞簫的樂音可使貪財或殘暴之人改過向善，使

〔註36〕《周易正義》乾卦所言元、亨、利、貞。見《周易正義》，阮刻《十三經注疏》本，卷第一，頁8。
〔註37〕見〔宋〕李昉等輯：《太平御覽》，卷五百八十，頁2747。
〔註38〕見〔宋〕李昉等輯：《太平御覽》，卷五百八十，頁2747。

之「入道德」，可知所謂「道德」指的是使人向善。潘岳〈笙賦〉中說笙樂是「不易之德音」，讓鄭衛之音無法施展其「邪」「淫」，可知所謂「德」應指「禁邪」的功能。最後，看樂器「箏」：

> 今觀其器，上崇似天，下平似地。中空准六合，絃柱擬十二月。設之則四象存，鼓之則五音發。體合法度，節究哀樂。斯乃仁智之器，豈蒙恬亡國之臣所能關思運巧哉？（〔晉〕傅玄〈箏賦〉並序）

> 其器也，則端方修直，天隆地平。華文素質，爛蔚波成。君子嘉其斌麗，知音偉其含清。磬虛中以揚德，正律度而儀形。（〔晉〕顧愷之〈箏賦〉）

傅玄認爲箏是「仁智之器」，顧愷之認爲箏的外形「磬虛中以揚德」，皆具有「德」。細察賦中所謂「德」，應指形製外形對應天數。天有德，樂器形製象天，亦具有德。

五、尚「自然簡易」的音樂審美觀

先唐〈樂器賦〉表現出一種崇尚「自然」的審美觀，除了樂器聲音的自然美之外，也讚美製器材質之自然，進而強調樂器材質的原生地的自然。賦家認爲，環境的自然，使所產之木有天然之質，所製之樂器亦具天然之性，由此樂器所發之音樂，亦自然悅耳。

樂器賦幾近定型的寫作模式中，對於樂器材質的產地的描寫往往佔去極大篇幅。無論是偏重其艱險危苦，或偏重其特異秀美，「偏遠而人跡罕至」幾乎是共同的特點，這也凸顯此處未受人爲破壞，是一個極爲自然之境。樂器賦中常見對產地的描寫特重其「自然」，如〔漢〕傅毅〈琴賦〉：

> 歷嵩岑而將降，觀鴻梧於幽阻。高百仞而不枉，對脩條以持處。蹈通涯而將圖，遊茲梧之所宜。蓋雅琴之麗樸，乃升伐其孫枝。

製琴的梧木長在高山之上，想到琴的「麗樸」，就登山砍樹，清理掉小樹枝。可知，想要製作出美好質樸的樂器，需要自然之境尋找

材質。又〔漢〕王褒〈洞簫賦〉：

> 託身軀於后土兮，經萬載而不遷。吸至精之滋熙兮，稟蒼
> 色之潤堅。感陰陽之變化兮，附性命乎皇天。翔風蕭蕭而
> 逕其末兮，迴江流川而溉其山。揚素波而揮連珠兮，聲磕
> 磕而澍淵。朝露清泠而隕其側兮，玉液浸潤而承其根。孤
> 雌寡鶴，娛優乎其下兮，春禽群嬉，翶翔乎其顛。秋蜩不
> 食，抱樸而長吟兮，玄猿悲嘯，搜索乎其間。處幽隱而奧
> 屏兮，密漠泊以猭獥。惟詳察其素體兮，宜清靜而弗諠。
> 幸得謚爲洞簫兮，蒙聖主之渥恩。可謂惠而不費兮，因天
> 性之自然。

賦中說竹子吸收了天地間的精華而長得綠油油的，那是大自然所賦
予的鮮潤堅貞的色澤。感受著「陰陽之變化」，順從著上天的旨意
生長。仔細觀察竹的本質，它就由於處於清靜之地而生性恬淡，是
「清靜而弗諠」。而後竹被製成樂器，人們利用它本身「天性之自
然」，可說是既得到了好處又不費力。

　　同樣是竹製的樂器，馬融〈長笛賦〉亦讚美笛的天然，認爲「笛」
勝於其他樂器之處，即在於此樂器的「自然簡易」，賦中說：

> 昔庖羲作琴，神農造瑟。女媧制簧，暴辛爲塤。倕之和鐘，
> 叔之離磬。或鑠金礱石，華睆切錯。丸挺彫琢，刻鏤鑽笮。
> 窮妙極巧，曠以日月。然後成器，其音如彼。唯笛因其天
> 姿，不變其材，伐而吹之，其聲如此。蓋亦簡易之義，賢
> 人之業也。若然，六器者，猶以二皇聖哲蚝益。

文中認爲傳說琴、瑟、簧、塤、鐘、磬等，都經過加工、雕琢、刻鏤，
經歷很長的時間，才能極其巧妙、精緻。要驚動神農之手，要經過女
媧、暴辛、倕、叔等人的加工，只有長笛，保存了它的天生姿態，不
變動它的原材料，砍下來就能吹，而聲音卻是那樣清美。這也可以看
出，除了喜愛其「自然」，也愛其保存了「簡易之義」。自然，就是少
人爲、不繁複，也代表一種質樸簡易。「自然」在某些時候與「簡易」
是近似的觀感。

　　不僅是漢代，魏晉的樂器賦也呈現崇尚自然的審美觀，同樣是注重樂器的天然之質，如〔魏〕杜摯〈笳賦〉中說：「唯葭蘆之為物，諒絜勁之自然。託妙體於阿澤，歷百代而不遷。」說明笳為「葭蘆」所製成，寄託美妙的身軀於水澤邊，經歷了百代而不遷徙。實在是自然界中強韌之物。又如〔晉〕潘岳〈笙賦〉：「河汾之寶，有曲沃之懸匏焉。鄒魯之珍，有汶陽之孤篠焉。若乃縣蔓紛敷之麗，浸潤靈液之滋，隅隈夷險之勢，禽鳥翔集之嬉，固眾作者之所詳，余可得而略之也。」製作笙所需的「匏」與「篠」來自特地的產地，必須生長在地勢險要，有群鳥飛翔、花草鮮美的地方，受到天地靈液之滋潤。又如〔晉〕王廙〈笙賦〉：「疏音簡潔，樂不乃妙。」形容笙樂「簡潔」，十分美妙。又如〔晉〕孫該〈琵琶賦〉：「惟嘉桐之奇生，於丹澤之北垠。下修條以迴迴，上糺紛而干雲。開黃鍾以挺榦，表素質於蒼春。」所強調的桐木在春天所展現的「素質」，即自然的本質。

　　魏晉樂器賦中，以嵇康〈琴賦〉中所描述環境之「自然」最為詳盡，如下：

　　　惟椅梧之所生兮，託峻嶽之崇岡。披重壤以誕載兮，參辰極而高驤。含天地之醇和兮，吸日月之休光。鬱紛紜以獨茂兮，飛英蕤於昊蒼。夕納景於虞淵兮，旦晞幹於九陽。經千載以待價兮，寂神跱而永康。且其山川形勢，則盤紆隱深，磪嵬岑嵓。互嶺巉巖，岞崿嶇崟。丹崖嶮巇，青壁萬尋。若乃重巘增起，偃蹇雲覆。邈隆崇以極壯，崛巍巍而特秀。蒸靈液以播雲，據神淵而吐溜。爾乃顛波奔突，狂赴爭流。觸巖觝隈，鬱怒彪休。洶湧騰薄，奮沫揚濤。瀄汩澎湃，蟺蟺相糾。放肆大川，濟乎中州。安迴徐邁，寂爾長浮。澹乎洋洋，縈抱山丘。詳觀其區土之所產毓，奧宇之所寶殖。珍怪琅玕，瑤瑾翕赩。叢集累積，奐衍於其側。若乃春蘭被其東，沙棠殖其西，涓子宅其陽，玉醴涌其前。玄雲蔭其上，翔鸞集其巔。清露潤其膚，惠風流其

間。竦肅肅以靜謐，密微微其清閑。夫所以經營其左右者，
固以自然神麗，而足思願愛樂矣。

梧桐生長在峻嶺高崗，「含天地之醇和」之氣，吸收「日月之休光」，
周圍是層巒疊嶂，雲霧繚繞，又有山泉或澎湃激盪，或寂靜迴旋，當
地所產的寶石美玉，尚有春蘭沙棠，玄雲翔鸞，清露惠風，全是賞心
悅目的自然神麗之物，所以說「夫所以經營其左右者，固以自然神麗，
而足思願愛樂矣」。嵇康所讚美的琴聲是一種自然平和之聲，而琴聲
的自然靜謐來自於原生地的天然幽美。

　　綜上所言，先唐樂器賦的審美觀，以尚悲、尚和爲最常見的觀
點，亦有尚清、尚德、尚自然簡易等觀點，呈現多元的美學思想。
究其形成的原因，或爲時代風尚，或承先秦思想，所呈現的是文人
階層的音樂審美傾向，同時也是中國人特殊的思維特色。

第二節　音樂功能

　　音樂的功能是多元的，無論是心理情感層面的調節，或是實際生
活中的娛樂、祭祀等實際運用，皆扮演不可或缺的角色。但音樂在文
人心中所發揮的功能，不僅如此，更可作爲諸如自我修養以及政治上
移風易俗的功用，具有正向的功能。而這一系列的問題在先唐樂器賦
中已受到關注與討論。

　　先唐音樂賦中提供的許多賦家對於音樂功能的觀點，並對特定
的樂器及其產生的功能賦予極高的評價，大致可歸納爲下列幾各方
面：娛樂社交、情緒治療、進德修養、移風易俗、以音觀人、通神
感物、與諷諭勸諫等七項功能。第一項的「娛樂社交」功能，本是
顯而易見的，從漢至魏晉的賦家對此有不同的態度。第二至四項可
視爲一系列音樂治療、淨化的進路，由生理而心理的「情緒治療」，
乃至心靈淨化，並進入高層次的音樂意境領悟而達成「進德修養」
的轉化，再將淨化功能擴大至天地萬物與眾人，即達到「移風易俗」
的效果。此轉惡爲善的淨化功能運用於政治，爲自古以來賦家所最

重視的教化功能。至於第五項「以音觀人」則上承「知音」、「以音觀政」等思想，認為音樂可反映心志的觀點。而「通神感物」乃指音樂除了感化人，亦可與神靈相通，並感化鳥獸萬物。最後的「諷諭勸諫」一項原是漢賦的最初功能，但因樂器賦「寓諷於樂」的緣故而顯得十分微弱。上述七項音樂功能，反映先唐賦家對於音樂觀點，往往也是賦家對於樂器的價值評析。

一、娛樂社交

音樂具有強烈的表情能力，能左右人們情緒，因此在娛樂的場合，少不了音樂的助興，音樂的娛樂功能是顯而易見的。但是在不同的時代，賦家看待音樂的娛樂功能，其重視的程度有所轉變，而音樂用於「娛人」與「自娛」，其樂器的選擇也有所差異。

先看漢代的賦作，〔漢〕枚乘在〈七發〉中反映上層貴族生活，文中雖不贊成過分奢靡的享樂，但不全面反對享樂。文中所寫的七事，除了「要言妙道」之外，其他如琴音之美、滋味之腴、車馬之快、巡遊之樂、畋獵之壯、觀濤之奇等一般被視為正當娛樂，並非淫邪的，而「琴音」即在其中，音樂的娛樂功能在王宮貴族現實生活中頻繁展現，在枚乘心中也同樣受到正視。

但是，漢代的賦作承詩人的傳統使命，被賦予「或以抒下情而通諷諭，或以宣上德而盡忠孝」〔註39〕的任務，諷諭與頌德為主要目的，因此樂器賦中的音樂娛樂功能極少被特意書寫，但從樂器賦中所描寫的聆賞的場景，可以間接地、容易地了解其音樂的娛樂功能。如〔漢〕馬融〈長笛賦〉：

> 於是遊閒公子，暇豫王孫。心樂五聲之和，耳比八音之調。
> 乃相與集乎其庭，詳觀夫曲胤之繁會叢雜，何其富也。紛

〔註39〕班固〈兩都賦序〉：「或以抒下情而通諷諭，或以宣上德而盡忠孝，雍容揄揚，著於後嗣，抑亦雅頌之亞也。」指出漢代辭賦的兩大主軸：一為諷諭的主題，一為頌德的主題。見〔梁〕蕭統編、〔唐〕李善注：《文選》，卷一，頁 21～22。

　　葩爛漫，誠可喜也。波散廣衍，實可異也。掌距劫遻，又
　　足怪也。

賦中說明當時優遊閑樂的公子王孫，很喜歡合諧的樂聲，經常聚集在
自己的庭院中仔細傾聽著笛曲，體會到笛聲的的豐富多變，時感驚
喜，時感詫異。由賦中可見王公貴族喜愛相約聆賞音樂，音樂扮演著
娛樂功能，同時是一種社交的方式。後〔漢〕侯瑾〈箏賦〉曾提到箏
樂的多元功能：

　　若乃上感天地，下動鬼神。享祀祖宗，酬酢嘉賓。移風易
　　俗，混同人倫，莫有尚於箏者矣。

其中，「酬酢嘉賓」是指主客之間酒食的往來，這樣的社交活動也少
不了音樂的助興。

　　到了魏晉時期，賦家少了政治與思想上的束縛，賦作的讀者不
再是帝王，而是文人同好，〔註40〕因此，樂器賦中呈現更貼近真實
生活的音樂娛樂場景。如〔晉〕孫該〈琵琶賦〉中也提到「伶人鼓
焉，景響豐硡」、「於是酒酣日晚，故為秦聲」，可見日晚時分的酒
宴多以音樂為樂。此時期的樂器賦中，樂器的表演形式是多樣的，
在眾人的娛樂場合，有時是眾樂器的合奏，有時亦有聲樂、舞蹈的
綜合表演，如：

　　溫顏既授，和志向悅。賓主交歡，聲鐸品列。鍾子授箏，
　　伯牙同節。（〔晉〕賈彬〈箏賦〉）

　　忽從弄而危短，乍調吹而柔長。於是時也，趙瑟輟謳，齊
　　竽息唱。見象筵之悅耳，聽清笛之寥亮。（〔陳〕傅縡〈笛賦〉）

賈彬〈箏賦〉提到聽箏樂時情景，賓主盡歡，大家容顏溫和，心情平
和愉悅，有鼓、鐸等眾多樂器陳列，亦有箏、節等樂器加入，呈現多
種樂器合奏的愉悅享受。傅縡〈笛賦〉中有豪華的筵席，聽著嘹喨的
笛聲，這個時候，趙國的瑟終止謳歌，齊國的竽停止吹奏，由笛來獨

─────────────

〔註40〕簡宗梧先生《賦與駢文》一書中提到，東漢時期言語侍從沒落了，
　　　　賦作的欣賞者不再是帝王，而是同樣有特殊修養即語言訓練的士大
　　　　夫。見簡宗梧著：《賦與駢文》，頁69～86。

奏。可看出這種筵席的音樂安排，有獨奏也有合奏。再如〔晉〕成公綏〈琵琶賦〉中的描述：

> 改調高彈，急節促攄。飛龍引舞，趙女駢羅。近如驚鶴，轉似回波。
>
> 好和者唱贊，善聽者咨嗟。眩睛駭耳，失節蹉跎。
>
> 掇止金石，屏斥笙簧。彈琵琶於私宴，授西施與毛嬙。撰理〈參〉、〈暢〉、〈五齊〉、〈五章〉。

上引雖是殘句，卻可看出私人宴會中，除了琵琶演奏之外，尚有舞蹈。當琵琶把調移高，節奏變快時，有「趙女駢羅」，美人列隊起舞，為一綜合藝術表演。眾人之中的「好和者」、「善聽者」有的應和，有的讚嘆，場面眩人耳目。

魏晉南北朝樂器賦中，保存完整的三篇樂器賦——嵇康〈琴賦〉、潘岳〈笙賦〉、蕭綱〈箏賦〉，皆有大篇幅對於音樂的娛樂功能的描述，同時也呈現此時期文人音樂娛樂文化。先看嵇康〈琴賦〉：

> 若夫三春之初，麗服以時。乃攜友生，以遨以嬉。涉蘭圃，登重基。背長林，翳華芝。臨清流，賦新詩。嘉魚龍之逸豫，樂百卉之榮滋。理重華之遺操，慨遠慕而長思。若乃華堂曲宴，密友近賓。蘭肴兼御，旨酒清醇。進〈南荊〉，發〈西秦〉。紹〈陵陽〉，度〈巴人〉。變用雜而並起，竦眾聽而駭神。料殊功而比操，豈笙籥之能倫。

有別於一般文人僅將琴視為一種文化修養，適合於幽靜之境獨奏，嵇康跳脫此侷限，提出琴不僅適合「獨樂樂」，也適合「眾樂樂」。在初春，偕友人到郊外嬉遊溪旁，讚美魚龍自得，看百花滋長，彈奏「重華之遺操」〔註41〕，思念仰慕聖賢的美德。另一種眾樂樂的方式是華麗的私人室內小型聚會，有佳餚美酒，邀友人賞蘭賞樂。

〔註41〕重華：虞舜名。遺操：遺留下來的古曲〈舜操〉。李善注引《琴道》曰：「〈舜操〉者，昔虞舜聖德玄遠，遂升天子，喟然念親，巍巍上帝之位不足保，援琴作操。」見〔梁〕蕭統編、〔唐〕李善注：《文選》，卷十八，頁264。

這裡看到琴音可自娛亦可娛人，在眾人聚會中有社交、助興的功能。也因此，嵇康以自身經驗說明不同場合所適合的演奏的不同琴曲。山林清溪之境適合古曲〈舜操〉，小型宴會則不拘，可進上〈南荊〉舞曲，彈起〈西秦〉大曲，接續〈陵陽〉雅樂，演奏〈巴人〉俗調，雅曲俗調交響齊鳴，四座聳耳傾聽而心神搖盪。不過，必須提到的是，嵇康所言共享琴音的對象「乃攜友生，以遨以嬉」「密友近賓」，應是與自己志趣相投的知心好友，沒有雅興的俗人無法體會琴音之美。〈琴賦〉的另一段文字：

> 若次其曲引所宜，則〈廣陵〉、〈止息〉、〈東武〉、〈太山〉、〈飛龍〉、〈鹿鳴〉、〈鵾雞〉、〈遊絃〉。更唱迭奏，聲若自然。流楚窈窕，懲躁雪煩。下逮謠俗，蔡氏五曲，〈王昭〉、〈楚妃〉、〈千里〉、〈別鶴〉，猶有一切承間簉乏，亦有可觀者焉。然非夫曠遠者，不能與之嬉遊；非夫淵靜者，不能與之閒止；非放達者，不能與之無吝；非至精者，不能與之析理也。

嵇康對於不同性質的樂曲有很大的接受度，認為樂曲無論雅俗皆有可觀之處，甚至安排適當的演奏曲目次序，以供交替彈唱，分享自我的審美體驗。但非性情曠遠、淵靜、放達、至精之人，無法共賞共樂，自然也無法成為嵇康的知心好友了。

另一篇〔晉〕潘岳〈笙賦〉則提到兩種娛樂場景，其一的場景描述是：

> 於是乃有始泰終約，前榮後悴。激憤於今賤，永懷乎故貴。眾滿堂而飲酒，獨向隅以掩淚。援鳴笙而將吹，先嗢噦以理氣。……舞既蹈而中輟，節將撫而弗及。樂聲發而盡室歡，悲音奏而列坐泣。

賦中特別凸顯演奏者「始泰終約，前榮後悴」遭遇與激憤的情緒，但由「眾滿堂而飲酒」可知為一宴會的場合，有舞蹈相佐，亦有其他樂器相伴（例如：節），呈現當時音樂主要的娛樂功能。賦中「歌曰」有：「人生不能行樂，死何以虛諡為！」之詞，表達「人生苦短，

及時行樂」的想法，音樂正可爲行樂之用。賦中另一娛樂場景是：

> 若夫時陽初暖，臨川送離。酒酣徒擾，樂闋日移。疏客始
> 闌，主人微疲。弛絃韜篝，徹塤屛篪。爾乃促中筵，攜友
> 生。解嚴顏，攉幽情。披黃包以授甘，傾縹瓷以酌鄺。光
> 歧儼其偕列，雙鳳嘈以和鳴。

由文中可看出是眾人同賞的場合，在和暖的季節的一次戶外餞行。當
時日光初暖，臨水送別，酒醉擾攘，眾樂合奏。「疏客始闌，主人微
疲」，此時的氣氛是自在放鬆的，於是在餞行的中段，改變了音樂形
式，不再是琴、瑟等絃樂器與簫、塤、篪等吹奏樂器的合奏，而是由
華麗的眾管整齊排列的「笙」獨奏，發出「雙鳳嘈以和鳴」之樂音。
此時友人也解除嚴肅的容顏，引發幽靜的情思。我們看到音樂的娛樂
功能是有階段性的安排，先熱鬧而後幽靜，適合餞行的心理流程。

至南朝梁簡文帝蕭綱，詩文傷於輕靡，時稱「宮體」。《隋書‧經
籍志‧集部總論》：「梁簡文帝之在東宮，亦好篇什，清辭巧製，止乎
袵席之間，雕琢蔓藻，思極閨闈之內。後生好事，遞相放襲，朝野紛
紛，號爲宮體。流宕不已，訖於喪亡。」〔註42〕簡宗梧先生認爲梁武
父子與宮體，基本上是「貴遊文學的再興」〔註43〕，而蕭綱在寫給其
子當陽公的信中「立身先須謹重，文章且須放蕩。」〔註44〕強調文章
娛耳悅目的遊戲功能。其賦作〈箏賦〉並不避諱記錄娛樂的場景，賦
中云：

> 若夫楚王怡蕩，楊生娛志。小國寡民，督郵無事。乃有燕
> 餘麗妾，方桃譬李。本住南城，經移北里。納千金之重聘，
> 擅專房之宴私。方美珥而不減，擬甘橘而無噬。闌削成於
> 斜領，照玉緻於鉛脂。度玲瓏之曲閣，出翡翠之香帷。腕

〔註42〕見〔唐〕魏徵等撰，楊家駱主編：《隋書》（臺北：鼎文書局，1990
　　　年），卷三十五，頁1090。
〔註43〕見簡宗梧著，《賦與駢文》，頁118～121。
〔註44〕簡文帝〈誡當陽公大心書〉：「立身之道，與文章異，立身先須謹重，
　　　文章且須放蕩。」見〔清〕嚴可均輯：《全上古三代秦漢三國六朝文》，
　　　卷十一，頁3010。

　　　　凝紗薄，珮重行遲。爾乃促筵命妓，銜觴置酒。耳熱眼花
　　　　之娛，千金萬年之壽。白日蹉跎，時淹樂久。翫飛花之度
　　　　窻，看春風之入柳。命麗人於玉席，陳寶器於紈羅。撫鳴
　　　　箏而動曲，譬輕薄之經過。黛斂如塿，曼睇成波。情長響
　　　　怨，意滿聲多。奏相思而不見，吟夜月而怨歌。笑素彈之
　　　　未工，疑秦宮之詎和。

賦中寫帝王家「專房之宴私」，「銜觴置酒，耳熱眼花」之際，有美人
「撫鳴箏而動曲」，對於美人的樣貌與彈箏姿態，有細膩的描寫，而
音樂的娛樂功能於其中充分展現。

　　無論是自娛或娛人，「娛樂」自古即為音樂的重要功能，但因賦
家本身諷諭與頌德的使命，「娛樂」不能被重視與紀錄，賦家多強調
其「教化」功能。若由樂器觀之，娛樂場合所使用，彈撥樂器以箏、
琵琶為主，吹奏樂器則以笛、笙為主。琴的娛樂功能僅見於嵇康〈琴
賦〉，琴由於本身樂器音色與典故，歷來被視為修身養性之用，不入
娛樂場，而箏、琵琶本為俗樂器，其節奏、音色、旋律等方面表達能
力強，常運用於娛樂表演。若就時代觀之，漢代只有兩篇，分別為東
漢侯瑾〈箏賦〉與馬融〈長笛賦〉，魏晉之後的作品對於娛樂場景有
較多著墨，此與時代風氣及文人思想解放有關。

二、情緒治療

　　就音樂的治療歷史而言，中國古代的巫醫能與神界通靈，亦常
以歌舞降魔娛神娛人，是巫醫、音樂師、祭師三種身分合一的人物。
巫醫在為病人治療過程中，音樂不可或缺，通常以音樂、韻律、節
奏、歌吟和律動與靈界交流做為趕鬼治病的方式。〔註45〕在醫學未
發達的時代，「音樂」即已作為治療的工具，先唐音樂賦中亦有視「音
樂」為一種治療的方式。

〔註45〕見謝俊逢著：《音樂療法——理論方法》（臺北：大陸書店，2003年），
　　　　頁37～40；另見中華民國應用音樂推廣協會作者群著：《音樂與治療》
　　　　（臺北：星定石文化公司，2004年），頁4～5。

〔漢〕枚乘〈七發〉以楚太子患病爲發端，指出太子的病源於貪求安樂、追逐聲色的腐朽生活，而治療方法則是誘導其改變舊的生活方式。賦中建議聆聽感人的音樂將有助於改善病情：

> 客曰：「……使師堂操〈暢〉，伯子牙爲之歌。歌曰：『麥秀
> 蕲兮雉朝飛，向虛壑兮背槁槐，依絕區兮臨迴溪。』飛鳥
> 聞之，翕翼而不能去；野獸聞之，垂耳而不能行；蚑、蟜、
> 螻、蟻聞之，拄喙而不能前。此亦天下之至悲也，太子能
> 強起聽之乎？」太子曰：「僕病，未能也。」

文中提到以琴音與歌聲唱出悲音，鳥獸皆爲所感。雖然，音樂對太子的治療作用很小，但是可看出枚乘認爲音樂有「治療」的功能，才以此勸太子。也可知音樂的治療功能不是絕對的，因聽者不同而有彈性空間。

至於音樂有何種具體「治療功能」？音樂對人的心理影響主要在於情感方面，音樂對人的情感作用比較直接、迅速，這是因爲「音樂通過中樞神經系統的大腦邊緣系統與腦幹網狀結構作用於人體時，這一結構的下丘腦、海馬、杏仁核、腦幹等在情緒的反應、激活、體驗中起重要的作用」〔註46〕。同時音樂的運動模式與人類情感運動模式有著「異質同構」的關係。第三章「音樂審美體驗」的「生理與情緒感應」一節已討論過音樂與情緒的關係，並於賦作中見到例證。若就音樂治療的角度而言，歡樂的音樂使人手舞足蹈，是音樂使情緒強化乃至疏導；悲傷的音樂使人落淚，是音樂使情緒強化乃至宣洩；平和的音樂使人平靜，是音樂使情緒弱化乃至平息，皆爲音樂影響情緒的例證。因此音樂對人的影響最初由「情感」也就是「心理」開始，再由「心理」影響「生理」。

從先唐音樂賦中所記載的音樂審美感受，可確認音樂的治療功能。如〔漢〕劉向〈雅琴賦〉：「葳蕤心而自愬兮，伏雅操之循則」（葳蕤心：思緒紛紛；愬：驚懼）談到聽琴音時，原本紛亂的憂思漸漸平

〔註46〕見羅小平、黃虹著：《音樂心理學》，頁65。

息下來，乃是隨著優雅樂曲的體悟而慢慢產生變化。又傅毅〈琴賦〉：「盡聲變之奧妙，抒心志之鬱滯」聽琴音可抒發鬱滯的心情。這裡看到了音樂有疏導情緒的功能。〔晉〕伏滔〈長笛賦〉寫笛音之妙，「遠可以通靈達微，近可以寫情暢神」，遠聽可以溝通靈性達到內心幽微之處，近聽可以抒發心情舒暢精神。從處理負面情緒的意義上來說，賦家肯定音樂的治療功能。

　　音樂治療不限於靜態被動的聆聽音樂，也有動態主動的參與（再現、創造），亦有自我療癒功能。也就是說，除了聽眾，演奏者本身在彈奏過程中亦能得到情緒的釋放，也因此，彈奏動機往往出於一種尋找自我療癒的需要。樂器賦中記錄了這樣的演奏者：

> 於是乃使夫性昧之宕冥，生不睹天地之體勢，聞於白黑之貌形。憤伊鬱而酷酲，慜眸子之喪精。寡所舒其思慮兮，專發憤乎音聲。（〔漢〕王褒〈洞簫賦〉）

> 夫何矇昧之瞽兮，心窮忽以鬱伊。目冥冥而無睹兮，嗟求煩以愁悲。撫長笛以攄憤兮，氣轟鍠以橫飛。詠新詩之悲歌兮，舒滯積而宣鬱。（〔漢〕蔡邕〈瞽師賦〉）

> 於是遂聞公子，中道失志。居無室廬，罔所自置。孤焭特行，懷閔抱思。昔師曠三奏，而神物下降，玄鶴二八，軒舞於庭，何琴德之深哉！（〔漢〕馬融〈琴賦〉）

王褒的賦中這位盲樂師，天生目盲，從未見過天地晝夜白黑的變化。這樣的殘缺使他們心中充滿了憂怨與憤恨，又因為眼睛的限制，很少有地方來抒發心中的憂怨，自然就專心於音樂，掌握了音樂的奧妙。由此可知，盲人「發憤作樂」，音樂是不平之鳴，是一種強烈的情緒宣洩需求。蔡邕筆下的盲樂師亦是如此，對目盲感到抑鬱，而有「嗟求煩以愁悲。撫長笛以攄憤兮」的需求，希望藉吹笛來「舒滯積而宣鬱」。蔡仲德《中國音樂美學史》即認為王褒提出「發憤作樂」與司馬遷「發憤著書」同具意義。〔註47〕從治療的意義而言，因內心憂憤

〔註47〕見蔡仲德著：《中國音樂美學史》，頁 468。

而藉由彈奏或著述，皆是一種宣洩或轉移的管道。另一篇馬融〈琴賦〉，賦中假託人物遨閒公子，其處境是失志、孤獨、憂傷。一方面雖暗示了琴音的極度憂傷，以及凸顯音樂之感人，另一面從彈奏者的動機而言，正是出於尋找一種情緒的出口，撫琴亦是撫平傷痛，即是自我療癒。

　　對於音樂十分精通的嵇康，在〈琴賦〉中對於琴音的療癒功能有深刻的體驗。〈琴賦〉之序中說琴音「可以導養神氣，宣和情志，處窮獨而不悶者，莫近於音聲也」，也就是說，解孤獨苦悶之情緒莫過於琴音，又說「性絜靜以端理，含至德之和平，誠可以感盪心志而發洩幽情矣！」認為琴音可感動人的心靈意志，具有抒發幽情的功能，原因在於琴音具有「絜靜和平」的本質。〈琴賦〉中列出了幾首琴曲及其聆賞次序，其中古雅之曲與俗曲皆有：

> 若次其曲引所宜，則〈廣陵〉、〈止息〉，〈東武〉、〈太山〉。〈飛龍〉、〈鹿鳴〉，〈鵾雞〉、〈遊絃〉。更唱迭奏，聲若自然。流楚窈窕，懲躁雪煩。下逮謠俗，蔡氏五曲，〈王昭〉、〈楚妃〉、〈千里〉、〈別鶴〉，猶有一切，承間蓀乏，亦有可觀者焉。

若按適當的次序把上述各種琴曲排列起來，交替彈唱，聲如自然之音，流利清晰窈窕美好的琴聲，足以懲止躁競雪盪煩懣！這是嵇康依個人的體驗所開列的「音樂處方箋」。

　　音樂皆有疏導、弱化、宣洩情緒的作用，並非所有樂器的樂音皆有療癒的功效，具有「平和」特質的音樂特別有此功效。由漢至魏晉的樂器賦中，「琴音」是最為常見的治療物。以「琴」的療癒效果尤其受到文人重視，究其原因應與樂器本身的音色有關。我們也發現，就聆賞場景來說，有別為前一節「娛樂社交」中，箏與琵琶多為眾人聆賞，眾樂合鳴，歌舞相佐的熱鬧場面。古琴聆聽的場景多為寧靜、人少或獨處的時刻，這樣的氛圍適合心靈的沉澱，每每能為那些被凡塵俗事所擾的文人提供療癒的功能。

三、進德修養

通常音樂治療指主要在於情緒情感上的調節，達到聽者身心平衡。若將此「治療」的概念擴大，只要聽者能領會音樂的深刻內涵，則音樂淨化人心的作用可達到「理智」的精神層面，而有德行修養上的體悟。方銘健《藝術、音樂情感與意義》中將音樂聆賞分爲生理、情感、理智三個層面，其中「理智層面」：

> 此一層面或可引申爲知覺與創造的層面。除了感受音樂本身之美外，尚注重音樂的涵養、架構，並聆賞演唱或演奏的技巧及音樂素材的了解，無論曲調、節奏、和聲、曲式的區分、作曲家的風格、歌詞，乃至作曲的時代背景等，都是聆賞時所思考和探究的內容。但此種知覺是充滿感性的，以體驗音樂中最重要的表現情境，而不是「技術與評論」中冰冷的「耳力訓練」，換言之，此層面可說是知覺與反應無形中融合的美感經驗，是富有反應力的知覺體驗，可進而使之概念化。〔註48〕

也就是說，音樂審美過程中，聽者透過音樂中各方面訊息的統合，又跳脫技術性的、知識性的訊息，去體驗音樂的表現「情境」，此種知覺體驗具有「創造性」。

先唐樂器賦之賦家發現，音樂功能不僅是情緒上的治療，細細品味之後可體悟道理，進而內化爲「思想」，因此有了自我進德修養的功效。如傅毅〈琴賦〉：「明仁義以歷己，故永御而密親。」琴音可體悟仁義之理故可激勵自己，可長久地親近琴樂，修養自我。〔漢〕馬融〈長笛賦〉中進一步提到賞樂與修養之間的關係，賦中有云：

> 故聆曲引者，觀法於節奏，察變於句投，以知禮制之不可逾越焉。聽箴弄者，遙思於古昔，虞志於怛惕，以知長戚之不能閒居焉。

馬融認爲欣賞音樂的人，應當觀察笛音的節奏、音節等變化的規律，

〔註48〕見方銘健著：《藝術、音樂情感與意義》，頁 100〜101。

才能體會到禮制是不可隨意違背的。音樂的節奏與音節段落有其規律，禮制亦有應遵循的紀律，馬融找出兩者的同質性並加以連結。文中又說當聽到那些籤弄（雜曲、小弄）時，就聯想到古人，於是就在憂慮中對自己提出警戒，從而使自己明白人是不能長時間沉溺於消磨意志的樂聲中。馬融注意到音樂的知識層面，但又不停留於此，而是創造性地領略音樂意境，是理智與情感的結合，主觀與客觀的交融，也達到進德修養的境界。

　　魏晉時期，精通音樂的嵇康亦認為音樂可作為自我修養的工具，其〈琴賦〉：

> 余少好音聲，長而翫之。以為物有盛衰，而此無變。滋味有猒，而此不勌。可以導養神氣，宣和情志。處窮獨而不悶者，莫近於音聲也。是故復之而不足，則吟詠以肆志。吟詠之不足，則寄言以廣意。

序中說到，嵇康喜愛音樂且長久賞玩，認為琴音是百聽不厭的。若就個人修養方面，琴音可以「導養神氣，宣和情志」，此非儒家德行上的修養，而是屬於道家修養所追求的身心平衡的狀態。琴音如何能有「導養神氣」的功能？琴本身的音色特質具有靜、平和的特色，可使人的神與氣平和，賦中談到：

> 若論其體勢，詳其風聲。器和故響逸，張急故聲清。閒遼故音庳，絃長故徽鳴。性絜靜以端理，含至德之和平，誠可以感盪心志而發洩幽情矣！是故懷戚者聞之，莫不憯懍慘悽，愀愴傷心，含哀懊咿，不能自禁；其康樂者聞之，則欨愉歡釋，抃舞踊溢，留連瀾漫，嗢噱終日；若和平者聽之，則怡養悅愈，淑穆玄真，恬虛樂古，棄事遺身。……總中和以統物，咸日用而不失。其感人動物，蓋亦弘矣！

若與其他樂器相較，琴的構造造成琴音「響逸」、「聲清」、「音庳」，可知琴的音色是悠遠、清新、低渺，而「徽鳴」所發出的「泛音」更有空靈之美。這樣的音質具簡潔虛靜之美，故說「絜靜以端理」，可感盪心志。因此有修養的「平和者」聽之，則內心平靜喜悅，歸

於「淑穆玄眞」的純樸之境，恬淡虛靜境界，可遠離俗事遺忘沉重肉身。《莊子・天道》：「夫虛靜恬淡，寂漠無爲者，天地之平而道德之至，故帝王聖人休焉。」〔註49〕可知嵇康所描述的境界，即道家的修養境界，賦中所謂「琴德最優」亦與儒家的「道德」不同。達此虛靜玄眞的境界即賦中所謂「至人」。嵇康讚美琴音有修養之效，所以「咸日用而不失」，賦中又說：「嘉斯器之懿茂，詠茲文以自慰。永服御而不厭，信古今之所貴」，是可長久相伴之物，價值是歷久彌新的。

但嵇康不像其他賦家過分誇大琴音效用，並非所有人都能領略琴音超脫的境界，賦中「然非夫曠遠者，不能與之嬉遊；非夫淵靜者，不能與之閑止；非放達者，不能與之無吝；非至精者，不能與之析理也」，也就是上述的「平和者」才能藉琴音達修養之境界，賦中「亂」的部分亦感嘆「識音者希，孰能珍兮」。

其他如〔晉〕伏滔〈笛賦〉：「達足以協德宣猷，窮足以怡志保身。兼四德而稱雋，故名流而器珍。」認爲笛音兼有《周易正義》「四德」〔註50〕，文人處境困頓時可作爲「怡志保身」的修養。

先唐樂器賦中有關音樂助於個人進德修養的文字並不多，或許因爲德行修養本屬於個人之事，與賦的誇大、鋪陳性質不太相符。而樂器種類方面，僅有「笛」與「琴」出現在樂器賦中，而以「琴」較多。至於「笛」，《風俗通義・聲音第六》云：「笛者，滌也。所以蕩滌邪穢，納之於雅正也。」〔註51〕由於諧音之故，「笛」有了「洗滌」之意，笛音也被認爲有洗滌污穢邪惡之效，而被列入雅正之樂。可推知，賦家認爲笛音有進德修養之功，應與「洗滌」的觀點有關。

〔註49〕見〔戰國〕莊周撰、〔清〕王先謙撰、劉武撰：《莊子集解・莊子集解內篇補正》，卷四，頁113。

〔註50〕「四德」：指《周易正義》乾卦卦辭所言元、亨、利、貞四德。見《周易正義》，阮刻《十三經注疏》本，卷第一，頁8。

〔註51〕見〔漢〕應劭撰：《風俗通義》，第六卷，頁5。

　　琴爲何能成爲文人進德修養的媒介？馬梁懷、侯深〈風流千古，人琴俱存——漢晉之際的士人與琴的關係之探討〉一文曾探討「琴」的文化意蘊，文中認爲傳統社會的諸多樂器中，唯有琴「不入歌舞之場」，僅限於文化人中流行，是士人最鍾情之物，寄情托志的載體。其原因之一在於：

> 清、微、淡、遠是琴音所追求的理想境界，它自然而然地與「傾向簡約玄澹，超然絕俗的哲學美」的魏晉人的心靈契合了。無疑，道家哲學的冲和寧靜，大音希夷；儒家思想的中正和平，大樂必簡，同古琴及琴音之淵源畢深畢遠。〔註52〕

此文雖探討漢晉之際，實亦符合整個先唐概況。琴音簡約幽靜的特質，符合儒家「平和」與道家「靜」「簡」的要求，無論是漢代如馬融等儒家思想的文人，抑或是魏晉如嵇康等道家思想之人，皆喜愛與琴爲伴，並從中領略其哲學意境，藉以進德修養。而〔東漢〕桓譚《新論・琴道》「琴，神農造也。琴之言禁也，君子守以自禁也。」〔註53〕，「琴」與「禁」也因爲音近的關係而有「自我節制」的意涵，因而使琴成爲文人生活不可或缺的一員。

四、移風易俗

　　賦家認爲音樂對於自身可以進德修養，對於他人有扭轉人性的功用，運用於政治上，可達到移風易俗的功效。此爲音樂「治療」

〔註52〕馬梁懷、侯深〈風流千古，人琴俱存——漢晉之際的士人與琴的關係之探討〉一文中認爲琴與士人在漢魏之際性命相托之因，主要有：1. 梧桐在士人心中凝有一個高潔孤傲的意象；2. 琴音低渺，所追求的清、微、淡、遠的理想境界與魏晉人的心靈契合；3. 古琴曲解題的故事慰藉人心；4. 琴譜只記指法，不標節奏，寫意化琴音符合自由人格；5. 伯牙與鍾子期，司馬相如與卓文君的知音意象。見馬梁懷、侯深著：〈風流千古，人琴俱存——漢晉之際的士人與琴的關係之探討〉，《華中師範大學學報（人文社會科學版）》，第39卷第3期，2000年5月，頁109～116。

〔註53〕見〔漢〕桓譚撰：《新論》，頁3。

觀念的擴大，由身心層面乃至精神層面，由個人乃至群體。

　　先看〔漢〕王襃〈洞簫賦〉中有：「哀悁悁之可懷兮，良醰醰而有味」，悲傷的簫聲能使人感到鬱悶的沉思，確實能讓人品味出其中的深意，進而反省自己。賦中談到洞簫感化人的效用：

　　　　故貪饕者聽之而廉隅兮，狼戾者聞之而不懟。剛毅強蟍反
　　　　仁恩兮，嘽咺逸豫戒其失。……囂、頑、朱、均惕復惠兮，
　　　　桀、蹠、鬻、博儡以頓悴。吹參差而入道德兮，故永御而
　　　　可貴。

賦中認為音樂能使貪財者去除貪心而行為端正起來，使貪狠殘暴的人改惡而不怨恨，使剛毅強暴的人萌發出仁恩之情。更具體舉出歷史上愚頑兇殘的丹朱、商均、夏桀、盜蹠、夏育、申博等人，〔註54〕聽了之後都受到震驚而醒悟過來，改變自己的惡性而陷入自我反省之中。吹奏洞簫把人引入感化之道，所以應該長久地使用它。這裡似乎誇大了音樂功能，認為能將人的惡性轉為善性。簫聲如何能有這樣的功能？王襃〈洞簫賦〉中寫到：

　　　　故聽其巨音，則周流汜濫，並包吐含，若慈父之畜子也。
　　　　其妙聲，則清靜厭㿜，順敘卑達，若孝子之事父也。科條
　　　　譬類，誠應義理。澎濞慷慨，一何壯士。優柔溫潤，又似
　　　　君子。故其武聲，則若雷霆輘輷，佚豫以沸㥜。其仁聲，則
　　　　若飄風紛披，容與而施惠。

王襃聆聽音樂時「科條譬類，誠應義理」，拿不同的樂曲和其他事物相比擬，確實能在義理方面找到相感應之處。簫聲可以蘊含人倫之理，如父畜子之包容，子事父之卑順；可以蘊含人格特質，如壯士的慷慨，君子的溫潤；亦可依音樂內涵稱其為武聲或仁聲。由此可知，簫聲之所以能改惡性為善性，其根本在於音樂所蘊含了正向

〔註54〕朱：堯子丹朱。均：舜子商均。朱、均，皆不肖。鬻：夏育。博：
　　　　申博。王襃〈洞簫賦〉李善注引陸機〈夏育贊〉：「夏育之猛千載所
　　　　希。申博角勇，臨難奮椎。」見〔梁〕蕭統編、〔唐〕李善注：《文
　　　　選》，卷十七，頁251。

的義理。因爲簫聲的悲聲蘊含義理，能感動萬物（賦皆強調萬物），更何況是萬物之靈，有感情的人呢？也因此〈洞簫賦〉中稱讚簫聲「況感陰陽之龢，而化風俗之倫哉」，又「賴蒙聖化，從容中道，樂不淫兮。條暢洞達，中節操兮。」承蒙君王的德化，而聲音雍容和雅，合乎大道，即使歡樂亦不過分。聲音條貫通暢，合乎中正的操守品行。因爲蘊含義理，所以能感化萬物人心。

　　追慕王褒的馬融，寫下〈長笛賦〉，其對於移風易俗的原理功效，其敘述更爲詳盡。賦中談到樂曲之客觀型態與聽者之主觀領悟的關係：

> 故聆曲引者，觀法於節奏，察變於句投，以知禮制之不可
> 逾越焉。聽筬弄者，遙思於古昔，虞志於怛惕，以知長戚
> 之不能閒居焉。

先說欣賞音樂的人，應當觀察笛音的節奏、音節等規律，才能體會到禮制是不可隨意違背的。可知音樂的節奏、音節與禮制皆有一定規範，兩者有其共性。接著，當聽到「筬弄」（即雜曲）時，就聯想到古人，並藉此警惕自己，不可長時間沉溺於意志消沉的生活。雜曲與古人的共同點在「古」，「古」與「今」相對。接續所謂「遙思於古昔」，繼承王褒的「以義理喻聲」，馬融賦中所提到古昔之哲理，較王褒〈洞簫賦〉更爲廣泛而具體，賦中說：

> 故論記其義，協比其象：徬徨縱肆，曠瀁敞罔老莊之槩也。
> 溫直擾毅，孔孟之方也。激朗清屬，隨光之介也。牢剌拂
> 戾，諸、賁之氣也。節解句斷，管商之制也。條決繽紛，
> 申韓之察也。繁縟駱驛，范蔡之說也。剺櫟銚懂，晢龍之
> 惠也。

所謂「論記其義，協比其象」是說當論述笛聲所蘊含的哲理（義），以及它的外表型態（象），就能發現它的寬大閒幽，具有老莊的風度；它的溫和正直、柔順而剛毅，就像孔孟之道；它的激切、明朗、清白、剛烈，好像卞隨、務光的節操；它的憤郁，與世違逆，又像具備著專諸、孟賁的勇氣；它的節奏明快，章節清晰，就如管仲、

商鞅的決斷；它的調貫清晰，能疏決淤滯，亂而能理，則如申不害、韓非一樣明察；笛聲的繁多，相連不絕，就像范睢、蔡澤的說辭；笛聲的分別有節制，就如鄧晳、公孫龍子一樣聰明。各流派的思想家、高潔之人、刺客、說客等皆在笛音所蘊含的義理之列，此哲理與音樂之「象」有著相似連結，這裡說明了「人」如何從「音樂」領悟「義理」的原因。此外除了富含哲理，音樂對人的改變作用在於聽者可以各取所需，以彌補自己人格行為上的缺失，使其趨向中庸，賦中曰：

> 上擬法於〈韶箾〉、〈南籥〉，中取度於〈白雪〉、〈淥水〉，下采制於〈延露〉、〈巴人〉。是以尊卑都鄙，賢愚勇懼。魚鼈禽獸，聞之者莫不張耳鹿駭。熊經鳥申。鴟眄狼顧，拊譟踊躍。各得其齊，人盈所欲。皆反中和，以美風俗。

因為笛音取法吸收了古雅與俗曲，因此可影響不同階層的人，包括蟲魚鳥獸。至於音樂的功能，馬融不特別強調將人性的惡性扭轉為善性，而是認為音樂可使人「得其齊」、「盈其欲」、「反中和」進而「美風俗」。所謂「中和」，《中庸章句》曰：「喜怒哀樂之未發，謂之中；發而皆中節，謂之和。」〔註55〕因此「中和」不僅是情緒，包含言行都要可符合節度，不至於過而不及。〈長笛賦〉寫到：

> 屈平適樂國，介推還受祿。澹臺載尸歸，皋魚節其哭。長萬輟逆謀，渠彌不復惡。蒯聵能退敵，不佔成節鄂。王公保其位，隱處安林薄。宦夫樂其業，士子世其宅。鱣魚喁於水裔，仰駟馬而舞玄鶴。……是故可以通靈感物，寫神喻意。致誠效志，率作興事。溉盥汙穢，澡雪垢滓矣。

這裡說笛音使人自得其應得的本分，人的慾望都得到滿足而不再產生新的欲望，都能返歸中庸之道，以美化風俗。上文所提到的八個人物，除了長萬、渠彌弒君屬於惡行之外〔註56〕，其餘四人在行為

〔註55〕見〔宋〕朱熹撰：《四書章句集注》，頁18
〔註56〕長萬，即南宮長萬，春秋時宋國大夫，弒閔公。渠彌，即高渠彌，春秋時鄭大夫，弒昭公。賦文中認為二人聞此笛聲，就會中止弒君

上並非大惡，而是或太過或不及，不符合儒家中庸之道。性善之人
也會有不當的言行，只要聆賞音樂即可修正偏差的想法與行為。如
賦中認為聆聽笛音之後，屈原不會投江，而是到安樂的地方去施展
抱負；介之推〔註57〕不會堅持隱居，而是返回而接受晉文公的祿位；
澹臺〔註58〕會扭轉舊性，載子之屍而歸；皋魚〔註59〕也會自我節制，
而不再哭泣；蒯潰〔註60〕則有遷讓之德而自動退兵；不占〔註61〕增
添勇氣而成全節操。音樂不僅用於惡人，而是適用於所有人；不僅
使人性向善，亦可使人轉念修行，其功能更為擴大而平實。

音樂移風易俗的功能於樂器賦中一再被強調，除了長笛、洞簫
之外，「笙」在賦家眼中亦具教化之功，如：〔晉〕王廙〈笙賦〉中：
「足可以易俗移風，興洽至教。弘義著於典謨兮，歷萬代而彌劭。」
寫音樂的功用，可以移風易俗、教化百姓，意義重大而歷久彌新。
潘岳〈笙賦〉：「協和陳、宋，混一齊、楚。邇不逼而遠無攜，聲成
文而節有敘。」可協調陳、宋兩地的風俗，混同齊、楚兩地的聲音、
風俗，也就是音樂有移風易俗的功能。又讚美笙樂，聲成文，節有
度，蘊含「規範」的意涵。〔晉〕夏侯淳〈笙賦〉則是：

> 若夫纏綿約殺，足使放達者循察；通豫平曠，足使廉規者

陰謀，並不再產生惡念。

〔註57〕介之推：春秋時晉人，嘗從重耳流亡，後重耳（晉文公）即位，介
高尚不仕，亡於山林。見《春秋左傳正義》僖公二十四年。見《春
秋左傳正義》，阮刻《十三經注疏》本，卷第十五，頁255。

〔註58〕澹臺：複姓，指孔子弟子澹臺滅明，字子羽。張華《博物志》曰：「澹
臺子羽，溺水死，欲葬之。滅明曰：『此命也。與螻蟻何親？與魚鱉
何讎？』遂不使葬。」見〔晉〕張華撰：《博物志》（臺北：中華書
局，1981年），卷第八，頁1。

〔註59〕皋魚：春秋時人，《韓詩外傳・九》：「孔子行，聞哭聲甚悲。孔子曰：
『驅！驅！前有賢者。』至，則皋魚也。」見賴炎元註譯：《韓詩外
傳今註今譯》（臺北：商務印書館，1972年），頁367。

〔註60〕蒯潰：春秋時衛靈公之子，曾被立為太子，後靈公逐之，而立蒯潰
子輒，靈公薨，蒯潰率師將伐其子以取其位。

〔註61〕不占：陳不占，春秋時齊國人，聞崔杼弒君，將往救君，餐則失匙，
上車失軾，至公門之外，聞戰鬥之聲遂驚死。

> 棄節；沖虛冷澹，足使貪榮者退讓；開明爽亮，足使慢惰
> 者進竭。豈眾樂之能倫，邈奇特而殊絕。

說明笙的樂音，不同音樂風格具有不同的影響力，其深厚儉約的樂音，足以使放達的人變得省察；其寬廣平遠的聲音，足以使廉潔守規的人放棄小節；其淡泊空靈的聲音，足以使貪慕榮利的人退隱；其開明爽朗的聲音，足以使怠惰的人變得進取。這裡清楚說明了音樂對於行為改變的力量。至於〔晉〕潘岳〈笙賦〉則注意到音樂亦神亦魔的兩面能力：

> 彼政有失得，而化以醇薄。<u>樂所以移風於善，亦所以易俗於惡</u>。故絲竹之器未改，而桑濮之流已作。惟簧也，能研群聲之清。惟笙也，能總眾清之林。<u>衛無所措其邪，鄭無所容其淫。非天下之和樂，不易之德音，其孰能與於此乎</u>。

施政有得失，音樂也化為淳厚或輕薄。音樂可以使風俗向善，也可使風俗趨於惡。所以賦中談到樂器未改，而亡國之音已起。潘岳認為不是所有的音樂都有正向的影響力，認為只有笙樂是「和樂」、「德音」，才有使風俗向善的能力，能抑制鄭衛亂世之音的邪淫。

　　再看「琴」，琴音具平和特質，〔晉〕傅玄〈琴賦〉：「神農造琴，所以協和天下人性，為至和之主。」舉神農造琴的傳說，琴音有協和人性的功能。〔晉〕成公綏〈琴賦〉：「窮變化於無極兮，盡人心之好善。」琴音可使人心喜好「善」的力量，又說：「四氣協而人神穆兮，五教泰而道化通。」認為琴音的功用，可協和春、夏、秋、冬四季以及人喜、怒、哀、樂四種情緒，〔註62〕使人神皆平和，「五教」〔註63〕等倫常之理可藉此通達而有教化之功。

〔註62〕「四氣」，指春夏秋冬的溫熱冷寒之氣。漢儒附會天人感應之說，以喜怒哀樂應四時為四氣。董仲舒《春秋繁露‧王道通三》：「喜氣為暖而當春，怒氣為清而當秋，樂氣為太陽而當夏，哀氣為太陰而當冬。四氣者，天與人所同有也。」見賴炎元註譯：《春秋繁露今註今譯》，頁296。

〔註63〕「五教」：五常之教，指父義、母慈、兄友、弟恭、子孝五種倫理德的教育。

　　至於嵇康〈琴賦〉主張「聲無哀樂」，也因此對音樂移風易俗的功能持較為保留的態度：

> 性絜靜以端理，含至德之和平，誠可以感盪心志而發洩幽情矣！是故懷戚者聞之，莫不憯懍慘悽，愀愴傷心，含哀懊咿，不能自禁；其康樂者聞之，則欨愉歡釋，抃舞踊溢，留連瀾漫，嗢噱終日；若和平者聽之，則怡養悅愉，淑穆玄真，恬虛樂古，棄事遺身。是以伯夷以之廉，顏回以之仁。比干以之忠，尾生以之信。惠施以之辯給，萬石以之訥慎。其餘觸類而長，所致非一。同歸殊塗，或文或質。總中和以統物，咸日用而不失。其感人動物，蓋亦弘矣！

因為音樂本身無哀樂之情，哀樂本在人心，音樂雖能「感盪心志而發洩幽情」，所感發之情則因聽者而異，「懷戚者」、「康樂者」、「和平者」各有不同感受。即使具有平和潔靜內涵的琴音亦是如此。若就感化人心而言，嵇康應不認為音樂有「轉惡為善」如此巨大的作用，但引發聽者原有的好特質是可能的，因為〈琴賦〉所舉的例子，伯夷的廉，顏回的仁，比干的忠，尾生的信，惠施的辯給，萬石〔註64〕的訥慎等，皆為原本存在內心的本質，僅是藉音樂而被誘發，並強化，所以說「觸類而長，所致非一，同歸殊塗，或文或質」，因音樂所接觸之人而增長其特質，所達到的效果不一，雖表現不同，效用皆為感發心志。且嵇康認為「識琴音者希」，琴音對於人的感化有其侷限，他曾說：「然非夫曠遠者，不能與之嬉遊；非夫淵靜者，不能與之閑止；非放達者，不能與之無忒；非至精者，不能與之析理也。」也就說，只有性情曠遠、淵靜、至精之人，才能領略音樂的境界。

　　其他樂器如琵琶，〔晉〕孫該〈琵琶賦〉中有：「紲邪存正，疏密有程。離而不散，滿而不盈。沉而不重，浮而不輕。」認為樂音可以「紲邪存正」排除邪惡保存正直，此為教化的力量。又說琵琶音樂疏密之間有一定的章程規格，可引申為「有節度」的意涵，而樂音分離

〔註64〕萬石：指漢代的石奮，他與四個兒子皆因居官謹慎，官至二千石，時人稱石奮為萬石君。

卻不鬆散，豐富卻不溢出，低沉而不沉重，浮動卻不輕挑，則傳達一種儒家「中庸」的思想，無過而不及，亦為一種道德修養的境界。又如箏，侯瑾〈箏賦〉：「若乃上感天地，下動鬼神，享祀祖宗，酬酢嘉賓，移風易俗，混同人倫，莫有尚於箏者矣。」也提出箏樂有移風易俗、協調人倫之間關係的功能。

五、以音觀人

　　先唐音樂賦中，〔漢〕馬融〈長笛賦〉中提出「以音觀人」的音樂功能。所謂「以音觀人」認為透由音樂可以觀察作曲者或演奏者的心志，其思想前提是承認音樂可以反映人心，「音如其人」、「音可盡意」的想法，而這樣的思想承自〈樂記〉。〈樂記〉在探討音樂的本質上，基本觀點是認為音樂是受到外界事物的影響而產生的，〈樂記〉：「凡音之起，由人心生也。人心之動，物使之然也。」〔註65〕又「凡音者，生人心者也。情動於中，故形於聲，聲成文，謂之音。」〔註66〕也就是人心受外界影響有情感上的波動，藉由音樂這種藝術形式表現出來。音樂是表達人們感情的一種藝術形式。

　　「以音觀人」的思想亦可溯源至伯牙與鍾子期的知音故事，其內容除了傳達知音難尋的意涵之外，另一種意義則是音樂展演「志」的可能性，《呂氏春秋‧本味》有：

> 伯牙鼓琴，鍾子期聽之，方鼓琴而志在太山，鍾子期曰：「善哉乎鼓琴！巍巍乎若太山。」少選之間，而志在流水，鍾子期曰：「善哉乎鼓琴！湯湯乎若流水。」鍾子期死，伯牙破琴絕弦，終身不復鼓琴，以為世無足復為鼓琴者。〔註67〕

鍾子期理解琴音中的「志在太山」與「志在流水」，無論是太山或流水，鍾子期所理解的是伯牙的「志」，如太山、流水的高潔之志。鍾

〔註65〕見《禮記正義》，阮刻《十三經注疏》本，卷第三十七，頁662。
〔註66〕見《禮記正義》，阮刻《十三經注疏》本，卷第三十七，頁663。
〔註67〕見〔戰國〕呂不韋等撰、陳奇猷校釋：《呂氏春秋新校釋》，卷第十四，頁744～745。

子期平時對伯牙的人格應有深刻的理解，才能聽出琴音中流露之「志」，另一方面，琴音所展演的不僅是現實中高山流水，更是人格志向，也顯示出音樂可以反映其志，他人可透由音樂知其志。鍾子期不僅「知音」更「知志」，十分難得。

馬融〈長笛賦〉中提到笛音可「以觀賢士」，賢士之情志融於笛音之中，精通音樂之人可藉由笛音悟出賢士的情趣。賦中又曰：

> 上擬法於〈韶箾〉、〈南籥〉，中取度於〈白雪〉、〈淥水〉，
> 下采制於〈延露〉、〈巴人〉。是以尊卑都鄙，賢愚勇懼。

笛子可表現上、中、下各種不同層次的樂曲，無論是莊重的古樂、雅樂，或民間小調皆可仿效吸收其長處。因此，可以憑笛聲來確定「尊卑都鄙，賢愚勇懼」，音樂可呈現人們地位的尊貴或卑賤，心靈的美好或醜陋，才智的賢明或愚笨，品行的勇敢或膽怯，此即爲「以音觀人」的思想。而〈長笛賦〉中談到笛音的功用時說：「是故可以通靈感物，寫神喻意。致誠效志，率作興事，溉盥汙濊，澡雪垢滓矣。」其中「致誠效志」是說音樂既能表明一個人的赤膽忠誠，也能看出一個人的志向，亦表現「以音觀人」的觀點。

值得再提的是，儒家的音樂思想中，「以音觀人」的概念，與「樂與政通」乃至於可「以樂觀政」的思想基礎相近。此觀念可溯源至季札觀樂與孔子聞韶樂，音樂不僅可以「表現」還可以「反映」。季札觀齊樂，能知其有泱泱大國之風，觀〈小雅〉能感「其周德之衰」。〔註68〕又如孔子稱許韶樂「盡善盡美」（《論語集注．八佾》）〔註69〕，

〔註68〕《春秋左傳正義》襄公二十九年記載「吳公子札來聘，……請觀於周樂。使工爲之歌〈周南〉、〈召南〉。曰：『美哉！始基之矣，猶未也，然勤而不怨矣。』……爲之歌〈齊〉。曰：『美哉！泱泱乎！大風也哉！……國未可量也！』爲之歌〈豳〉。曰：『美哉！蕩乎！樂而不淫。其周公之東乎？』爲之歌〈秦〉。曰：『此之謂夏聲。夫能夏則大，大之至也，其周之舊乎？』……爲之歌〈唐〉。曰：『思深哉！其有陶唐氏之遺民乎？不然，何憂之遠也？非令德之後，誰能若是？』……爲之歌〈小雅〉。曰：『美哉！思而不貳，怨而不言，其周德之衰乎？猶有先王之遺民焉！』爲之歌〈大雅〉。曰：『廣哉！

季札與孔子不僅懂音樂，還能聽出音樂中所反映的內涵。

　　既然音樂可反映一個人的情志，那麼地區性的音樂則可反映該地區人民的群體心聲，而施政的好壞，人民有最直接的感受，所以透過音樂可以反映施政得失與風土民情。〈樂記〉寫到：

> 凡音者，生於人心者也；樂者，通倫理者也。是故知聲而不知音者，禽獸是也；知音而不知樂者，眾庶是也。唯君子為能知樂。是故審聲以知音，審音以知樂，審樂以知政，而治道備矣。是故不知聲者不可與言音。不知音者不可與言樂。知樂，則幾於禮矣。〔註70〕

除了音樂可反映人心的觀點，上文由「知聲」而「知音」而「知樂」而「知政」，審樂的難度遞增，表明「樂與政通」的觀點，執政者應「審樂以知政」。〈樂記〉的作者看到了音樂與政治的關係。文中指出：「是故治世之音安以樂，其政和；亂世之音怨以怒，其政乖；亡國之音哀以思，其民困。聲音之道，與政通矣。」〔註71〕從這裡可以看到音樂與政治、社會風尚、民心是密切相關的。

六、通神感物

　　先唐樂器賦中，許多篇章描寫音樂感人的效果，而在音樂「感人」的同時，賦家還強調音樂能「通神」與「感物」。所謂「通神」即音樂可上通神靈，進而感動神靈；所謂「感物」即音樂能使草木鳥獸為之感動。〔漢〕侯瑾〈箏賦〉中寫到音樂的多元功能：

> 若乃上感天地，下動鬼神。享祀祖宗，酬酢嘉賓。移風易俗，混同人倫，莫有尚於箏者矣。

其中，音樂能對上感動天地，對下感動鬼神，此即為「通神」的功能。〔漢〕馬融〈琴賦〉中有：「昔師曠三奏，而神物下降，玄鶴二八，

　　熙熙乎！曲而有直體，其文王之德乎？』」見《春秋左傳正義》，阮刻《十三經注疏》本，卷第三十九，頁667～671。

〔註69〕見〔宋〕朱熹撰：《四書章句集注》，卷二，頁68。

〔註70〕見《禮記正義》，阮刻《十三經注疏》本，卷三十七，頁665。

〔註71〕見《禮記正義》，阮刻《十三經注疏》本，卷三十七，頁663。

軒舞於庭,何琴德之深哉!」是藉師曠奏琴的傳說,寫琴德感人之深,能使「神物」下凡,亦是賦家認為音樂可「通神」的一例。至於音樂的「感物」功能,賦中的描述也不少,如:

> 〈樊姬〉遺歎,〈雞鳴〉高桑。走獸率舞,飛鳥下翔。(〔漢〕蔡邕〈琴賦〉)

> 於是歌人恍惚以失曲,舞者亂節而忘形。哀人塞耳以惆悵,輹馬躞足以悲鳴。(〔漢〕蔡邕〈琴賦〉)

> 雲禽為之婉翼,泉鱣為之躍鱗。遠可以通靈達微,近可以寫情暢神。(〔晉〕伏滔〈笛賦〉)

蔡邕的賦中,前一段文字寫到,因為琴人感人至深,走獸按照樂音的節奏舞蹈,飛鳥落地偕音舞蹈,以及第二段文字中的輹馬失足悲鳴,皆為音樂「感物」的驚人之效。伏滔的賦中,笛音可使雲端的禽鳥為此而折翼,潭中的魚為此跳躍,並認為笛音遠可以通達幽微之處的神靈,近則可以抒發心情舒暢精神,傳達出音樂具有通神與感人的功能。

神與人,人與動物,皆有語言的隔閡,人如何透過「音樂」能達到溝通的效果?若追溯其思想基礎,就「通神」方面,可上溯古代巫師透過音樂與神靈溝通的傳統,而「感物」方面,則因音樂與情感的「異質同構」模式,透過音樂的「情感」與萬物溝通。這樣的觀念其實在樂器賦描寫樂器產地的環境時,已展現出來,如〔漢〕王褒〈洞簫賦〉:

> 託身軀於后土兮,經萬載而不遷。吸至精之滋熙兮,稟蒼色之潤堅。感陰陽之變化兮,附性命乎皇天。……孤雌寡鶴,娛優乎其下兮,春禽群嬉,翱翔乎其顛。秋蜩不食,抱樸而長吟兮,玄猿悲嘯,搜索乎其間。

竹子尚未製成樂器之前,多已感受陰陽之氣的變化,吸收天地間的精華,此已為後來樂器樂音的「感動天地神靈」打下基礎;而禽鳥走獸的環繞與鳴叫,影響著竹子的音色本質,也為後來樂音的「感動萬物」奠下基礎。既然竹子能接受天地陰陽之氣,能浸染禽鳥走獸之鳴,則

也反過來影響天地萬物，此已建立樂器與天地萬物互通的管道。因此〈洞簫賦〉中也寫到音樂的「感物」之效：

> 是以蟋蟀蚸蠖，蚑行喘息。螻蟻蝘蜒，蠅蠅翊翊。遷延徙迤，魚瞰鳥睨。垂喙螆轉，瞪瞢忘食。況感陰陽之龢，而化風俗之倫哉！

連蟋蟀、尺蠖、螻蟻、蝘蜒等蟲都被這美妙的簫聲所吸引，它們昂起頭、張著嘴、瞪大眼睛，它們圍著這樂聲轉，聽到都忘了飲食。另一篇〔漢〕馬融〈長笛賦〉也存在著同樣的思考模式，描寫竹子受到環境中風、雨、冰、雪的歷練，以及禽鳥群獸的悲鳴，因此說「夫固危殆險巇之所迫也，眾哀集悲之所積也」，為樂器的「悲音」作伏筆，也後來的「通神感物」立下基礎。因而，賦中描述笛聲使萬物感動之百態：

> 魚鼈禽獸，聞之者莫不張耳鹿駭。熊經鳥申，鴟眎狼顧。拊譟踴躍，各得其齊。……鱣魚喁於水裔，仰駏馬而舞玄鶴。……是故可以通靈感物，寫神喻意。

魚鼈禽獸聽到這些笛聲都會豎起耳朵，有的伸長脖子抬著頭，有的回過頭來傾聽，並隨著笛聲呼喚而起舞。又說笛聲能吸引鱣魚游出水面來傾聽，低頭吃草的馬也抬起頭來欣賞，因此可以「通靈感物」，李善注解釋為：「通於神靈，感致萬物」〔註72〕。

最後看〔魏〕嵇康〈琴賦〉，寫梧桐環境之時，也是說：「含天地之醇和兮，吸日月之休光」，而附靠在其左右的皆為「自然神麗」之物，營造彷彿仙境一般。而寫琴音感人之效則是：

> 于時也，金石寢聲，匏竹屏氣。王豹輟謳，狄牙喪味。天吳踊躍於重淵，王喬披雲而下墜。舞鸑鷟於庭階，游女飄焉而來萃。感天地以致和，況蚑行之眾類。嘉斯器之懿茂，詠茲文以自慰。永服御而不厭，信古今之所貴。

其中「天吳」傳說中的水神，〔註73〕「王喬」，傳說中的古代仙人王

〔註72〕見〔梁〕蕭統編、〔唐〕李善注：《文選》，卷十八，頁259。
〔註73〕天吳，傳說中的水神。《山海經・海外東經》：「朝陽之谷，神曰天吳，

子喬，「鸞驚」是鳳凰一類的神鳥，而「游女」傳說中的漢水之神。琴音所感動的皆爲神仙人物，與梧桐仙境一般的氛圍相呼應。

七、諷諭勸諫

賦體基本功能——諷諫，大多以「寓諷於樂」的方式呈現，如上述「移風易俗」、「以音觀人」等音樂功能中，賦家認爲雅正的音樂可造就良好風俗民情，藉由音樂可反映民情，皆說明「樂與政通」的關係，但其諷諫的意涵是隱微不顯的。賦中某些說教式的議論，被時空密集的鋪陳描敘所淹沒，所以歷來賦論家無不有「賦者，將以風也，必推類而言，極麗靡之辭，閎侈鉅衍，競於使人不能加也，既乃歸之於正，然覽者已過矣。」〔註74〕的慨嘆。明顯而直接的諷諫在「樂器賦」中十分少見，「曲終奏雅」本是賦的特色，樂器賦中的諷諫情況亦是如此。

漢大賦的作者理應有諷諫的意涵，但是觀其筆下的樂舞是盡情發揮情感的俗樂，而且還是變化多端的繁管急絃，具有娛人耳目的效果。〈樂記〉：「世亂則禮廢而樂淫。是故其聲哀而不莊，樂而不安，慢易以犯節，流湎以忘本。」〔註75〕漢賦所描寫的俗樂正是這樣的「亂世之樂」，與禮樂所崇尚的雅樂「樂而不淫，哀而不傷」的風格大不相同，但它卻被帝王所喜好。馮良方在《漢賦與經學》中提到，漢賦對音樂舞蹈的描寫，客觀上再現了當時的藝術風尚與審美趣味，「其主觀目的之一也是爲了諷諫」，而這些俗樂的描寫「暗示了帝王的行爲違背了禮樂的規範」。〔註76〕認爲賦中貫穿了區別俗樂、雅樂而諷諫的精神，並舉例：

是爲水伯。」見袁珂注：《山海經校注》（臺北：里仁書局，1982 年），卷四，頁 256。

〔註74〕《漢書·揚雄傳》，見〔漢〕班固等撰、〔唐〕顏師古注：《漢書》，卷八十七，頁 3575。

〔註75〕見《禮記正義》，阮刻《十三經注疏》本，卷第三十八，頁 681。

〔註76〕見馮良方著：《漢賦與經學》（北京：中國社會科學出版社，2004 年），頁 290

〈七發〉以「天下至悲」和「天下之靡麗、皓侈、廣博之
樂」以「發」楚太子；〈上林賦〉寫「麗靡爛漫」之樂，是
為了諷諫天子的「大奢」；〈二京賦〉：「妖蠱艷夫夏姬，美
聲暢於虞氏」云云，批判的是「天下承平日久，自王侯以
下莫不逾奢」。〔註77〕

可見，賦家確實是有諷諫的念頭，但只能以「暗示」的方式，再現帝
王的享樂情況的同時，期望帝王自我反省。可想而知，漢賦並沒有達
到諷諫的目的，劉勰《文心雕龍・雜文》中總結「七體」的特點時說：

觀其大抵所歸，莫不高談宮館，壯語畋獵。窮瑰奇之服饌，
極蠱媚之聲色。甘意搖骨髓，艷詞洞魂識，雖始之以淫侈，
而終之以居正。然諷一勸百，勢不自反。子雲所謂「先騁
鄭衛之聲，曲終而奏雅」者也。〔註78〕

雖是總結「七體」的特點，也是整個漢賦，包含音樂賦的共同追求。
賦家若以莊嚴肅穆，和平溫雅的音樂風格來勸諫，帝王尚未聽完就可
能已心生厭倦，只好以帝王所喜愛的俗樂入賦，而阻礙諷諫目的的實
現，正是這些眩人耳目的俗樂。

　　綜觀先唐樂器賦，較為明顯有諷諭勸諫之意的，應屬戰國宋玉
〈笛賦〉，賦中提到：

夫奇曲雅樂所以禁淫也，錦繡黼黻所以御暴也。繆則泰過，
是以檀卿刺鄭聲，周人傷〈北里〉也。

宋玉認為奇曲雅樂可以「禁淫」，就如同錦繡黼黻「御暴」，無須太
過繁縟，並舉兩例，一為古之知音者檀卿批評鄭聲，〔註79〕一為周
人對於殷紂王沉溺於〈北里〉〔註80〕之音，最後身死國滅感到哀傷

〔註77〕見馮良方著：《漢賦與經學》，頁290。
〔註78〕見〔梁〕劉勰撰、周振甫注：《文心雕龍注釋》，頁214。
〔註79〕檀卿，〔宋〕章樵《古文苑》的注釋中說是「古之知音者」，其生平
　　　　事蹟不詳。見〔宋〕章樵注：《古文苑》，卷第二，頁39。鄭聲，春
　　　　秋時代鄭國的音樂，多表現愛情，儒家視為淫樂。
〔註80〕〈北里〉，即〈北鄙〉，古樂曲名，是靡靡之音。《史記・殷本紀》：「於
　　　　是使師涓作新淫聲，〈北里〉之舞，靡靡之音。」見〔漢〕司馬遷撰、
　　　　楊家駱主編：《新校本史記三家注并附編二種》，卷三，頁105。

之事。「鄭聲」與〈北里〉兩者皆被視爲靡靡之音，容易使人沉溺
墮落，嚴重可導致亡國，常被視爲「淫樂」、「亡國之音」。而屬雅
樂的「笛音」有禁淫之效，此有諷諫君王提倡雅樂排斥淫樂之意。
此賦的「亂」曰：

> 絕鄭之遺離南楚兮，美風洋洋而暢茂兮。嘉樂悠長俟賢士
> 兮，鹿鳴萋萋思我友兮。安心隱志可長久兮。

文中「鄭」指鄭聲，「風」指《詩經》之風，「美風洋洋而暢茂兮」
應指《詩經》中〈關雎〉一章，〔註81〕，據《詩序》，〈關雎〉之樂
有「哀窈窕，思賢才」之意，宋玉此處有讚美雅樂，斥責鄭聲，招
攬賢士，思念故友之意。而〈關雎〉與「鄭聲」對舉，宋玉肯定雅
正音樂並批評繁縟的俗樂。但是觀宋玉〈笛賦〉中運用許多人物典
故，劉剛認爲「〈笛賦〉實有借古今之人之事寄寓痛恨強秦、感傷亡
國，追悼反秦抗秦的楚國君臣之意。」〔註82〕此賦借題發揮，種種
情感皆不直述，而是透過楚人楚事，或許是宋玉爲明哲保身而委婉
言事。司馬遷《史記・屈原賈生列傳》載：「屈原既死之後，楚有宋
玉、唐勒、景差之徒者，皆好辭而以賦見稱。然皆祖屈原之從容辭
令，終莫敢直諫。」〔註83〕批評宋玉「終莫敢直諫」，而〈笛賦〉委
婉諷諫的風格應是其參考的根據之一。

　　除了上述七種音樂功能，這裡附帶一提的是，先唐樂器賦所呈
現的音樂功能，幾乎不見音樂的原始功能——祭祀。關注音樂祭祀
功能的，僅有東〔漢〕侯瑾〈箏賦〉中：「若乃上感天地，下動鬼神。
享祀祖宗，酬酢嘉賓。移風易俗，混同人倫，莫有尚於箏者矣」所

〔註81〕《論語集注・泰伯》中孔子曾有讚美「〈關雎〉之亂，洋洋乎！盈耳
　　　哉」見〔宋〕朱熹撰，《四書章句集注》，卷四，頁106。又《論語集
　　　注・八佾》說「〈關雎〉，樂而不淫，哀而不傷」見〔宋〕朱熹撰：《四
　　　書章句集注》，卷二，頁66。
〔註82〕見劉剛著：〈〈笛賦〉爲宋玉所作說〉，《瀋陽師範學院學報（社會科
　　　學版）》第26卷第1期，2002年，頁20～25。
〔註83〕見〔漢〕司馬遷撰、楊家駱主編：《新校本史記三家注并附編二種》，
　　　卷八十四，頁2491。

提到箏樂可用於祭祖。日常生活的祭祀活動少不了音樂爲輔，但是祭祀音樂似乎不是文人所關注的對象，或許與祭祀音樂的風格莊嚴肅穆有關，莊嚴肅穆的音樂難以引人耳目，其內容多爲歌功頌德，與賦家的創作動機不相符。

綜觀先唐樂器賦所描述的音樂功能，各有其增強或減弱的趨勢。其中祭祀、諷諭勸諫、與移風易俗等功能似乎逐漸式微，文人重視的程度減弱，此與賦作讀者群轉變有關。而娛樂社交的功能，隨著儒家禮教的瓦解，反而被解放出來，至南朝尤其凸顯。另外，情緒治療本爲音樂的基礎功能，而進一步體悟的進德修養的功能，因爲樂器賦作者文人階層的身分，持續受到關注。至於通神感物這個原始的音樂功能，也持續影響著賦家看待音樂的觀點。

第三節　其他音樂思想

先唐樂器賦所呈現的音樂思想是豐富而多元的，除了第一節所探討賦家對於音樂或個別樂器的審美傾向，以及第二節所陳述諸多音樂功能與評價之外，尚有其他音樂思想如「感物動情」、「器法天地」等觀點，論述如下。

一、感物動情

所謂「感物動情」是人受到外在環境的影響而牽動內心的情感，進而表現於音樂之中。其「物」可指外在的天候與山川自然景物。這個思想可溯源至〈樂記〉：「凡音之起，由人心生也。人心之動，物使之然也。……樂者，音之所由生也，其本在人心之感於物也。」〔註84〕外物使人心動搖，人心有所感，音樂因此產生。又伯牙曾學琴於成連先生，學得技術卻學不得精神情志，成連先生以「感物動情」的方式「移情」給伯牙，唐吳兢《樂府古題要解·水仙操》云：

〔註84〕見《禮記正義》，阮刻《十三經注疏》本，卷第三十七，頁662～663。

右舊説伯牙學鼓琴於成連先生。三年而成，至於精神寂寞，情志專一，尚未能成也。成連云：「吾師方子春在海中，能移人情。」乃與伯牙、延望、無人至蓬萊山。留伯牙曰：「吾將迎吾師。」剌船而去，旬時不返。但聞海上汨汲淜渐之聲，山林宫冥，群鳥悲號，愴然歎曰：「先生將移我情。」乃援琴而歌之。曲終，成連剌船而還，伯牙遂爲天下妙手。〔註85〕

文中海上波濤，深林昏暗，群鳥悲鳴等物，正是引動伯牙情感的要素，正是其師所欲傳達的情感，難以言傳，須親身感受方能體會。本章第二節談「音樂治療」的功能時，曾提到「發憤作樂」，指演奏者因先天殘缺，或遭遇不順遂，藉演奏過程來抒發，是演奏者內在的因素；這裡的「感物動情」則是指外在環境景物對情感的影響。情感的誘發往往不是單向，而是內在與外在的雙向交互作用，除了自身處境遭遇足以影響情緒，而外在天候、景物、時節更是觸發情緒的誘因。

先唐樂器賦中，有關於演奏者因外在時節景物而「感物動情」，寓之於音樂的描述。〔戰國〕宋玉〈笛賦〉：「於是天旋少陰，白日西靡。命嚴春，使午子。延長頸，奮玉指。」描寫了天色轉陰，白日西斜的景象，接著吹笛者演奏悲傷的曲調，而〔晉〕孫該〈琵琶賦〉：「於是酒酣日晚，故爲秦聲。壯諒抗慨，土風所生。」描寫傍晚時分，有所感而「爲秦聲」。這天候、時間等寥寥幾筆的描寫，提供了暗示，在陰天或黃昏，特別容易有所感觸。再看下面賦句：

於是秋節既至，百物具成。嚴霜告殺，草木殞零。賓鳥鼓翼，蟋蟀悲鳴。羈旅之士，感時用情。乃命狄人，操笳揚清。（〔魏〕杜摯〈笳賦〉）

於是遯世之士，榮期綺季之疇。乃相與登飛梁，越幽壑。援瓊枝，陟峻崿，以遊乎其下。周旋永望，邈若凌飛。邪

〔註85〕見〔唐〕吳兢撰：《樂府古題要解》（臺南：莊嚴文化事業有限公司，1997年，《四庫全書存目叢書》，集部四一五），頁13。

　　　　晻崑崙，俯闞海湄。指蒼梧之迢遞，臨迴江之威夷。悟時
　　　　俗之多累，仰箕山之餘輝。羨斯嶽之弘敞，心慷慨以忘歸。
　　　　情舒放而遠覽，接軒轅之遺音。慕老童於騩隅，欽泰容之
　　　　高吟。顧茲梧而興慮，思假物以託心。（〔魏〕嵇康〈琴賦〉）

杜摯〈笳賦〉寫到，秋天是草木凋零的蕭瑟時節，蟲鳥悲鳴，羈旅之
人特別容易「感時用情」，因而請狄人吹笳。嵇康〈琴賦〉中描述，
隱者攀山越谷至罕無人跡之處，觀覽景物之時，心情得到舒放，因而
「顧茲梧而興慮，思假物以託心」。由兩人的陳述可知，秋天的蕭瑟
與登高望遠的遼闊，在心境、情感上產生了不同感受，觸動了不同情
感，演奏者所用來寄託心情的音樂自然呈現不同情調。

　　「感物動情」的效果，可以作用於演奏者，也可以作用於聽者。
或許因為理解環境對情感的影響，先唐樂器賦的賦家，也重視聆賞
場景的描寫，認為營造環境氛圍，有助於音樂審美情感的誘發。例
如對於彈琴場景的描繪，〔漢〕劉向〈雅琴賦〉中有：「潛坐蓬廬之
中，巖石之下」認為草廬中、岩石旁的安靜環境最適合彈奏或聆賞
琴樂。又如〔魏〕嵇康〈琴賦〉中也提到「高軒飛觀，廣夏閑房。
冬夜肅清，朗月垂光。」認為在清朗的冬夜，寬廣的室內特別適合
個人享受琴樂。其實，嵇康〈琴賦〉中還提到其他二個聆賞場景，
即初春與友人踏青，以及華堂酒宴之時，嵇康深知環境氛圍對人心
情感的影響，心情不同，適合的音樂情調也應有所差異。又如〔梁〕
江淹〈橫吹賦〉描述：

　　　　於是海外之雲，處處而秋色。河中之雁，一一而學飛。素
　　　　野黯以風暮，金天艷以霜威。衣袂動兮霧入冠，弓刀勁兮
　　　　馬毛寒。五方軍兮出不及，雜色騎兮往來還。旆如雲兮幟
　　　　如星，山可動兮石可銘。功一豎兮跡不奪，魂既英兮鬼亦
　　　　靈。奏此吹兮有曲，和歌盡而淚續。

秋天的雲與雁，風霜與暮色，此為悲塞之景，此時聆聽橫吹曲，「和
歌盡而淚續」。江淹先鋪陳塞外秋景，營造淒涼悲壯的聆賞氣氛。
劉勰《文心雕龍‧物色》：「春秋代序，陰陽慘舒，物色之動，心亦

搖焉。……歲有其物，物有其容；情以物遷，辭以情發。」〔註86〕
時節遞嬗，景物變化，總能搖動人心，受牽動者不限於文學家，當
然也包含音樂演奏者與聆聽者。

二、器法天地

所謂「器法天地」意指樂器形制對應天數，此與漢代董仲舒的
「天人感應」思想有關。受漢代天人感應思潮的影響，將人、時、
物與陰陽家五行學說相雜，音律也建立起一一對應的關係，如《淮
南子‧天文訓》：「古之為度量輕重，生乎天道。」〔註87〕認為制定
度量的標準產生於自然的運用法則之中，樂器也自然合於天地之
數。而桓譚《新論‧琴道》寫到：「昔神農氏繼伏羲而王天下，上觀
法於天，下取法於地，於是始削桐為琴，練絲為弦，以通神明之德，
合天地之和焉。」〔註88〕認為神農製琴如同伏羲畫八卦，觀天地之
象而成。

這種器法天地的思想也反映於先唐樂器賦中，有趣的是，漢代的
樂器賦不見文人將樂器形制對應天數，反而出現於魏晉樂器賦。所描
繪的樂器，不是琴而且集中在箏與琵琶兩種樂器。

先看〔魏〕阮瑀〈箏賦〉：「身長六尺，應律數也。故能清者感
天，濁者合地。」又「絃有十二，四時度也；柱高三寸，三才具也。」
箏長六尺，對應六律之數。所以清越的樂音可感應天，低沉的樂音
可應和地。箏絃有十二條，仿照四季模式，箏弦之柱高三寸，象徵
天、地、人三者齊備。阮瑀將樂器的形制與律呂、天地、曆法等相
比附，並由此推論箏的樂音可感天地。再看其他例子，如〔晉〕傅
玄〈箏賦〉並序：

> 今觀其器，上崇似天，下平似地。中空准六合，絃柱擬十
> 二月。設之則四象存，鼓之則五音發。體合法度，節究哀

〔註86〕見〔梁〕劉勰撰、周振甫注：《文心雕龍注釋》，頁709。
〔註87〕見〔漢〕劉安撰、張雙棣校釋：《淮南子校釋》，卷三，頁342。
〔註88〕見〔漢〕桓譚撰：《新論》，頁3。

樂。斯乃仁智之器，豈蒙恬亡國之臣所能關思運巧哉？

箏在外型上，上圓象天，下平象地，中空如宇宙，而其十二琴柱可比擬十二月，設置它則四季存。傅玄認為這種合於法度的形制屬於「仁智之器」。又如〔晉〕賈彬〈箏賦〉：

> 何以盡美，請徵其喻。剖狀同形，兩象著也；設弦十二，
> 太簇數也；列柱參差，招搖佈也；分位允諧，六龍御也

從剖面來看，箏的形狀與天地同形，所謂「兩象」即乾坤、天地，應指上圓象天，下平似地之形，天地之形顯著；而設絃十二條，符合律呂數目，此處「太簇」指十二律呂。箏的整體形制分配位置相稱合諧，有如天子車駕〔註89〕。其他如〔晉〕顧愷之〈箏賦〉：「其器也，則端方修直，天隆地平。」端正修長而直，上有如天隆起，下有如地平坦，又如〔梁〕蕭綱〈箏賦〉：「於是制絃擬月，設柱方時。」簡要說明樂器的製作乃符合天數。為何諸多「箏賦」皆強調樂器形制度「器法天地」？謝曉濱、姚品文於〈古代箏樂的文化屬性〉一文中分析，由於箏樂太美，在日常生活中也頗受歡迎，上層的文人喜愛箏樂但是不願意將自己降為「俗人」，所以將箏神聖化，提高它的社會地位，其方式之一就是樂器形制對應天數，繼承漢代儒者天人感應的做法。〔註90〕

這樣的現象同樣出現於先唐「琵琶賦」，或許同樣可以解釋為琵琶的神聖化現象：

> 然後託乎公班，妙意橫施。四分六合，廣袤應規。（〔晉〕孫
> 該〈琵琶賦〉）

> 絃法四時，修柄短直，洪然適宜。（〔晉〕孫該〈琵琶賦〉）

〔註89〕「六龍」：乾掛的六爻。《周易正義》乾卦曰：「大明終始，六位時成，時乘六龍以御天」孔穎達疏：「乾元乃統天之義，言乾之為德，以依時乘駕六爻之陽氣，以控御於天體。六龍即六位之龍也；以所居上下言之，謂之六位也。」見《周易正義》，阮刻《十三經注疏》本，卷第一，頁10。

〔註90〕見謝曉濱、姚品文著：〈古代箏樂的文化屬性〉，《人民音樂》第10期，2002年，頁37～39。

> 今觀其器，中虛外實，天地象也；盤圓柄直，陰陽序也；
> 柱有十二，配律呂也；四絃，法四時也。（〔晉〕傅玄〈琵琶賦〉
> 並序）
>
> 若夫盤圖合靈，太極形也；三才片合，兩儀生也；分柱列
> 位，歲數成也；回窗華表，日月星也。（〔晉〕成公綏〈琵琶賦〉）

孫該賦中寫樂器形制「四分六合，廣袤應規」，指四條絃將宇宙（「六合」，指整把琴自成宇宙）作區分，又四條絃符合一年四季，所以說「絃法四時」。由四絃判定，可能是秦漢子或是阮咸，孫該將琴絃與琴面都比附四季與宇宙。傅玄〈琵琶賦〉並序中對琵琶形制描述詳盡，可知是一種木製直柄、圓形音箱、四弦十二柱、用手彈撥的樂器，即阮咸。傅玄亦將樂器形制對應天數，樂器中間空虛外殼實在，是天地的相貌；盤圓柄直，是陰陽的順序（太極圖形區分陰陽兩儀）；琴柱有十二，配合十二律呂；四根絃，效法四季。成公綏賦中描述，琴盤的圖形與靈龜相合，是太極的圖形，而人取天、地之優點相配合以製琴，所以說「三才片合」，兩儀（天地）產生了。而十二琴柱分別列位，符合一年十二月的歲時之數，此外；琴體周圍華麗的裝飾，有如日、月、星辰。琵琶為外來樂器，亦屬俗樂，其彈奏技巧與樂音頗受時人歡迎，為使聆賞琵琶俗樂合理化，文人努力將它提高社會地位，「器法天地」為其方式之一。